书阅百卷，笔落沧浪

赵许春　黄勇英　主编

九州出版社
JIUZHOUPRESS

图书在版编目(CIP)数据

书阅百卷,笔落沧浪 / 赵许春, 黄勇英主编. --
北京:九州出版社, 2024. 6. --ISBN 978-7-5225
-3155-7

Ⅰ. I267

中国国家版本馆 CIP 数据核字第 2024Q8F888 号

书阅百卷,笔落沧浪

作　　者	赵许春　黄勇英　主编
责任编辑	郝军启
出版发行	九州出版社
地　　址	北京市西城区阜外大街甲 35 号 (100037)
发行电话	(010)68992190/3/5/6
网　　址	www.jiuzhoupress.com
印　　刷	山东和平商务有限公司
开　　本	880 毫米×1230 毫米　　32 开
印　　张	9.375
字　　数	218 千字
版　　次	2024 年 8 月第 1 版
印　　次	2024 年 8 月第 1 次印刷
书　　号	ISBN 978-7-5225-3155-7
定　　价	48.00 元

序

田　芳

　　秋分将至,稻浪翻金;秋水苍苍,清可濯缨。这是收获的盛季,是沉淀的节候。经过一个盛夏的酝酿,《书阅百卷,笔落沧浪》一书尘埃落定,将与读者见面。

　　这是一本怎样的书? 它是揉碎后再重组的呈现,呈现的是阅读的心路历程,是思想与智慧之光。这些光不耀眼,如萤火,如星芒,但它们的一闪一烁,却能在你我心头留下温暖的印记。

　　《书阅百卷,笔落沧浪》一书,共收录了来自沧浪读书会的 76 篇读书心得。它们是从 104 期读书活动中精选出的佳作。其中,既有耄耋之年老读者邓佑衔的深沉感悟《好书不用喇叭吹》,也有年轻大学生何宇的真挚心声《寂寂流星》,更有许许多多好读乐读的书友写下的充满思辨与感悟的精彩之文。

　　"书卷多情似故人,晨昏忧乐每相亲。"翻开这一卷《书阅百卷,笔落沧浪》,书友的点滴感悟,恰如人生路上道旁旅舍亮起的一盏盏灯火,吸引读者走进一部部文学经典。

　　从陈忠实的《白鹿原》到路遥的《平凡的世界》,从刘亮程的《一个人的村庄》到苏沧桑的《纸上》,从马尔克斯的《百年孤独》到安妮·埃尔诺的《悠悠岁月》,从林语堂的《苏东坡传》到张潮的《幽梦影》……一本本经典文学作品犹如一枚枚石子,在书友心中荡起阵阵涟漪。清波叠合,渐成浪涛,最终汇聚成壮阔而美丽的滔滔波澜。而这，正是铁城邵武沐浴书香的最好写照。

铁城邵武人爱读书。管子说，"读书可以启智，读书可以明理，读书可以医愚"。一部《沧浪诗话》，严羽开创了诗歌理论的新境界；一座和平书院，和平古镇吹拂起千年不息的炽盛文风；一缕绵绵书香，铁城邵武积淀了厚重的文化底蕴。

今天，读书之风仍在塑造邵武人的品性。读书有诀窍：光读不思，难以深入精髓；读思结合，方能行稳致远。邵武人不仅好读，亦好思。他们绍继前贤、醉心书海，凭一缕静气建造心灵的后花园；他们别开生面、以书会友，携百期雅集开辟世俗中的避风港。与书相伴的生活，使他们保持了一份静气。他们在宁静中感受生活的真意，体味人生的悠长。书籍带给他们的是精神的充实与满足，是物质之外更为厚重的所在。

结集出版此书，为的是更好地贯彻党的二十大提出的"深化全民阅读活动"之号召，传承弘扬邵武千年以继的书香之风，在全社会倡导读思结合的学习方法，引领更多的人把读书当成一种生活态度、精神追求，让邵武"多读书、读好书、善读书"的全民阅读蔚然成风。

古人云：读万卷书，行万里路。"读万卷书"和"行万里路"，是人生不可或缺的两个重要组成部分。走进书籍，走向远方，我们和世界就越接近，生活对我们而言也将变得更加富有光明和意义。

书阅百卷，笔落沧浪。这是一本"书中之书"，也是这个秋天走向成熟的"金色之果"。

（田芳：邵武市委宣传部副部长、市社科联主席）

目 录

CONTENTS

以乡土情结重构的地域文化发展史

——再读《白鹿原》有感

赵许春

《白鹿原》是一个在对民族历史文化的反思方面达到了新高度的作品，在1993年出版之初，却饱受争议。书中的性爱描写称得上是"惊世骇俗"，有人甚至曾因此将其与贾平凹的《废都》相提并论，这两部小说也都曾被禁止翻拍成影视剧。但《白鹿原》1997年获第四届茅盾文学奖之后，却好评如潮，后来还是被改编成电影，该片筹备9年、拍摄3年，于2012年9月15日在中国上映。2002年，教育部将《白鹿原》列入大学生必读文学书目，而电视剧却一波三折，直到2017年4月16日首播，才算是得到最广泛的认可。

合上这部渭河平原50年变迁的雄奇史诗，展开这轴中国农村斑斓多彩、触目惊心的长幅画卷，你是不是和我一样，眼前浮现出一幕幕惊心动魄的话剧：巧取风水地、恶施美人计、孝子为匪、亲翁杀媳、兄弟相煎、情人反目……大革命，日寇入侵，三年内战，白鹿原翻云覆雨，王旗变幻，家仇国恨，交错缠结，冤冤相报，代代不已……

《白鹿原》蕴含着厚重而深刻的思想内容，刻画了数十个复杂多变的人物性格。他有跌宕起伏的故事，以及绚丽多彩的风土人情，至今读来，依然能让人感受到灵魂的震颤。

小说再现了一个家族两代子孙，为争夺白鹿原的统治代代争斗不已。书中儒教、佛教、道教三种文化的分合无定，在众多角色身上得到淋漓尽致的体现，并最终归于一起，涵盖一切的命运。合上书卷，我们似乎依然能听到古老的土地在新生的阵痛中战栗。

《白鹿原》到底是一个怎样的作品？

首先，《白鹿原》是一部很接地气的作品。广袤的关中土地，深厚的乡土气息，千百年的文化传统，作者对各个阶层人物所进行的深层次挖掘很传神，不像以前看到的有些作品或者电视，它们给人的印象单一死板：好人是完美好人，坏蛋就是变态坏蛋。这里面的人，都是有深厚乡土情结的人，是真正的人，有血有肉的人。比如族长白嘉轩，他有豪放高大的一面，也有自私局限的一面。

陈忠实本就是一个乡土情结极其浓厚的人。他出生在西安东郊白鹿原下的蒋村，年少时就在这片黄土地上挖野菜、拾柴火。白鹿原的春夏秋冬、草木荣枯，陈忠实都再熟悉不过了。陈忠实了解白鹿原昨天的办法，一方面是走访那些上了年纪的老人，从他们的记忆中去找寻家族历史记忆的残片。另一方面，他仔细查阅有关白鹿原的县志。《白鹿原》保持了历史的混沌性和丰富性，使这部偏重于感性和个人主义的历史小说，既成为一部家族史、风俗史以及个人命运的沉浮史，也成了一部浓缩性的民族命运史和心灵史。

其次，《白鹿原》是一部近乎完美的作品。思想有深度，人物丰满，批判够犀利，对谁都不留情面；赞美够真诚，对人性的优点也都充满敬佩；大爱够格调，对每个人作为人的怜悯之心够温柔。《白鹿原》以地方志和家族史的形式展现那段历史风貌，同时也是以社会政治叙事来探究相对恒定的人性和文化。这么大的一个框架，在乡土风情的绝美叙述下，人性、历史、国难、民族，于大于小都照顾到了。

《白鹿原》在美学上，注重原生态的生活和细节真实，粗犷得够辣，细致得够味儿，也让人感觉舒服，现在读起来都感觉一点也不过时。这是衡量一部作品很重要的一个考量，你看他写的几十年、百年前的中国农村，人性、思维，一些民风民俗，跟我们小时候看到的一模一样。有些现在回农村看看，各种缩影还在。那时的有些事，现在仍像故事一样地发生。

再次，《白鹿原》是一部主题鲜明的作品。《白鹿原》的主题，主要是精神和心灵的寻根，带着对精神中"真"的追求，写出儒家文化的精髓，并通过文本中人物的个性描写，来宣传中国文化的深刻价值，表达自己"寻根"理念。比如朱先生，其实就是白鹿原儒教文化的化身。

作者的寻根性思考，并不仅仅停留在以道德的人格追求为核心的文化之根，而是进一步更深刻地揭示出传统文化所展现的人之生存的悲剧性。比如，书中说："这更加验证了他毕生总结出来的真理，不管是何方神圣、何方妖孽，何处善人、何处恶霸，最终都需要也都只能跪倒在老祖宗的祠堂下，祖上传下的东西才是永恒不朽的真理。"中华传统文化的不朽和良好传承，正是因为有了宗族文化、家训家规、先祖崇拜，才能够源源不断、生生不息。

《白鹿原》在以关中人生存为大的文化背景下，展开了一系列的人物活动，粗野朴实的乡村习俗、慎独隐忍的儒家精神，则透过一个个鲜活的人物体现出来。《白鹿原》通过关中众多人物的语言、行为，表现了重构地域文化发展史的强烈意向。而我们铁城呢？邵武、昭武、樵川、紫云，它们究竟是怎样一种符号？若干年后，有谁还记得听起来像日本话一样的本地土话？还有多少人记得自己正生活在古闽国的土地上，又还有几个人记得自己是闽越族人的后代？

值得一提的是，《白鹿原》对乡村文化伦理的纠葛和人性欲望的争斗，描写得尤其出色，也更吸引当下人的眼球，符合都市化浪潮中出现的回归性审美需求。在乡村振兴的背景之下，乡村的生活劳作和风俗民情，尤其受当下的中老年人喜爱。正因如此，也就特别值得政府部门的大力宣传和引导，让更多的年轻一代喜欢农村、投身农村。就像作家鲁敏说的：都市化发展之后，因精神与肉体、价值与理想等各方面冲突而导致的类似于身首异处的失落感与冲突感，更加强了人们对于纯美乡土的渴求与意淫。

《白鹿原》所要表达的关于祖辈和农村的一切，都是我们所要想表达和表现的。摩挲书本，我陷入沉思：惨死于同族人口舌中的爷爷，死于解放前夜的爷爷，究竟经历了怎样一种折磨和痛苦？而9岁失怙、12岁失恃的父亲，又经历了怎样的一种人生？还有吴盾山上那广袤而辽阔、莽莽苍苍的撒网山，都是将来我要大书特书的内容。

作家陈映真说，文学为的是使悲伤的人得到安慰，使沮丧的人恢复勇气。我想，不管是陈忠实，还是李忠实，一个真正的作家，一定是坚持以文化人的身份写作，一定是作让人温暖如春、奋勇向上的文学。从这一点来说，《白鹿原》堪称以乡土情结重构地域文化发展史的典范。

（作者供职于邵武市供销合作社联合社）

余生很贵，请勿浪费

——林语堂《苏东坡传》读后感

赵许春

中华五千年，有太多慷慨悲歌、至情至性的前辈们，他们曾骄傲地活过，活得那样汪洋恣肆，如此个性飞扬。有的人很年轻便已创造出灿烂的成果，为人类文明增添了光辉，有的人不断改变着自己的专业领域，努力登上顶峰。可他们和我们一样，也只活了一辈子。为什么他们的一辈子那么长，而我们的一辈子却这么短？为什么他们的人生那样精彩，我们的人生却这般平庸？

看了林语堂的《苏东坡传》，你会有更多这样的感慨，有的人甚至惊呼：他就是我想要活成的样子！李书磊先生在《关于精神》一文中说，苏东坡无论在怎样失意的情况下都能保持心情的平和，都能欣赏身边的风景。他放弃了对生命的无限欲望，放弃了那种"非如何不可"的悲剧感，随遇而安；没有什么事情能真正伤害他。他总能在既有的境况中获得满足，总能保持生机的充盈。他知道怎样在这大不如意的人世间保护自己。这种自我保护的心情，被后人誉为"生活的艺术"。

苏东在北宋官虽做得不是最大的，甚至不如他的弟弟苏辙。但他是北宋中期文坛领袖，在诗、词、文、书、画等方面都取得很高成就。其诗题材广阔，清新豪健，独具风格，与黄庭坚并称"苏黄"；其词开豪放一派，与辛弃疾并称"苏辛"；其文著述宏富，纵横恣肆，豪放自如，与欧阳修并称"欧苏"，还是"唐宋八大家"之一；善书法，与黄庭坚、米芾、蔡襄合称"宋四家"；擅长文人画，尤擅墨竹、怪石、枯木等。作品有《东坡七集》《东坡易传》《东坡乐府》《寒食帖》《潇湘竹石图》《枯木怪石图》等。

中国的文豪，人们心中，唐朝首选李白，宋朝当然是苏轼。苏轼修的河堤叫苏堤，他做的五花肉叫东坡肉。如果说李白是活在天上，那么苏轼就活在人间，他更真实，更可亲，不得不承认他是一个有血有肉的大文豪。他用儒家的精神入世，用道家的精神出世，用佛家的精神超脱，完美地诠释着宋代文人儒释道三家融合的趋势，是北宋文人活得最精彩的一位。

为什么他们会活得那样精彩绝伦？余世存说："因为他们的人生没有被浪费过，我们的人生却被浪费过。"我曾经在市直某机关的读书分享会上讲到李叔同的故事时说过，我们这一代的人生确实被饥饿、贫困、愚昧给浪费掉了。我们出生到成年，包括上学的那段时间，种田、放牛、砍柴、打猪草……我们大多数人跟泥巴山野打交道，和牛羊鸡鸭猪打交道。

而我们崇拜的这些先生们，他们大多数从小就能得到良好的教育，有富裕的家庭，有优秀的家教，有良好的家风，能在青壮年时期就建功立业。所以我们穷极一生，也无法追赶他们的脚步。哪怕成年以后，我们仍然需要蝇营狗苟，需要为自己谋得立足之地，为弱势的亲朋好友不断地消耗自己的能量。

特别是在当下的生活中，我们的生活时间被异化、被简单化、被标准化，被别人统治了。我们没有找到自己的时间，没有独处的空间，所以我们的创造力没有被激活，我们的自由思想无法发挥出来。我们真正是"生活在他处"的一群人。

所以，林语堂传记末尾说："苏东坡已死，他的名字只是一个记忆。但是他留给我们的，是他那心灵的喜悦，是他那思想的快乐，这才是万古不朽的。"

所以，《苏东坡传》告诉我们：前世不可追，后世当奋进。余世存还说："人生需要不断修行，不能只是享受一下技术文明。"实际上，苏东坡以其生活的艺术，早在千年前就给我们做出了榜样。所以，请在我们以后的人生中，努力找到自己的时间，不要再被电子产品浪费了时间，不要再被无效社交耗费了生命。

东坡先生让我们谨记：余生很贵，请勿浪费。

命 运

黄勇英

我们终将生下自己的命运，我们终将是自己命运的父亲母亲。

拿起蔡崇达的《命运》这本书，我立刻被封面上这句话给震撼了。因为在此之前，我一直把命运视为一个强大的对手，以跟它做斗争为生之乐趣。然而活了半辈子，我才搞明白一件事，那就是，命运不过是我自己生下的孩子，我就是他的母亲。

我们经常说一句话：性格决定命运。每个人自身的性格如何，其实也就决定了他这一生要走的路。命运的好与坏，都是自己的选择带来的。在书中，蔡崇达以自己母亲的外婆为原型塑造了阿太这个不肯认命、不愿向命运屈服的形象。她在15岁的时候就被村里的神婆预言将来会"无子无孙无儿送终"可是，她不相信这个预言。

年轻时，她听从阿母的安排，嫁给了神婆的儿子杨万流；结婚后，多次努力生不出孩子，她收养了三个孩子北来、西来和百合。此时，她的丈夫被抓壮丁，后来逃到了马来西亚，她没有选择去马来西亚和丈夫团聚，而是劝丈夫另娶妻子。最后在经历了两个儿子和一个女儿相继离世之后，她在孙子孙女们的陪伴下，活到99岁无疾而终。在临死前，她面向着天空说："不哭不哭，你这傻孩了，和我闹了一辈子，你难道不知道吗？其实真正是我亲生的只有你啊，我的命运。"

一句话，震醒梦中人。我们走过的这漫长而又短暂的一生，不就是我们自己"生下的"命运吗？

因为身上有着坚韧的品质和足够的智慧，所以阿太才会在生活的风浪中劈波斩浪，一路前行。

阿太名叫蔡屋楼，她有一个被命运打倒的母亲，也有一个跟命运拗着干的妹妹。她的母亲在丈夫失踪后选择跳海自杀，无奈地接受了自己悲苦的命运；她的妹妹则跟命运拗着干，最后无儿无女孤身一人，跟她相依为命，直到去世。只有蔡屋楼凭着自己的智慧和勇气将顽劣的命运驯服得服服帖帖。

每次命运来捣乱的时候，阿太都不哭不闹，冷静理智地见招拆招。丈夫被抓壮丁走了，为了抚养三个捡来的孩子，她找到村长要土地，跑去码头扛货挣钱；在社会上开始破"四旧"的时候，她用闽南人相信神明的风俗斥退了前来骂她的村民；在大儿子得癌症回云南去世，二儿子欠债自杀以及女儿百花瘫痪、生病离世之后，她依然微笑地看着命运，"看着命运还能折腾出什么东西"。生命中的苦难没有打败她，相反，她的心变得越来越坚定，越来越平静，"宠辱不惊"就是她面对生活的态度。

命运本无好无坏，关键是你的选择和态度。心态好的人，能够接纳生活给予她的欢乐和悲苦，平顺和坎坷，从而走出属于自己的一条充满希望的命运之路；而心态不好的人，遇到一些困难、挫折，就说"我认命，我躺平，我缴械投降"，这样的人会被命运牵着鼻子走，最后被自己的命运打败。

命运有一只青筋暴起的手，

还有一双被黑布蒙住的眼睛。

它把我摁在岁月的深处,

我半天才爬了起来。

这是我读完《命运》写的一首诗。2011 年,我的孩子患淋巴癌去世;2013 年,我从婚姻中走了出来,孤身一人度过了十年的光阴。在这十年的光阴中,我做公益,坚持写作和阅读。我抱着"我倒是要看看命运还能折腾出什么"的态度去消化生活甩给我的一记重重的耳光。最后,我克服一切障碍,从谷底爬了起来,打败了命运,成了一个胜者。

如果你不够强大,你就无法扼住命运的喉咙。懦弱的人,往往在被命运甩了一个耳光之后就一蹶不振;而内心强大的人,即使被命运甩了几个耳光依然能够站起来,改写自己的命运。

命是定数,运是变数,人生的吉凶、顺逆还是要靠自己把握。一个人要改变自己的命运,就要把人的精神、德性的光芒释放出来。老子说:知人者智,自知者明。知道别人是智慧,知道自己才是高明。一个人要知道自己活着的使命是什么,并付出全部的努力,才能改写自己的命运,走出一条大道。

"借着月光,我看着百花,看着阿妹,看着北来,看着西来。我想,我就是死都要让你们活下来。"人活着要有使命感,正是这一份使命感,让阿太扛下了所有的苦难,活了下来。在文章中,阿太说:我知道的,命运不会只是条潺潺流淌的溪流,它会在经过某个山谷时就突然坠落成瀑布,还可能在哪个拐弯后就汇入大海消失不见了。

我们每个人的命运又将如何?是坠落的瀑布还是消失不见?不用着急,走着走着,你就会知道结果。命运有时会让我们难受,让我们绝望,可是,它奈何不了我们。然而,前提是：你必须明白自己的使命是什么。当我们明白了肩负的使命，坚定了态度，我们就可以和自己的命运和平共处，走出一条平顺、精彩的道路。

（作者供职于福建省邵武第一中学）

灵魂只能独行
——《树上的男爵》读后感

黄勇英

许多年来，我为一些连自己都解释不清的理想活着，但是我做了一件好事，生活在树上。

——柯西莫

这句柯西莫对安德烈亲王说的话，清楚地解释了柯西莫的执着与坚持。

童年的柯西莫因拒食热衷黑暗料理的姐姐做的一盆蜗牛而爬上了树，从此再也没有下到地面上来生活。这个特立独行的人，让我看到了生命中的另一种坚持，一种奋勇的抗争，一种饱满的孤独，一种匪夷所思的、脱离世俗的生活态度。

作者卡尔维诺用饱含热情的文字塑造了一个与世俗格格不入的人，让我心生敬意。

合上书，我想到的第一点是：柯西莫是一个值得尊敬的人，因为他独辟蹊径，走了一条常人无法走的路，他是一个敢于吃螃蟹的勇敢者。

所有在大地上生活的人，都被许多制度和法规约束着，然而，他却从这个圈子中跳了出来，成了一个"生活在树上的人"。在树上，他建立了属于自己的王国，保持着与大自然的亲密接触；在树上，他看见了一个比在地面看到的更大的世界。他关心农事、关心森林、打败狼群、指挥战争……他进行大量的阅读和哲理的反思，从而更加坚定执着于自己的人生之路。最后，他选择了被热气球带走的方式，离开这个他眷恋的世界。

在他的纪念碑上，刻着这几个字："柯西莫·皮奥瓦斯·科迪·隆多——生活在树上—始终热爱大地—升入天空。"这个墓志铭，精确地概括了他的一生，让人觉得有意思的是，一个始终热爱大地的人，却一直生活在树上。他追求的是什么？无非是自由、距离和理想。

活在尘世的人，心中对自由和理想总是充满向往，但是，我们并没有逃离大众的勇气，我们墨守成规，不敢对规则说不；我们依恋温暖的床、热闹的烟火，仿佛在这里，我们可以找到一个安乐窝。而事实是，我们确实有了一个安乐窝，可是，我们却丢失了自己独立的灵魂。

周国平说："灵魂只能独行。"这句话听起来有些悲哀，却也真正解读出世间无数像柯西莫一样"固执"地坚守着自己信仰的人的伟大与崇高。年轻的时候，我们总会有各种各样的想法，我们像一块有棱角的石头，拥有过勇敢、坚决的信念。后来，我们的棱角被世俗的观念磨平了，我们渐渐泯然于众，心中坚守的东西越来越少。

一个人越是混迹人群，内心越是孤独。

柯西莫身上最让人钦佩的是他追随内心，无问西东。他没有按照一条既定的路子来走，没有向父亲妥协回到张灯结彩的、开着热闹舞会的家庭，没有因为世人的评论而放弃自己的理想和自由。他始终坚持作为一个独立的、完整的人存活在充满喧嚣的土地上，这是十分难能可贵的。

正因为他选择了非传统的路线，他变得孤独，没有人能理解他生活在树上的古怪行为。但是，他的弟弟终于在他生病的时候给了他一个中肯的评价："只有像他那样身体力行地去体验，只有像他那样一生到死都坚持我行我素的人，才能给大家做出奉献。"相比于尘世中的芸芸众生，一颗孤独的、不肯妥协的灵魂更值得被尊重。

叔本华在《生活的智慧》一书中写道："一个人，要么庸俗，要么孤独。"活在尘世，只有经历了灵魂的独行，才可以看到独特的风景，才会明白生活的真谛。我享受灵魂的独行，因为只有在这个时候，我才感到自己是自由的生命个体，可以不受约束地思考和表达。

浸染在红尘中，我们看惯了世间百态、人间凉薄。烦冗的体制内的种种枷锁让我们烦不胜烦却又无可奈何。我们是非自由的人，我们管自己的妥协叫作成熟，我们放弃了自己最宝贵的东西——真诚。我们开始说着言不由衷的话，做着自己不热爱不喜欢的事情。我们逐渐迷失了自己，将自己的灵魂交了出去。当有一天，灵魂回来了，却早已经变得面目全非。

在书中，别人问柯西莫，你为什么要坚持这个奇怪的誓言，如此倔强地拒绝下树呢？他回答道："人要想看清楚世界，就要与它保持一定的距离。"

有些时候，我们太急于融入这个世界被别人肯定，反而看不清这个世界。我们要做的是：时刻与尘世保持必要的距离，拥有独立的人格和判断，做一个真正有思想的人。在任何时代，思想都是最重要的，它使我们与别人区别开来，拥有自己独立的、富有个性的标签。

每个人都是一座孤岛，我选择做一座有着丰富色彩和丛林的孤岛！

诗样的人生

黄勇英

读林语堂先生的《生活的艺术》，如醍醐灌顶般，瞬间醒觉。人生原本可以像一首诗那样过去的，这种感觉先前没有，现在有了。

回顾生命中的过往，竟然真有很多富有诗意和情趣的事，先前忽略了，以为只是生命的常态，不值一提。林老先生说：人生没有什么好坏，只有"在那一季里什么东西是好的"的问题。如果抱着这种观念去感受春、夏、秋、冬四季，循着季节去生活，那么，哪一季不是大好时光呢？

春天最美的风景便是怒放的鲜花。金黄的油菜花、粉色的樱花、白色的梨花，哪一种花都能让你的心瞬间变得柔软。生命中的苦难将我们的心打造得坚硬，如锻造一把利斧。而花朵，这灿烂的、绚丽的、充满色香的柔和之美，却让我们的心慢慢地复苏，产生欣赏、惊叹和无限的热爱之情！张潮曾说："艺花可以邀蝶，累石可以邀云，载松可以邀风……种蕉可以邀雨，植树可以邀蝉。"一个人倘若自身是有情趣的，那么他的生活便处处都有诗意。而一般的粗蠢之人，是很难从这些看似平常的花草树木之中体会到别样的趣味的。

夏天也有夏天的诗意。在乡下，于安静的村庄中，沏一壶热茶，和三五好友东一句西一句地闲扯。头顶是一牙弯月,四周是稀稀疏疏、忽明忽暗的星星;草丛里传来虫鸣,池塘里传来蛙鸣。此情此景,便是极好的享受。此时的气氛最重要。好友、香茶以及来自大自然的天籁之音,使我们的身体完全打开,我们的身体仿佛一个巨大的接收器,充分享受大自然带给我们的色声香味。

想想此刻,你心境平和、神清气爽,人生仿佛一个祥和的梦境。相比于喧嚣与嘈杂、繁华与富丽,简单与安静反而更能调动我们所有的感官,让我们发现日常之美。要感受诗一样的人生,心要先安静下来,否则,你很难感受到生命中那些潜藏在简单事物中的深刻和别致。

秋最能引发文人骚客的感触,也最富有诗意。秋天的芦苇、枫叶、银杏,都能触动许多人的情怀。我热爱秋天的芦苇,这些生长在沟渠边的飘零之物,总能让人产生春去秋来的时序之感,令人思绪无限。这些飘摇的生命,特别能打动我。看到它们,我常常会忆起贫苦而自由的童年。那时健壮的母亲,会挥舞镰刀割来成捆的芦苇,然后扎成扫帚。而我,则在风中奔跑,手中高举着一根轻盈的芦苇,那芦苇仿佛一面飘扬的旗帜,在风中起舞。

《诗经》对芦花的描写是极好的,由芦苇到美人,亲切而自然:

蒹葭苍苍,白露为霜。所谓伊人,在水一方。
溯洄从之,道阻且长。溯游从之,宛在水中央。

思美人用芦花来起兴,这二者有何关系呢?因为芦苇恍惚飘摇,而牵挂于根。根者,情也。相思是很微妙的情感,若飘若止,若有若无,感觉似乎抓不住,却又是因人而起。古人的诗意情怀令人叹为观止。读古人的"曲水流觞"，心中便生出无限的向往。平常的饮酒之事，古人却做得仪式感十足：一个杯子，让它顺着水漂，漂到谁的面前就取来一饮而尽。若无闲适的情志，哪能享受如此惬意的瞬间？

说到古人的诗意，便想到"梅妻鹤子"的林逋。想想那种孤舟蓑衣，以梅相邻，以鹤相伴的画面，这哪里是为生计奔走的凡俗之人，分明就是不食人间烟火的神仙。现在的人，大多疲于奔命，哪有这样的闲情逸致？所以，诗意的人生是自己过出来的，并非每个人都能拥有。倘若你的心中填满了声色犬马之类的欲望，诗意便没有立足之处。只有心思简单的人，才能于每一个日常中发现美好和幸福。

冬在四季中是最肃杀的，全然没有先前三个季节的生气和热闹。然而，于有生活情怀的人来说，即便最无趣的季节也能生出浓浓的诗情，白居易的《问刘十九》就充满了嘘寒问暖的温情。

绿蚁新醅酒，红泥小火炉。
晚来天欲雪，能饮一杯无？

寒冬，天色暗沉，雪将下未下，烧起红泥小炉，暖上新醅的米酒，静候朋友的到来。这种寒冷中的挂念，更有一种持久的、深入人心的魅力。过去没有微信、网络，要安排一场约会并不容易，然而，正是因为这种不易，反而分外让人感动。

冬天，雪是必不可少的点缀，"渺万里层云，千山暮雪，只影向谁去？""孤舟蓑笠翁，独钓寒江雪""昔去雪如花、今来花似雪"，倘若没有雪这个主角，漫长的冬季会是怎样的空洞和寂寞，而这些流传千古的灵动的诗句又将从何而来？

冬的肃杀，倘若换一个角度看，恰恰潜伏着一年四季的极致，冬的严酷带来了春的明媚。如此看来，冬真真是一年中的大好时光。

诗样的人生是学会体会细微处的欣喜和感动。"赌书消得泼茶香，当时只道是寻常"，其实世间事物，哪有寻常之说？看惯了的风景你觉得不是风景，而在他人眼中，自然万物，风花雪月，一个驻足回眸，便会生出许多意想不到的感触来。

人生何处不风景，何时不风景？要以诗意的情怀感受人生的酸甜苦辣咸、风花雪月眠，让人生时时处处充满诗情画意。诗样人生，快意人生。

心有雷霆，面若静湖

黄勇英

麦家的《人生海海》中的一句话深深打动了我：心有雷霆，面若静湖。人生倘若能修炼至此等境界自然可以百毒不侵，可是这样身心的扭曲、对抗，面对惊涛骇浪、雷霆万钧，有几人可以做到淡定、从容？

活了半生，我依然是爱恨分明，依然是眼里容不了沙粒，大悲大喜都愿意以直接的方式呈现。就像捧了一颗赤裸裸的心放在你的面前，任你接受也好，丢弃也罢。

《人生海海》中的"上校"也是如此刚烈的汉子，不逃避，不认错，不妥协，不懂藏起自己的骄傲，总是以硬气和这个世界"硬碰硬"，最后，他疯了！

上校一生命运多舛，受尽磨难。他曾立下赫赫战功，被人称为"上校"；在抗日战场下体受伤，被人嘲弄为"太监"；曾作为军医救人无数，被人尊称为"金一刀"；还曾作为特工杀妖锄奸，但由于受人误解，或者遭人陷害，被遣送还乡。在上校的传奇生涯中，存在很多秘密，最大的秘密，是他曾沦为一个女汉奸的玩物，并在下腹处，被文上女汉奸的名字。这是他最大的耻辱，也是他永远不能示人的秘密。人们对他的下身充满好奇，都想知道他的终极秘密。他甚至被村里人叫作"太监"，可是他不加辩解，任人猜测。

他热爱生活，活得自在从容。他养了两只猫，将生活的优雅寄托在猫的身上，用香皂给它们洗澡，用木梳给它们梳毛，用金子小剪刀给它们剪趾甲，买鳖给它们吃。他跟乡里人关系也很好，他们敬重他，在关键时候替他说话。然而，在疯狂的年代，生活永难遂心。胡司令带领红卫兵把他抓起来，把他当狗一样游斗，"骂着、打着、身上到处是伤，他都不叫一声痛，不吭一声苦"，但是有些事他坚决不能忍。

猫被关了，弄得脏成黑猫，他不能忍；看管他的"小瞎子"出于好奇，偷看他洗澡，想知道他文身的秘密，他不能忍，他挑断了小瞎子的脚筋，割了他的半个舌头，然后连夜逃走。因为"我"爷爷的告发，他被捉住，在开批斗大会时，小瞎子的父亲要当场扒掉上校的裤子，揭露他的终极秘密，为小瞎子复仇。此时，他更不能忍。为了维护自己的尊严，他狂奔而去，他疯了。

他用他的"疯"来与这个是非颠倒的世界对抗，唯其如此，他才可以逃过那些小人的暗算。最后，他回归为孩子后，过上了真正平静的生活。他画画，全神贯注，艺术才能流泻笔端；他养蚕，细致入微，蚕在他手下茁壮成长；他对人，既害怕又坦然，袒露出本能的赤子之心。

其实，我是不能接受他的疯的。我在想，不合理。一个如此刚强的汉子，一个熬过生活中一系列打击和伤害的汉子，从不低头认错的汉子怎么可能疯掉？我宁愿他死掉都不允许他疯掉。然而，他真的疯了。"上校"下腹的文身，可以理解为是他心中执念的象征。他太在意他的耻辱，所以才会割了小瞎子的舌头，所以才会被小瞎子的父亲追逐逼迫，最后疯掉。

他疯了，他的执念，再不能左右他。

每个人的心中，都藏着这样那样的秘密，你看不到，可是并不意味着这些秘密不存在，每个人都有自己的软肋，就像阿喀琉斯的脚后跟，不能碰，一射中就致命。爱会成为执念，恨也会成为执念。我们看似与别人对抗，其实是放不过自己。

如果上校早将下腹的文身改掉，他也许不至于落到最后发疯的下场。然而也未必，身体的文身可以改掉，可是心上的耻辱如何放下？所以，与其说上校是被自己的文身逼疯的，不如说他是被自己逼疯的！

活着，谁心上没有新仇旧恨？谁没有熬不过的伤口，吐不出的忧愁？倘若你总是记挂这些不堪的过往，最后，你会被往事掩埋，不能呼吸，甚至会被活活憋死。

所以，要学会与自己和解，学会与往事和解，学会与未来和解。

与往事和解，就是学会放下。学会走出来，学会不计较，学会抱持风轻云淡的生活态度。与未来和解，就是不逼迫自己一定要成为什么样的人，不定一个尺度，不立一个标准。达到理想的状态固然好，达不到也好。

世事哪有完美，人生哪有完美？

卡尔维诺《看不见的城市》中写道："你跑了那么远的路，只是为了摆脱怀旧的重负。"往事是坑，未来也是坑，活着，不要为自己挖坑。放过自己，才是对自己最好的交代。高晓松在他的一篇访问里说：最想在 16 岁时北京四中的宿舍里，初恋还没开始，睡一个晴朗的觉。当时已经 49 岁的高晓松，发现与自己和解，没有那么难，比想象中的容易多了。

其实到了年岁，很多时候，也都顺其自然了！

是啊，谁的青春没有尖锐和坚硬？而到了生命的后期，命运给了我们一些教训，让我们懂得硬碰硬难免头破血流。

活得柔一些，静一些，淡一些，也许才是我们可以躲避伤害的最好方式。

幸好《人生海海》于故事结尾处给了我们一些亮光，让我们不至于对不完美的人生彻底绝望。"上校"最后被林阿姨"收养"，安度晚年，他活得澄澈透明，因为他的智商只有7岁儿童的智商。在他死后，"我"看到他下腹的文身被修改为一幅画：一棵树上挂着四盏红灯笼。

上校终于可以毫无牵挂地走，因为所有的前世今生都不会再影响到他。他走得干净从容。此刻，他与世无争，来自尘土，归于尘土！

灵魂不死——毫无疑问

——《我与地坛》读后感

黄勇英

所有的生命都将走向终点和消亡，而灵魂呢，它停留在你看不见的地方，像稀薄的空气。然而，它的确在那里，毫无疑问。

史铁生，在受够了残疾和尿毒症带给他的肉体折磨之后，离开了这个世界。不过，他的妻子陈希米让这个灵魂活了下来。它藏在地坛的树丛里，藏在《让"死"活下去》这本书里。

史铁生在《我与地坛》里写道："我的生命密码根本是两条：残疾与爱情。"

作为一个以残疾为职业的人，他经历过脾气变得暴怒无常，经历过惶惑和质问、妥协和让步、绝望和希望。他说："我的躯体早已被固定在床上，固定在轮椅中，但我的心魂常在黑夜出行，脱离开残废的躯壳，脱离白昼的魔法，脱离实际，在尘嚣稍息的夜的世界里游逛……"他的灵魂从来没有被禁锢住，恰恰因为他身体的残疾，他的灵魂在饱受折磨后反而变得更为强健，就像旷野中枝干粗壮而孤独的树，它只与朝阳和落日对话，只与巨大的虚空对话，只与自己对话。

我常常在思考：这样强健的灵魂是不可能死去的，因为在他的生命中还有另一个美好的词——爱情，因为这个孤苦的灵魂还有另一颗相伴的灵魂，那就是希米的灵魂。所以，它何曾从这个荒诞而喧嚣的尘世消失，它只是隐身在黑暗之中，隐身在我的视线之外。

命运是一个强大的对手，它常常会将苦难和猝不及防的灾难砸在你的身上。看到你绝望地哭号，他会高兴得手舞足蹈、哈哈大笑。在《人间世》这部纪实的纪录片里，我看到一些患骨癌的孩子。他们的手被锯掉，脚被锯掉，他们的身体变得残缺不全。可是，一旦有喜欢的零食、有好玩的游戏，他们便能暂时忘掉病痛和身体的残缺，笑出声来。

然而，成年人不一样，成年人会思考。因为思考，他会憎恨命运的不公。不过，憎恨改变不了什么，唯有爱，可以填补这个世界的空隙！

也许我们该接受残缺，世界本来就不完美。"一时没了痛苦的衬照便一时没了幸福感。"

倘若没有痛苦、挫折、残缺、老化、枯竭、死亡，我们的幸福感又将通过什么来衬照？

生命总是矛盾，而过程最为真实。人不论如何活着，或者活多长，你唯一拥有的就是过程。

午后，如果阳光静寂
你是否能听出
往日已归去哪里？
在光的前端，或思之极处
在时间被忽略的存在之中
生死统一"

一个人倘若能从死亡的魔爪下逃离,他必然能平静地面对余下的生命过程,甚至平静地面对这个过程的结果——死亡。

《我与地坛》中的另一个人物孙姨(梅娘)深深打动了我。她自己在"文革"中被打成"右派";她有三个孩子,一儿两女,这本是好的,然而,一儿一女都先后离世,只有大女儿活了下来。她的大女儿叫柳青,是柳青把"我"领上了写作这条路。就是这样一位经历坎坷的孙姨,从没有见她愁眉苦脸唉声叹气,"她要是愁了,就一个人在屋里唱歌"。她的身体里,也藏着一颗摧不垮的灵魂,即便生活艰难,这颗灵魂依然可以开出芬芳的花朵。

所以,灵魂难死,灵魂不死!

每一颗尘世饱满的灵魂里都藏着梦想、希望和爱,都藏着巨大的能量,这是躯壳无法禁锢的,也是命运无法将它踩在脚下的。它们在四季歌唱,有时也停歇在河流的尽头,或者你无法看到的远方。

"我们从遥远的地方来,到遥远的地方去……我们是地球上的朝拜者和陌生人。"每一颗灵魂就这样磕磕绊绊地走着,它一路向前,它寻找,有时也停留,但是最后,它依然向前。

除你以外,在天上,我还有谁呢?
除你以外,在地上,我也无爱慕。

倘若一个肉身消失,而他的灵魂还能活在另一个灵魂的牵挂里,那这两颗灵魂,必将获得永生!

苦难是一种成全

黄勇英

凯洛琳·弥勒的经典作品《上帝怀中的羔羊》深深打动了我，它塑造了一个坚忍顽强、内心强大的女性形象。

——希恩

希恩生活在美国的佐治亚州，用前半生生育了十五个孩子，然后为家园建设和养育孩子成人消耗了自己的青春岁月，成为一个手足粗糙、头发花白的中年妇人。这期间，她经历过父亲去世、母亲去世、哥哥出走、丈夫伦祖去世、儿子上前线担惊受怕、第二位丈夫在战场杳无音信，这些打击并没有击垮她，最后，她终于和重返家园的丈夫团聚，过上了安宁、平静的生活。

我一直在思考，女性对于苦难的承受力究竟有多大，没有人知道。就像你问大海究竟能够容纳下多少沙粒、贝壳、游鱼，也没有人知道。

我的一位同事曾经跟我说过她外婆的故事。她的外婆一生生育过 20 个儿女，结果 19 个儿女因为各种原因先她而去，她的丈夫也先她而去，现在，她的身边只有一个女儿，也就是我同事的母亲。这个故事如果不是从同事的口中说出来，我是无论如何不会相信的，时至今日，我依然心存怀疑。怎么可能？一个女人能够承受 19 个儿女的死亡，然而，这是真实的。她的外婆至今活着，而且还能上桌打打麻将，心态很好。

女人就像蒲苇，坚韧，不容易断裂，不像男子，刚则刚矣，容易折断！

上周去建阳水吉采访两位制作建盏的工艺师，他们告诉我，那样斑纹精美、色彩幽蓝的建盏，在成为成品之前也不过是普通的泥坯拉成的盏，沾染的也不过是石头磨出的釉水，然而，这染了釉水的泥坯，一旦进入了龙窑，经过 1300 度高温的煅烧，立刻完成了凤凰涅槃般的华丽转身，有了令人震撼的美丽色彩和斑纹。

如果没有煅烧，没有窑变，就没有最后出来的令人惊艳的艺术品。

对建盏而言，高温煅烧是一种成全；对女性而言，苦难亦是走向成熟的必经之道。

人生漫漫，从一个女孩成长为一个人生经验丰富、内心强大的妇人，必然会经历许许多多她身为女孩儿没有经历过的各种问题、各种挫折，甚至难以想象的灭顶之灾。然而，不论发生什么，她都能够一次次俯下身子，又一次次挺起腰板。就像旷野中那些成片的野草，大风过时，它们匍匐下身子，但是，它们不会死去，它们的根依然牢牢地扎在泥土里。

现代女作家萧红曾说：女性的天空是低的，羽翼是稀薄的。其实于更多独立、坚强的女性而言，她们的天空是高远的，羽翼是丰满的。如果你看不到自己身体里潜藏的巨大的能量，看不到自己存在的价值而依附于男人，如同藤蔓依附于高大的树干，那么，你的天空就是低的；相反，倘若你把自己变成了一只鹰，你的天空将变得高远，你的翅膀的煽动也会更加有力！

对女性而言，更重要的是能够在经历无数的打击之后依然能够相信幸福和爱情！《上帝怀中的羔羊》里的希恩做到了。即便经历了无数的打击，但是，她依然对爱情充满期待，最后，她接受了牧师欧康纳的求爱。小说中写道："当希恩背靠洁净的紫藤花树干，头靠在上帝的牧师的胸前时，在如潮水般涌动的花朵和绿叶下，希恩自己也忘记头上的白发。他光洁的嘴唇轻触她的嘴唇，比他任何语言都更亲切、更令她安慰。这是一场新的圣礼——以新的方式品尝圣餐，以宽恕痛苦和死亡。"

当我们经历苦难之后，倘若我们依然能够拥有一颗干净的心、饱满的心，那么，我们将会跨过苦难，以一种崭新的姿态，快乐地度过一生！

心怀敬畏

黄勇英

　　读完迟子建的《额尔古纳河右岸》，我的内心深受触动。小说具有史诗般的厚重深远，作者在与草原的对话中表达了尊重生命、敬畏自然的情感，是一部风格鲜明、意境深远的佳作。

　　《额尔古纳河右岸》中的故事是以一位九十多岁的鄂温克族最后一位酋长女人的自述口吻叙述的。小说分为清晨、正午、黄昏、尾声四章，在这四章中讲述鄂温克族人民的爱与恨、欢乐和忧愁。在阅读《额尔古纳河的右岸》时，我印象最深的是鄂温克人对于自己赖以为生的大自然呈现出的敬若神明般的敬畏与崇拜，他们在极其艰苦恶劣环境中表现出的坚韧意志和生存能力令人震撼。

　　文中的鄂温克族的人们生活于额尔古纳河的右岸那片茂密的原始丛林中，他们经历了一次次的迁徙，在艰难的自然环境中繁衍生息。文中生动地描绘了游牧生活的鄂温克族的生活习惯：他们住的地方叫作"希楞柱"，是一种用松木杆搭建的简易帐篷；他们以放养驯鹿和狩猎为生，有储藏食物的专门仓库——"靠老宝"；部落里的人得重病时，不是找医生来医治，而是会请萨满（巫师）来"跳神"以祛除病魔，部落里人死了要举行独特的风葬仪式；他们信奉"玛鲁神"……这些鄂温克人奇特的生活方式和风俗习惯为我们展示了一种完全不同于汉族的生存形态。尽管生存环境恶劣，但是他们热爱大自然，他们的生活来源依赖于大自然，他们与大自然和谐相处，他们是自然的子民。

鄂温克人相信"万物有灵"，在他们眼里，自然界的山、水、日、月、风、雨、动物都具有生命的灵性，火神、河神、雷电神、山神、树神等不可任意亵渎。"在我眼中，额尔古纳河右岸的每一座山，都是闪烁在大地上的一颗星星。这些星星在春夏季节是绿色的，秋天是金黄色的，而到了冬天则是银白色的。我爱它们，它们跟人一样，也有自己的性格和体态。"这生动贴切的比喻，将鄂温克人热爱自然的情感真诚地表达出来。他们认为火神不能被熄灭，搬迁时在祖先神"玛鲁神"之后由驯鹿驮着，平时还不能往火里吐痰、洒水、扔不干净的东西。另外，他们对动物也有敬畏之心，如吃熊肉时要学乌鸦叫和唱赞美的歌谣，不能乱扔骨头等。

鄂温克人从不砍伐正在生长的树木，看到山外人员大批砍伐拉运树木时，他们感到很气愤。当满载原木的长条卡车轰隆驶过，情绪失控的"马粪包"，举起猎枪，对着运材车的轮胎一顿扫射，结果遭暴打而丧命。对于鄂温克人来说，大自然就是他们的生存家园，值得用生命来捍卫！这是多么朴素而值得尊重的情怀。

在现代文明的脚步不断逼近、家园被破坏、资源被掠夺的情况下，大部分族人不得不怀着恋恋不舍的心情"下山"，而"我"则是一直坚守山上，守护独有的精神家园，忧伤而平静地生活着。鄂温克民族在对待自然环境的关系上，不是肆意地掠夺和破坏，而是恪守一种平等维护、和谐互存的观念，这种观念值得我们汉人乃至全球的地球公民学习。

现代社会，人类对大自然的掠夺可谓触目惊心！在私欲的驱动下，当下的一些人什么事不敢做？什么事不能做?!

人们猎杀大象，只是为了夺取那一对光洁的象牙；人们采用活体割取鱼翅的手段获取新鲜鱼翅，然后将鲨鱼的尸体扔入海中；每年藏羚羊被盗猎，很大一部分是怀孕的母羊，因为她们奔跑不便；人们将鳄鱼皮一整张从鳄鱼身上剥下，尾巴和爪子在抽搐的鳄鱼在同伴的尸体中慢慢爬行，直至死亡……这些残忍的杀戮场面令人触目惊心，哪一桩不是充满血腥和暴力？全球变暖、臭氧层破坏、酸雨、淡水资源危机、能源短缺、森林资源锐减、土地荒漠化、物种加速灭绝、垃圾成灾、有毒化学品污染等，这些都是人类对大自然的破坏造成的恶果。

老祖宗常说：搬起石头砸自己的脚。这种恶果，在未来的人类身上可以看到。

人有敬畏心才知道什么该做，什么不该做，才知道善与恶的分别。今天，我们为了眼前的利益丧心病狂地破坏大自然；明天，我们就会受到来自自然的报复和惩罚。所以，为了我们的子孙后代能生活在一个更好的环境中，请大家保持对大自然、对生命的敬畏心，与大自然和谐相处。

为了不让那些珍贵的动植物永远地沦为标本，为了不让那些生态活页从我们的视野中被硬硬撕掉，我们应该向鄂温克人学习，学习他们身上善良质朴的特质，学习他们对待自然表现出的平等维护、和谐互存的观念。只有这样，我们才会拥有一个更加美好的家园，而这将是我们赖以生存、可以从中获得幸福的家园！

不败的厂花

黄勇英

拿到邱贵平的新书《五朵厂花》，一气呵成读完，感觉酣畅淋漓。"邱式幽默"淡化了五位漂亮女性的坎坷命运给人带来的沉重感，让人在压抑中获得一些喘息的机会。

《五朵厂花》写了水泥厂五位漂亮的村姑走过的坎坷人生路。个人的命运在大时代大背景这个推手下显得如此脆弱和渺小，但即便如此，每位村姑身上演绎的情感故事和她们善良、勇敢、坚韧的天性却深深地打动我们，让我们明白，风浪再大，也不会将她们沉入水底。

无论处在怎样恶劣的环境，她们都可以明亮地绽放，就像那些石缝中开出的小花，有着无比顽强的生命力。

读这本小说，我更多的是关注下岗工人们的生活和命运。这些下岗工人，把美好的青春年华献给了水泥厂，可是到了中年以后，他们的身体不行了，却只能在改革的浪潮席卷下被迫下岗。他们的安置和去向是一个社会问题，可是，这个问题在当时没有得到很好的解决，以致留下很多的后遗症。

书中的第一位漂亮女工艾兰花在水泥厂倒闭后，为了供养儿子金明读书，不得不上街去给人擦皮鞋。在擦皮鞋中，听到一个老头说做妓女一次可以挣50元，她差一点动心了，因为为儿子筹措学费实在太艰难了，幸好在路上遇到玉香，她才没有走上歧途。后来，她又转去踩三轮车，遭受别人的辱骂。就这样，她靠着自己艰难的打拼，挣扎在生活的边缘。

当时像她这样的下岗工人并不在少数。中国下岗潮始于 20 世纪 90 年代，1998 年达到高峰。下岗，是 20 世纪 90 年代的一件大事。那时很多工人从捧着金饭碗高高在上的位置突然跌至尘埃，路边多了许多骑三轮车卖菜或摆摊的下岗工人，当然，也有少数有勇气的人靠下海经商挣了大钱，成了当时的万元户。个人的命运往往会打上时代的烙印，没有人能逃离大环境对我们生活带来的影响。时代的洪流过后，留下的砂石瓦砾，往往会磕破我们的脚。但是，这种时代浪潮的冲击，恰恰洗去了这些女工身上的尘土，让我们看到了她们身上的精神光芒。

邱贵平善于在人物与环境、人物与人物的冲突中塑造形象。把人物放在风口浪尖上，才可以将其所有的精神层面都展示给读者，这样读者所看到的人物形象才更加立体，人物的个性也会显得更加鲜明而富有感染力。书中的每一位女性都要面对自己的情感和生活。面对曲折的情感，她们敢爱敢恨；面对复杂的生活，她们有勇有谋。当然，她们有时也会走一段歧途。相对而言，书中迟美丽和涂小丫是比较幸运的，她们找到相对平静或幸福的生活，而吴小玉和杜兰朵的结局却比较悲惨，她们都死了丈夫，找不到一个可以倚靠的男人。

然而，无论人物的结局如何，女性的善良和勇气在作品中都得到很好的展示。在任何时代，这种善良和勇气都有着重要的意义。

其次，我想谈谈邱贵平的语言。邱贵平的语言幽默生动，很接地气，虽然粗糙，但是，这才是原汁原味水泥厂工人说的话，如果你将它加工得文绉绉，反而失去了味道。水泥味就是水泥味、泥土味就是泥土味，你糊弄不了读者。

在小说中，邱贵平插入了大量社会上流行的段子，这种段子是20世纪八九十年代社会生活某个侧面的反映，如："再过二十年，我们来相会，送到火葬场，全部化成灰，你一堆，我一堆，谁也不认识谁，全部送到田里做化肥。"这都再现了当时的生活场景，符合现实情况。

"邱式语言"有他的独特魅力。他的语言融入了钱钟书的生动和王朔的痞子气，于是形成了特有的"邱式幽默"。他的语言没有学院气，而是富有野性和烟火气，恰恰是这种野性和烟火气征服了读者。他的文字真诚而富有感染力，就像旷野上生存的野草一样，具有难以摧毁的生命力。

同时，他的语言还带有闽北的地方特色，他将闽北的地方方言融入书中，这种方言的融入让我们这些闽北的读者感到十分亲切。当然，这种语言也许会让其他地域的读者感到陌生。不过我们说，小说家的语言应该有自己的风格，这样才有辨识度，而邱贵平的语言，就具有很高的辨识度。

一部好的作品必然会走入读者的心中！这五朵美丽的厂花，并不会随着时间的流逝而凋零，反而会开放得越发灿烂和娇艳！

消失的萤火虫

——王开岭的《古典之殇》读后感

黄勇英

读作家王开岭的《古典之殇》，我的内心深受触动。作者在作品中感慨：造物主最初颁发给人类的世界——那个原配的世界，那个天光明澈、风物灿烂的世界，在渐行渐远。无数草木和生灵消逝了，似乎只剩下我们。

这不是危言耸听，而是对当下、对未来的预测。

在我的记忆深处，那些美好的事物，那种贴近自然的生活正离我越来越远。我家门前的小河，我曾经涉水而过，在清浅的水中用手捞取游鱼和小虾，现在，它已经成为一条又脏又臭的臭水沟；从前我祖母家门口巷子里汲水的水井，早已被填平，在它被摧毁的身躯上，一座高楼拔地而起，带着尘世的喧腾和热闹；我曾经奔跑的田野，那些在黑暗中飞舞的神秘的萤火虫，早已从我身边的世界消失，再也无从找寻。

我常想：我的童年丢了，而人类的童年，那个原配的世界，真的结束了。

那些喷着白色烟雾的高大的烟囱，那些永远盖不完的高楼大厦，那些永远停不下来的噪音，让我无比怀念童年的世界。那时的孩子可以在田间、菜地自由地奔跑，如天空中的飞鸟一般，无拘无束。在稻田里，我们这些精力旺盛的孩子可以捉泥鳅、鳝鱼，摸田螺，逮田鼠，现在的稻田里，已经很难有这些意外的收获了。农药、化肥和除草剂，已经把这些脆弱的生命消灭了，土壤板结、酸化，哪里还有这些小生命的生存之所？

只有在一些偏远的村庄，我们还可以看到一些熟悉的旧物。诸如青石板铺就的小巷、安静而古朴的廊桥、成群结队的鸭子、在林间穿过的松鼠，以及抬头可以望见的满天星斗。我曾经在漳州的云水谣感受过最安静的夜晚。夏天晚上，八点多，村庄已经看不到游人，远处是黑魆魆的无边的群山，四周是此起彼伏的虫鸣，此外再没有其他的声音。整个村庄安静得像空无一人，在这远离城市的偏远村庄，我得到了许久没有得到的最深的睡眠。那个晚上，无梦、无打扰，只有无限的黑。我一觉醒来，感到从未有过的放松和平和，我内心深处最痛的伤口，似乎在黑暗之中得到了神秘的修复。

过去，我们花了那么多的时间和努力，只为了涌进城市，在钢筋水泥中拥有自己的一席之地。而现在，我们又渴望回到最偏远的村庄，去搜寻美好的回忆和安宁、平和的日子。人永远都被现代文明裹挟前行，以至于忘记初衷。只有当我们意识到自己失去这一切的时候，我们才会对过去生出无限的怀念。

最让我怀念的就是那些在夜晚打着灯笼的萤火虫。夏天的晚上，四周暗下来，萤火虫开始成群结队地在草丛里飞来飞去，它们带给孩子们多少难以言说的欢乐。我们的手里拿着薄纸折好的纸盒，蹑手蹑脚地跟在一只萤火虫的屁股后，然后用手轻轻一扑，一只萤火虫就停在手掌中。它的尾部在黑暗中一闪一闪地发光，仿佛头顶闪耀的星星一般。我们把捉到的萤火虫装在小纸盒中,于是,每个人的手中就有了一盏盏的小灯笼。

这些小小的灯笼,照亮了童年那些孤独、平淡的日子。

由于城市进程的加快,环境的污染,萤火虫这种美丽而富有传奇色彩的昆虫离人们越来越远,即便是乡下也难觅它的踪影。"银烛秋光冷画屏,轻罗小扇扑流萤",杜牧诗中描绘的充满诗意的画面已经无从找寻。我们躲在钢筋水泥筑就的高楼之中,仿佛蹲在精美的牢狱之中。我们那穿过铁栅栏的支离破碎的目光,再难以捕捉到这些美好的尘世精灵。

去年三月,我到南靖塔下村采风。在南靖的塔下村,我遇到了土楼"庆德楼"的主人张敏学。他热情地对我说:这里的夏天景色最好,到时你再来。这里的夏季有万千的野生萤火虫,这些萤火虫在溪流的两岸飞舞,溪流两岸就像缠上了两条闪光带,整个塔下村美得像一个梦境。他的话让我对塔下村的夏天充满了美好的向往。

在夜里,我做了一个梦。在梦中,我看见了难以计数的萤火虫。它们在草丛中、溪流上、群山间,提着一盏盏小小的灯笼飞来飞去。这些带着光芒的小精灵,充盈在天地间,成为一道美丽的风景。

原配的世界,之所以令人怀念,是因为她让我们更贴近自然。世间的草木味,烟火味,让我们活得更有情有味。王开岭在《古典之殇》书中说:我越来越笃信两点:好东西都是原配的,好东西应是免费的。我也笃信这两点。

百年前梭罗曾说过一句话:让我们如大自然般过一天吧。

我也想说:让我们和大自然携手同行。

让我们不负天、不负地,不枉此生。

酒不醉人　人"自醉"

——读苏沧桑的《冬酿》有感

骆金华

"中华民族优秀传统文化源远流长，博大精深，生生不息。也有一些珍贵的东西正在渐渐远去。"苏沧桑的《纸上》及时捕捉了这些即将消失的影子，给人间大地保留下了珍贵的印记。这些璀璨的古老文明，在当今被太多人忽视、似乎将要消逝的物事，既是南方的，也是中国的；既是中国的，也是世界的。

我尤其对其中的《冬酿》一文深有感受。

作者深入海岛山里村，亲眼见证七个海岛汉子在冬至日的酿酒作业，他们最大的70岁，最小的49岁。在现代文明的冲击下，传统的制造业几近凋零，而他们却始终秉持着对酒物的敬畏之心，能够一丝不苟地保持着古法酿造，用好米、好水酿出芳香浓郁的醇酒，醉了他，醉了她，也醉了我。

我的母亲活着时也是在每年的冬至日酿酒，过年时一家人共享团圆饭时少不得品着酒，谈论着一年的收获喜悦，畅想着未来的美好生活，其乐融融，微醺惬意。那一年国庆，带着母亲到金坑观览红色旅游区，走在石砌路上，突然闻到巷子里飘来的芬芳的糯饭香味，母亲马上说谁在做酒吧，果然往前走十几步，一户人家敞开着门，大锅里在蒸糯米饭，蒸汽萦绕满屋、飘出室外，醇香扑鼻。一问，果然是为做酒。

在邵武,金坑的米酒颇为有名,冬日里吃饭时都为能喝上正宗的金坑米酒而庆幸,这正是金坑良好的自然生态环境而出产的好米好水酿出的缘故。

我不知道最早酒是何人酿造,何时出现的,我只知道酒文化在中国历史悠久,源远流长。古诗文中酒字的使用频率太高了,有卓文君的当垆卖酒,有李白的斗酒诗百篇,有欧阳修的醉翁之意不在酒,有苏轼的举匏樽以相属,也有团圆喜庆时的举杯祝贺。高兴时有陶渊明的"引壶觞以自酌";忧愁失意时有鲍照的"举杯断绝歌路难",杜甫的"潦倒新停浊酒杯",辛弃疾的"醉里挑灯看剑";凄凉伤悲的时候,有李清照的"三杯两盏淡酒",有白居易的"春江花朝秋月夜,往往取酒还独倾"。当代人的生活中也无时离不开酒,不仅是厨房烹饪时的必备料理之一,餐桌上也总是少不了的,特别是失意发愁的时候,人们不约而同地举起了酒杯。酒几乎成了愁的代名词,李白的"五花马、千金裘,呼儿将出换美酒,与尔同销万古愁"就是一个典型的代表,明知道抽刀断水水更流,举杯消愁愁更愁,但愁的时候就很无奈,没有办法的办法,就借酒解愁。愁没有解,却把自己灌醉了,还不如说是借酒来麻醉自己,暂时忘却了愁,这就是人们常说的酒不醉人人"自醉"吧。

酒文化还有一个概念是关联人际关系。亲朋好友喜相逢、重聚首,用点小酒怡情,可以调节气氛,无酒不欢。更有为某种利益而组局喝酒,请人办事、洽谈生意。被求者拿着架子,可喝可不喝,可少喝,喜欢或愿意亦可以多喝。而求人者则自降身份,竭尽喝酒之能事,会喝一两喝半斤,会喝一斤来三瓶,不把自己喝倒不行,只要喝得爽快喝得似乎无保留就见出了诚意,事情就办得顺利,常常喝坏了风气喝坏了胃。

有人喜欢在酒桌上看人出洋相，不管你酒量如何，就喜欢让不会喝的人喝酒，让酒量小的人多喝酒，看着别人在自己的运作下喝酒喝出了狂态，醉了行路颠颠倒倒，或吐了满地，内心的欲望得到了满足，甚至强行逼人喝酒而导致出了人命。这样的状况实在让人无法喜欢，这一定不是酒的本意。书中写道："中医认为，酒精性阳、热、燥、烈。少饮怡情，养胃。多饮伤肝伤神，暴饮伤命。"著名演员傅彪43岁肝癌离世，过量饮酒是重要原因。喝酒伤身的例子不胜枚举，喝酒开车伤人的事例更令人厌恶痛心。所以饮酒应适量少饮，酒桌上宜随缘随性，不宜破坏亲朋好友相聚的融洽气氛。不能不说酒是好东西，酒本身没有错，错在人，这便是酒不醉人人"自醉"了。

作者言"历史时空中，酒走着走着，从稚嫩的少年长成了壮年，走着走着，遇见了一个个有趣的灵魂，一场场化学反应，一场场旷世情缘"。《冬酿》中还融入了作者一生中众多的酒事，从呱呱坠地时母亲坐月子吃的姜酒鸡蛋面，到女儿将葡萄酒煮热，加入苹果、柠檬、豆蔻、肉桂、丁香等的热红酒；从喝醉的桑塔纳轿车里滚出大大小小的13个人，到山里村让舌尖被电一下的70度的酒汗，字里行间始终饱含着对酒浓郁的深情，闻它，品它，爱它而难以释怀。

酒与人们的生活息息相关，有人甚至不可一日无酒。这怎能不让人发出疑问：酒到底有什么魅力？上至三皇五帝，下至贩夫走卒，人见人喜？酒到底有什么魔力？结千古仇怨是它，化三尺寒冰是它，安邦是它，亡国也是它。这正是酒不醉人人"自醉"啊。

酒文化在中国有独特性，在世界也并不缺乏。酒的种类众多，有黄酒、白酒、红酒、清酒、葡萄酒、白兰地、高粱酒、地瓜酒、啤酒等，个人的喜好不同选择也不同，但不管什么酒什么人什么时候喝，一定要理性要适可而止，让酒为人服务而不是人为酒所驭。

亚马逊创始人贝索斯曾说：每天都有人说，未来会发生什么变化？其实，我们应该问，未来哪些事情不会变？酿酒的方式在改变，酒的品种也在改变，工业化的脚步不停向前。但有些东西不变，传统的造酒还在或多或少地进行着，并将在未来很长时间内继续着。

更重要的是，酒的醇香、酒中的情事还在继续发生着。这些酒事既在中国发生着，也在世界发生着。

（作者供职于福建省邵武第一中学）

探访"礼仪之乡 文化之村"

骆金华

《回望故乡》全书虽只写了一个小小村庄的物事，却让人读起来不忍释手。它是一张小山村丰富文化的微缩图影，又是一曲柔婉绵长的乡愁恋曲。黄光炎先生用洗练、写实、生动的文笔，为我们细致描绘出横坑村美丽的自然图景，让我们了解了村庄的精彩文化和悠久历史，激发了读者涉足其境、到彼一游的欲念。

读了全书，我突然闪现出这样的想法：在这样的乡村背景上，如果贯串描述一个几代家族的故事，那又是一部《白鹿原》吧；如果渗透一段悱恻凄美令人慨叹的爱情，也不亚于《红楼梦》吧。茨威格说：历史是真正的诗人和戏剧家，任何一个作家都别想超越历史本身。《回望故乡》作者用散文笔法记录的乡村历史就是最伟大的真实，是闽北邵武具有悠久人文底蕴的一个有力的注解。

一个重视礼仪的乡村。文中记载了原为嵊衢坊的横坑村在二十世纪五六十年代仍风行的许多风俗礼仪。有节日的，如春节的祭祀团拜、上元节的闹灯、清明的祭祖、端午的送尊师粽等；有婚俗人生的，如请女婿、满月酒、为五十岁以上老人做整十寿、为死者送殡的老人米等；还有盖新厝、为耕牛过生日节、猪醮、路会等。这些礼仪，作者记载得很细致，但并不是单纯的介绍，而是放在某一个特定人物的故事中，让人一看就清楚明白。其中的程序讲究、先后礼节繁复让我讶异，生活在厂矿区的我有些只听说过大概，有些从来没听说过。

《论语》中，子曰：非礼勿视，非礼勿听，非礼勿言，非礼勿动。在礼乐崩坏的春秋时代，孔子倡导"克己复礼"，他不是强制人们接受，而是站在仁者的立场，告诉人们：只有遵循礼才能使社会和谐稳定，才能保障安居乐业。中国自古被称为礼仪之邦，礼不是纯粹的仪式感，而是根植于人们心中的道德准绳。也正因着这些风俗礼仪，约束着人们的言行举止，劝导乡民从善爱人，这个由黄峭公四子盖公的第九子德祖公发祥的具有千年历史的村庄——嵊衢坊乡风淳朴、生活祥和。

在如今社会变革的时代大潮中，有些礼仪已在逐渐淡化或消失，《回望故乡》为我们留下了宝贵的记忆，也启迪后人：一些良好的民风民俗应该大力弘扬，永久流传，从而为建设和谐社会添砖加瓦。

一座崇尚知识、充满文蕴的村庄。作者说："村里崇尚读书的氛围相当浓厚。在过去，家中再穷，男孩也要送学堂去的，20世纪60年代开始，教育普及，则男童女童都有学上。"对学童的启蒙非常重视，不仅是家里重视，甚至是一个家族重视，要择日子，蒙童穿戴一新，由族中房长或有文化的长辈背着去上学。每年的新春开学和放寒假前，凡有学童在校的人家，无论如何都要请老师到家吃餐饭。年底的杀猪宴也是一定要请老师的，还有端午节必须送尊师粽。在传统的农耕社会，解决物质的饥渴问题自然是最大的生活重心。黄光炎先生在书中讲述了许多吃食，丰盛的节日佳肴，各种自制小吃食品：糖罐子花饼、春社草粿，山中无尽的野果：椎榛、野柿、杨梅、黄拿拿、毛冬瓜、乌子,田中的稻花鲤鱼、泥鳅、田螺,这些充满野趣的农事唤起了我们的味觉记忆,也令当今生活在枯燥单调的城市的童年新生代艳羡吧。

尽管物质匮乏,可是处于贫窘中的横坑村人始终不乏精神的追求。在村里,有文化的人总是受到崇敬,尊师重教、敬惜字纸的风情浓郁,村中的那些有字处:刻石、匾额、楹联,一字字、一块块、义学、添年公的剃头文化等都呈现出横坑村浓厚的历史底蕴和深远的文化魅力。因为重视文化知识,小乡村走出了一批批优秀人才,走出了黄光炎这样睿智理性的笔耕者。就像黄州赤壁成就了苏轼,苏轼也成全了黄州一样。嵊衢坊成就了黄光炎,黄光炎也成全了横坑村。

如今,《回望故乡》让这个小小村庄不再只是作者一个人的村庄,不再只是一村人的村庄,它让更多的人、后代的人也能认识这个村庄,这个礼仪之乡、文化之村就是:邵武市桂林乡横坑村。

在众多乡贤的协助下,如今的横坑村已成为大学院校的研学基地和民俗旅游地,来自各地的人们踊跃而来,探寻乡村的神秘意蕴,感受内隐在山林竹海中小小古村的静谧安宁。

2020年的国庆假期,我带着母亲和一位书友母子,一行四人踏上了探访横坑村的行程。没有向导,我们导航由高速而乡道而村道,汽车在狭窄而弯曲的村道上行驶,行进在草深林密的山谷中,让我们更像是一趟朝圣之旅。也的确是朝圣,山路一路向前,我们可不就是去漫远未知的前方朝拜吗?

路两旁都是满眼的葱绿,让人心怡悦目,竹林特别多,一片一片山满是修长高耸的直竹,想起书中特别写春季的采摘竹笋压笋的内容。难怪呢，那么多的竹林，春季一定会长出很多的竹笋，那么多的竹笋一时吃不完，又不容易保存，含碱量大也不能一时多吃，春季又是多雨的季节，也不能晒干，聪明的人类就想出了最好的保存法——压笋：在春季及时采挖竹笋，将竹笋剥去壳后用刀剖开成两半，将半笋空心的那面朝下，一层层码放在事先做好安放在竹林各处的大木箱里，一定要码放整齐密实，上面还要用巨石压实，这才叫压笋。等到秋天，天高气爽，晴朗的日子多，再把这些被压榨成笋片的春笋取出来，放到明媚的阳光下晾晒成笋干，那就容易保存了，一年四季就能吃上美味的山珍了，也能让四海八方的人品尝了。用现在的说法，就叫"真空包装"。传统农耕社会，人们从长期的社会实践中探索总结的经验真是令人肃然起敬，在有限的条件下最大化地利用天然，真是睿智啊！

写到这里，想起以鲜笋或笋干烹调的各种美味佳肴，我禁不住要垂涎欲滴了。

我们在横坑村，真实感受了浓厚的传统文化氛围。村民们对我们非常友善。他们热情招呼，让我们品尝他们自种的甜瓜。瓜清新可口，自然甜美。在村里，我们看到了整洁的书堂，庄重的祠堂；布满绿色苔藓的笨重的石水缸，生长着沧桑弯虬依然生机盎然的枣树。村外稻田层层而上，黄绿相融，艳丽养眼，稻香扑鼻，更远的山岭青黛，静立守护着这方水土和这方人。从稻田山坡上回看整个村庄，房宇相接，静谧安宁，这不就是陶渊明笔下的桃花源吗？"土地平旷，屋舍俨然，有良田美池桑竹之属。阡陌交通，鸡犬相闻。黄发垂髫，并怡然自乐。"是了，就是，不妨去亲自感受一下吧。

书友母子，我和母亲也是母子，我们四人算是三代人，各人的感受不一样，共同点是都认为不虚此行。这样的探访之旅机会并不多，一年之后健康爽朗的母亲猝然离世，我再也不能与她共同游览，更不能再承欢膝下了。

横坑村的古朴厚重留住了我的怀想，留住了我们的根。古老的村落还有更多的内涵等待人们去品味去探寻，且行且珍惜吧。

漫说"真爱"

骆金华

澳大利亚作家考琳·麦卡洛的经典名篇《荆棘鸟》以传说的荆棘鸟故事来象征人类的爱情：真正的爱和一切美好的东西，是需要以难以想象的代价去换取的。全书以厚重的篇幅、丰富多彩的内容呈现了多个爱情故事。

什么是真爱？真爱就是明知不可得而求之的爱吗？

文中最令人荡气回肠的爱，就是梅吉与拉尔夫之间的爱。他们的爱特别符合荆棘鸟似的爱。拉尔夫是个天主教神父，他发过誓永远爱上帝，不做男人，然而他依旧永远是男人。因着这样的一个矛盾，他与梅吉的爱就成了一根必须扎向自己的刺。

28 岁的拉尔夫见到八岁的梅吉第一面就显得异样，这是一个成人对一个可爱女孩的爱，也是一个男人对一个女人或者女孩的爱。在她成人之后，这种爱就更加情不自禁。于是在度假之岛上，他暂时忘记了上帝一个星期，与妙龄女梅吉的放纵埋下了祸种，它的种子萌芽生长之后，继承了他的基因：甘心情愿将自己全部奉献给上帝。

这是一种轮回吗？而梅吉呢？一个八岁的小女子涉世未深懵懂中，在德罗海达这个自成一统、与文明世界隔绝如此之深的天地中，拉尔夫这个除家中父亲兄弟之外的唯一亲近示好的英俊成熟的男人，又怎能不驻进心头？拉尔夫不知道自己为什么如此喜爱梅吉，也没有花很多时间去伤这个脑筋，或许"喜爱出于怜悯"。还因为在这个大家庭中，谁也不觉得她举足轻重，在她的生活中存在着能让他插足并把握她、赢得她爱的空间。这样来说，两人想不发生恋爱故事都不行，德罗海达唯一的女儿和唯一的非亲帅哥间必然会擦出爱情的火花。

其他的爱情还有，孀居 33 年的姑母玛丽·卡森也爱着拉尔夫。玛丽·卡森把自己的千万遗产都赠送给教会，并指名由拉尔夫管理，成全了拉尔夫对上帝的忠诚，却有意破坏了他的爱情。"玛丽·卡森盘问得极严，对他在牧工头家度过的每一刻都充满了嫉妒。"这是一种真爱吗？

菲奥娜对帕迪的爱。菲先爱上了有妇之夫，有了身孕，成了家族的耻辱，被迫嫁给连面都没见过的帕迪。她对帕迪本没有爱，却为他一个接一个地生孩子，直到帕迪被无情的草原之火烧死后，她才知道自己爱着帕迪，这样的领悟显然太晚了，令人遗憾，好在帕迪是个值得爱的人。

那卢克呢？他有意接近梅吉，轻而易举地让梅吉爱上了他，以为嫁给他是自己的出路。梅吉根本没有看清卢克的为人，还轻易将自己的所有财产交给卢克管理，让自己成为身无分文之人，连回家的路费都没有！卢克"在干完那种男人的事以后抬腿就走了，没有时间，也根本没有打算把一个女人放在心上。他们使女人无休无止地流连于某种梦想"。好在她终于看懂了卢克，摆脱了他，回到了德罗海达自己的家。

梅吉对卢克的爱当然不是真爱，它是一个女孩在懵懂年少时的探寻或者说是被迷惑，她在学习怎样去爱一个男人，当她看清了对方的真实面目时选择毅然决然离开他是明智的！用现在的说法,卢克绝对是个渣男。

奉劝男人们千万不要做这样的人,当你成人后选择爱的对象时,选择自己可爱的女子应该全心全意地去爱她,不要被金钱物质和表面的美貌蒙蔽了！奉劝女人们在爱情面前擦亮眼睛,不要被表面的甜言蜜语阿谀献媚和自己的怦然心动蒙蔽了双眼和心智。只有双方都有情有义,爱才能成全爱。爱常常说不清道不明,于是人们就常把它归于某种缘分,或是月下老人慈祥抛出的一根红绳,或是爱的天使丘比特有意无意随心所欲射出的一根乱箭。

如何理解真爱呢？真爱应该是为了对方可以舍弃一切吧！

尽管拉尔夫认为"我是一个男人,生活在人世间去追求神性,这不过是一种幻觉。我是出卖了自己,付出了高昂的精神代价而换取物质利益吗？梵蒂冈的世界是一个古老、酸腐、僵化的世界",但他终于实践着自己的誓言而没有舍弃上帝,他是"真爱"吗？

梅吉放弃了与卢克的不幸婚姻,过着孀居的生活,这或许反倒是一种幸运。梅吉说:我们各自的心中都有某些不愿摒弃的东西,即使这东西使我们痛苦得要死。就像古老的凯尔特传说中那胸前带着棘刺的鸟,泣血而啼,呕出了血淋淋的心而死去。有些事明知道行不通,可是咱们还是要做。每个人都在唱着自己那支小小的曲子,相信这是世界从未聆听过的最动听的声音,咱们制造了自己的荆棘丛,而且从不停下来计算其代价。

在小说中,德罗海达孤独的女主人和老处女的管家仆人们,以及梅吉的哥哥们,最后都不需要婚姻地生存着。"他们太腼腆了,这是大地的性格,因为大地不需要语言的表达和社交的风度，它需要他们给予的，就只是默默无言的爱和全心全意的忠顺。"作者似乎在告诉读者：真爱难得，如果得不到真爱依然可以活在自己的本心里。

是环境造就了人，还是人适应了环境？南半球大洋洲广袤无垠的大地上，拥有 25 万英亩土地，家宅周围长 40 英里，从外面进来要穿过 27 道大门的德罗海达。在这里，人们过着牧羊生活，与拓荒时期的美国西部牛仔何其相似，他们只需满足最朴素的物质生活，不需要与他人更多交往，追求精神的简单安宁！这种封闭式生活使人过于木讷，寡言少语，不善与人交流！

这似乎是一种桃花源般的理想生活，但终究下一代的朱丝婷还是走出去了！

文学作品中的所谓真爱，多数都是令人叹惋唏嘘的爱的悲剧。古有牛郎织女、梁山伯与祝英台、白蛇与许仙、罗密欧与朱丽叶，现有倾城之恋、广岛之恋。完美之爱当然也有，如《傲慢与偏见》、琼瑶的作品。但生活现实并不全是浪漫，琼瑶作品中的爱情影响了好几代年轻人，让多少青葱岁月的花季少男少女耽于所谓浪漫爱情的幻象中不能自拔，从而错过了身边可人的风景，或者用书本中的完美形象去比照现实中的另一半，怎么看怎么不如意，于是把自己念叨成了怨妇怨夫。

任何一个男人，任何一个女人，都不会在镜子中看到自己的真身。

爱情是美好的，现实中美好的爱情要自己去争取，男女双方本质上应该是善良勤勉温和包容的，情投意合，三观相配，八字相合。世界上没有十全十美的人，也没有十全十美的爱情，爱一个人是因为他或她入了你的法眼，她(他)是你的菜，但还要对方也是这样对你，这样的爱情才有幸福可言，否则就要品尝痛苦了。爱他(她)要包容，要牺牲，要不断提升自己，但不必委曲求全。真爱绝对不是一方的事情，必须是双方都能为对方着想，让对方满意，必要的时候要有一点牺牲。"麦琪的礼物"不是谁都送得出来的。爱一个人的过程也是成长的过程，进步的过程。

漫说真爱，祝福天下有情人终成眷属，都能找到真爱！

诗情画意读好书

——沧浪读书分享《悠悠岁月》

骆金华

沧浪读书会第95期读书分享活动在瑶理村稻田美景中举行。

从城区沿316国道向光泽方向行车约20分钟,就到了水北镇瑶里村。一下车,书友们就兴奋地欢呼起来:好美啊!一片金黄的稻田呈现在眼前,艳丽夺目,一丘丘成熟的黄灿灿的稻穗与青草葱茏的田埂组成了一片蓝绿相间的方格布,远处连绵的青山为它嵌上青绿色的花边,真是一幅美不胜收的画卷。深吸一口气,稻香沁人心脾,富含氧离子的气息让人满身的畅意舒心。在这诗情画意中读书,分享读一本好书,怎不让人愉悦欢喜!

为什么要到这里来?我们一行20多个人来到这个郊外,为了一个共同的目标:开读书会——每三周一次的沧浪读书分享会。

在当代喧嚣繁杂物欲横流的社会中,人们更多忙于追名逐利,而一群爱书人聚集在一起,在旁人看来,我们也许是个异类。然而我们就是愿意读书,我们喜欢读书。书籍是人类进步的阶梯,我们在践行这句至理名言。

"道阻且长,行则将至。"二十大报告如是说。多读书的人对待生活会更加客观理性,更加理解包容,因为他们看过的世界并不止于眼前，书中的世界很大很大。每一本书就是一个世界，爱读书多读书的人，他可以多了解眼前世界以外的东西，也更能够有宽广的视野审视自己，因而对于一些鸡毛小事，不再那么斤斤计较。

书中满满的都是各种人生的体验和经验，我们应该多读书。

我们读些什么书？当然是读一些好书，读一些经典的书。读那些古今中外的文学名著，被人推崇赞许的各种门类的书，对人有启迪有思考的书。书是很多的，汗牛充栋，人生有限，一定要阅读一些有质量的、有很高的价值水准的书。我们读书会分享的都是有选择的、评价较高的文学作品，每一本都值得认真阅读。当然仅仅阅读这些是不够的，还应该阅读其他的优秀文学作品和社会心理等各类佳作！

我们怎样读书呢？读书方式可以因个人喜好而不同。你可以用工作之余的时间碎片化地阅读，可以选择你能利用的任何时间地点读书。《三国志·魏书·王肃传》记载，说过"读书百遍而其义自见"的三国著名学者董遇，还说过读书三余：冬者岁之余，夜者日之余，阴雨者时之余也。意思是：读书可以利用一年中三种碎片化或者说闲余时间阅读，冬天是一年的空余时间，夜晚是一天中的多余时间，下雨的日子随时有多余。传统农业生产，冬天闲着，没什么农事干；夜晚不用干活，下雨天不合适干活，这三种时间就可以用来读书。所以读书须勤奋，抓紧一切可以利用的时间，不要以这样那样的借口为自己想读书却不付诸行动甚至可以说内心没有真正愿意读书而找托词。

现代人的工作不再像传统农业人那样辛苦劳累了，完全可以找到闲余时间阅读。随着科技发展，听书是一种很好的方式，既不伤眼，又可以边做家务边听，不知不觉一本好书就听完了！读书方式，可坐，可卧，可躺，甚至也可以像我们这样来到大自然中，在养眼的美丽画面、氤氲的稻香中阅读一本好书。

我们今天分享的书目是本年度即最新的 2022 年诺贝尔文学奖获得者——法国女作家安妮·埃尔诺的代表作《悠悠岁月》。大家在刚开始阅读的时候都感到阅读此书颇为烧脑费力，不容易读懂，碎片化的东西很多，有时不知所云。好在大家在群里互相提示、鼓励、坚持阅读。当我们在阅读的时候，不一定说能读懂的书就是好书。这本书是由法语翻译过来的，一定有着法国人的社会背景、生存体验、语言习惯和逻辑思维，对于国人来说并不是那么容易理解。但书友们聚在一起，大家可以互相探讨分享，对书本的理解也就能够更加深透了。每个人的阅读都有每个人不同的喜好，对一本书有着自己的独特的见解，大家分享阅读之后，对书本的理解，就能够看到不止一个人的眼光。

这本被广为推崇的书，自然有它的独到之处，在写作的形式手法上的确与众不同。自传类作品更多的是以第一人称叙述自身的历史经历，最多就是对社会现象给予评论，而埃尔诺的这本《悠悠岁月》却在写作手法上有所创新。所谓的"无人称自传"，就是如译者所言"她的自传从头到尾都不用第一人称'我'，而是采用第三人称，也就是无人称的泛指代词来表示'我们'，实际上是在自己回忆的同时也促使别人回忆，以人们共有的经历反映出时代的演变，从而引起人们内心的强烈共鸣，发现原来我们是这样生活过来的"。

作者以无人称的形式来阐述自己的人生，而她的人生又与同代人有很多共通的东西，是一代人的自传，是法国社会 60 年的写照。作者以 16 幅自己人生中各阶段有代表性的照片来贯穿全书，使历史时光的脉络更加清晰，每一个人物事件并不是细致地叙述，也没有比较清楚的过程。书中描述更多的是作者成长中的忧虑和成年后对社会人生的思考，对法国政坛包括国家之间战争的点评，所以诺贝尔文学奖颁奖词给予了盛赞：因她的勇气和临床的敏锐性揭开了个人记忆的根源、隔阂和集体约束。

这样的一本好书，打开了我们认识世界的又一扇窗口：了解了一个法国优秀女作家成长的心路历程：少女懵懂时叛逆任性而抗拒宗教世俗的堕胎史，顿悟人生后奋发求学的阅读史，婚姻破灭后艰难困苦的教学史，走向成熟敏锐观察社会的写作史。书中涉及了 60 年法国的历史大事：曾经陷入与阿尔及利亚的战争泥潭，为堕胎自由权而抗争取得胜利，避孕措施和避孕药的发现解放了性欲望的自由，上帝却用艾滋病惩罚了人类自作自受的放纵，在五月风暴中你站在政治的哪一边门槛等。

读一本好书，收获多多，分享欢笑不停；欣赏美景，赞叹连连，定格拍照不断。在诗情画意中读一本好书，何其畅快！

"我"为什么不逃离湿地？

骆金华

阅读美国女作家迪莉娅·欧文斯的《蝲蛄吟唱的地方》，让我想起另一美国女作家塔拉·韦斯特弗的《你当像鸟飞往你的山》，两书都是讲述一个女孩"离开"父母的成长故事。不同的是：后者是主动离开，而前者是被抛弃后被动地留下。

《蝲蛄吟唱的地方》中的主人公基娅在被母亲、父亲相继抛下后，他没有像哥哥姐姐那样离开蝲蛄吟唱的地方——湿地走向人群社会，而是留下，与湿地相依相存，逐渐成长。母亲离开时，基娅六岁，父亲不知所终时，基娅十岁，十岁的女孩在湿地中开始了独立成长的人生历程。

她终于没有离开湿地，我以为有以下几种原因。

首先是世俗的人类社会对异己的排斥。当社会工作者将七岁的基娅带进学校、进入公众视野的时候，孩子们不是包容接纳她，而是嘲笑这个与众不同的异类，伤害她的自尊。她不愿在这样的环境中待下去，不愿忍受人们的鄙视与异样的眼光，于是选择了回到湿地，不再与所谓的文明社会人群接触。《你当像鸟飞往你的山》中也有类似的情形，当塔拉经过努力自学终于逃离摩门教家庭进入大学后，却发现自己与别人有太多不同，因此必须接受异样的鄙夷的眼光，她因一时无法融入文明社会而抑郁难受。

现实生活中人们的确容易对与自己不同的人表示惊讶与不接纳，所谓"物以类聚，人以群分"。韩愈在《师说》中就有"士大夫之族，曰师曰弟子云者，则群聚而笑之"的句子，那些官场上的不愿继续学习者对于与自己不同观念的好学上进者是不屑的、嘲讽的。现代职场上也有人嘲笑着装不时尚者、非名牌者或者不懂潜规则者。孩子们自然是纯真的、有意无意的，可是同为孩子的基娅内心的自尊却无法让自己违心留下，于是她选择逃离文明社会。此为造成基娅滞留湿地的第一原因。

其次是自然的湿地环境无条件地接纳她。她独自在湿地中生存，与海鸥、猫头鹰等生物相伴，不会受到伤害。就如唐代诗人王维诗中所说"海鸥何事更相宜"，只要自己了无心机，淡泊自然，就能与大地生物和谐共存，如杜甫的"舍南舍北皆春水，但见群鸥日日来"。然而人类社会有时却伤害太多，甚至最亲的亲人都会互相伤害，基娅的母亲就是因为受不了丈夫的家暴而离去。基娅能够感受到自然的包容与接纳，被称为"地球之肾"的湿地是众多生物物种的栖息地，生物多样丰富，它不仅接纳了基娅，而且为她提供了物质生活的保障。

众所周知，生存的第一要务是解决温饱问题。一个十岁女孩，她如何独自生存是人们关心的。书中写道，她起早在海滩上收集贻贝来换取生活用品食品和机油，她说"湿地是我唯一的家人"，她与湿地相处融洽，不愿分离。

当然，基娅的成长，离不开人类社会中良善分子的帮助。开杂货店的老跳夫妇，给予了基娅尽可能的关注与帮助，接受她的贻贝换物品，送给她衣物。教她识字的泰特，让她可以不用通过学校教育，就有识字阅读的能力，从而通过阅读提升自己的知识素养和丰富精神世界。当她陷入司法纠纷时，已退休的七十一岁的汤姆·米尔顿请求为她无偿辩护，只因为"她生活在不同寻常的环境里，受到一定程度的歧视"，"大多数人不需要在谋杀案中被无罪开释后才被接纳"。

最重要的原因是基娅强大的内在生存驱动力。在她遇到困难需要帮助的时候，她没有向任何人乞求哀怜，而是自己克服解决，"因为我唯一知道的就是靠自己"。因着对生物的热爱、对禽类羽毛的钟情，基娅痴迷于关注湿地生物的神秘生存状况，广泛阅读相关书籍资料，并用自己的笔绘下各种生物的不同形态，在长期的研究之后，她能够结集出版独树一帜的有较高生物研究价值的书籍，从而彻底解决了生活的后顾之忧。

基娅是一个美丽的女孩，她也需要爱，不希望被欺骗、被利用、被威胁。她细致观察生物生存的自然法则，当生物的物种为了生存的时候，是可以伤害同类生物的。例如雌螳螂为了后代的生存而吃掉雄性螳螂，又如萤火虫为了生存繁殖而欺骗同类。基娅身上最令人敬佩的就是内心的强大，不因为自己与别人的差异而自怨自艾，没有自卑，也没有怨恨。"那就是所有人误解我的地方，我从来不恨他们。是他们恨我。他们嘲笑我。他们离开我。他们欺辱我。他们攻击我。我学会了离开他们生活。没有你。没有妈妈！没有任何人！"

即使基娅与众不同，但是依然有在地球上与所有生物共同生存平等共处的权利。因此，不要用别样的眼光去看待与你不同的人，与众不同的人，更不应该驱赶、嘲讽、污辱他。

人类社会总是希望能够和谐相处，一个家庭、社会、国家也要有和谐的氛围。要允许求同存异。"尊重别人是一种美德，被人尊重是一种幸福。"

我尊重你。你尊重我。虽然我们是如此的不同。

所以"我"不逃离湿地，"我"为何要逃离？"我"在湿地的生活很惬意，每天清晨在霞光中用面包屑喂养海鸥，与密林中的猫头鹰静谧厮守，我们相看两不厌。

你"笑掉大牙"了吗?

骆金华

常听人说"笑掉大牙"，意味着听到的话见过的事很可笑，能让人大笑不止。可是生活中我从来也没有见过谁，因为笑而掉了大牙，也不知这个笑话是从哪儿来的，但人人都听得懂。当我们说"真让人笑掉大牙"时，那就是非常可笑的时候。

刘震云的《一日三秋》就讲了这样的一个冷笑话：花二娘爱听笑话，不远千里来到延津，每天都在找笑话，她找笑话不在白天，而是在夜里。她本不是人，是块石头，后来又变成一座山，类似长江边上的望夫石。花二娘是去你的梦里找笑话，在梦里你若笑话讲不好，你不把花二娘逗笑，她也不恼，说，背我去喝碗胡辣汤，谁能背得动一座山。刚把花二娘背起，就被花二娘压死了。但这本身就是一个笑话，死的人拉到医院检查是心肌梗死，所以说这个人的死，跟花二娘有关，也可以说是根本没有关系。花二娘听起来是人，但实际上并不是人，一个不是人的人，到人的梦中去找笑话，这何尝不是一个笑话？

作者用了这样的一个神幻的方式来讲述一个人生的道理：我们的生活中需要一些笑话，当我们听多了笑话，我们会讲笑话，我们沉浸在笑话当中，那我们的人生会更加乐观开朗，更加快乐愉悦。反之，一个人连听了笑话都不笑，那他一定是个愁闷的人、抑郁的人、有心结的人，这样的人内心的压力很大。内心压力过大了，他的心脏就受不了了，自然也就容易致心肌梗死了。所以，让我们在生活中多笑吧，最好是大家都"笑掉了大牙"，那是多好的事情呀！

书中花二娘的故事本身也就像一个 3000 多年的笑话。花二娘从一个笑话国出来到延津，就在等她的心上人，等了 3000 多年都没有等到。文中最后才揭示出，她所等的那个人，再也来不了了，其实他来过，但是又走了，"离开"了。他怎么离开的？他是因为在吃鱼的时候听到了一个笑话，被卡在喉咙里给卡死了，他竟被一个笑话一根鱼刺给卡死了。3000 多年来，花二娘一直以为，或许因为战乱，花二爷死在了延津之外。3000 多年来，花二娘立足延津望延津之外，或立足延津忘延津之外，其实这个该望和忘的人就在延津，当然也不在延津，他随着黄河水滚滚东去，去了茫无边际的大海。3000 多年来，许多延津人知道这事，但没有一个人敢对花二娘讲，特别是不敢在梦里当笑话讲。这才是延津最大的笑话。

3000 多年的延续，拓展了整个故事的时空距离，我们要说，在中国有文字的 3000 多年历史当中，发生过多少的笑话？而这些笑话人们又是怎样对待的？那个人间天上代代相传的长江边上的望夫石，是不是笑话？

我非常认同诗人舒婷在《神女峰》中所言：美丽的梦留下美丽的忧伤，心真能变成石头吗？为眺望远天的杳鹤，错过无数次春江月明，与其在悬崖上展览千年，不如在爱人肩头痛哭一晚。不得不说，刘震云在书中借着这样的笑话，是想要告诉世人：人的生生世世未尝不存在这样那样的不如意，如果能将它看作笑话，就可以少一些抑郁忧愁。而对于这些，我们要学会把它当作笑话，把它当作笑话讲出去。我们要望着他，我们也要忘记他。

2023 年 1 月 15 日，星期天，天空阴云密布，一行十几人，穿着最厚的冬装，乘着四辆私家车，在北风呼啸中往云灵山谷而去。这样寒冷的天气，铁城最冷的时节，整个山谷见不到别的游人，这群人却义无反顾地往山中去。这么冷的天，又没有什么风景。他们去干吗？是不是有病？会不会有人觉得这是一个笑话？

人们不知道的是，我们是去赴一场读书的盛宴，去云灵山参加沧浪读书会《一日三秋》的读书分享会。到了现场，但觉阴风呼号，细雨霏霏，四周山峰清冷、寒林静穆。在一片并不宽广的谷地中，在千年古杉树下，在古民居二楼的厅房里，我们围炉而谈，品评经典，欢笑畅快。恶劣的天气不能阻止我们，能够与一群读书人为友，能够在这天地大自然中尽情地享受读书的乐趣，能够与志同道合者一起围炉畅谈，这不值得笑吗？"笑掉大牙"也无妨的。

如果我告诉你我真的掉了大牙，你一定不会相信，会把它当作笑话。而事实是，这是真的。

有一个书友带来了新疆特产——奶条，分给大家品尝。我接过来，打开包装纸，一条奶白色的干条，往嘴里塞了一条，可是咬着咬着，却突然感觉到嘴里咀嚼着的本该软和的食物似乎有特别的硬实感，心下顿时一惊，不好了，是不是我的牙粘下来了？

我赶忙悄悄地走到角落处，抽出一张餐巾纸，把嘴里的食物吐到餐巾纸上。睁大眼一看，果然在吐出的残渣中露出了一个畸形的牙。我不敢再细看，赶忙把它包起来，放进口袋里，准备带回家再仔细端详。对此事我也不敢声张，怕引起大家的哄笑，或者影响大家的好情绪。

回家之后，细细思量，我却越来越感到，这真是一个让人笑掉大牙的笑话，所以我也就不妨说出来，让大家笑一笑。你们笑了吗？你们笑掉了大牙吗？

笑吧，人生何处不悲鸣，能笑就笑吧。虽然 2022 年底、2023 年初，新冠病毒在持续了三年之后，依然没有放过每一个人。但是我们经受了，我们走过了，我们阳过了，我们也阳康了。我们放过了它，我们依然在笑。不是说"看谁能笑到最后"？谁笑到最后就是最好。让我们一起笑吧，天天笑，事事笑，"笑掉大牙"又何妨？

你"笑掉大牙"了吗？哈哈！

读《一日三秋》，品中国式幽默与浪漫

卢利玲

读刘震云的《一日三秋》，我强烈地感受到：这样的作品，只能是地地道道的中国人写出来的。

小说的叙述风格，有点像传统的志怪小说。画里画外，戏里戏外，故乡他乡，现代古代，神神鬼鬼，纠缠在一起，真真假假，古古怪怪，有点无厘头，又充满幽默——带着点自嘲，带着点讽刺，是笑中带泪的中国式幽默。小说以日常生活为基调，通过变形夸张，把一个个小人物塑造得活灵活现，在他们身上，我看到了一些传统意义上的属于中国人的执着与浪漫。

小说以六叔的画为引子，引出了后面的故事。六叔是骨子里充满着幽默感的人，他把生活中的各种现象用夸张变形的方式，浓缩在一幅幅画里面。他画了一幅猴子图，图中的猴子被铁链拴在柳树上，伤痕累累，疲惫老态。六叔说，这是我的自画像。把式玩不动了，不想玩了，可是要猴的人不干呀，它可不就挨打了。这样的一番话，他不以为意地带着笑地说了出来，充满了自嘲和调侃，让人觉得好笑的同时又忍不住伤感。命运的锁链，哪里是你想解开就可以解开的呢？

延津人的骨子里就是幽默的。睡梦中死去的人大多是因为心肌梗死，那是多么意外而悲伤的死亡，可是，延津人却调侃说：他没有准备好笑话，被花二娘给压死了。延津人把生活中的苦难都转化成一个个笑话，在生活中，在梦中给说了，悲伤也在笑声中化解了。小说中的主人公明亮，在梦中遇见花二娘，用老婆过去的脏事，救了自己一命。老婆过去的脏事，在花二娘听来，是笑话；可是，对明亮来说，却是耻辱。整部小说里，随处都有这样的笑话，既好笑，又带着悲伤、难堪与泪水，让人回味与思考。

相比于那些幽默的调侃，我更喜欢的是小说中展现的中国特有的浪漫。以前读一些志怪小说，总能让人感受到古人的神奇想象与带着些许固执的浪漫情怀。

在《一日三秋》里，人、神、鬼的浪漫也是贯穿始终。花二娘等待花二郎，一等就是三千年，最后化成了望郎山；樱桃在与陈长杰和李延生在舞台上演《白蛇传》，他们演得悲悲切切且波澜壮阔，他们携手共唱：奈何 奈何 咋办 咋办……明亮，一个六岁的小孩，为了找奶奶，坐反了火车，最后跟着火车轨道往回走，历尽艰辛回到延津；陈长杰瞒着二婚的妻子，加班加点，赚钱给儿子当生活费；明亮知道父亲无法寄生活费，毅然退学，去猪蹄店做学徒；明亮与马小萌互诉往事，相依相靠；老董化身赵天师给各色人等算命，让他们安于天命……这些，都充满了浪漫的气息，虽然有些悲凉，却又是每个生动人物执着的自我选择。

老董算命这个事，特别有意思。小说的第七章，详细描述了老董为李延生算命的场景。老董供奉赵天师，以赵天师的身份给人们算命，他倾听人们的烦恼，然后为他们解决问题，每一个人，他都能应对自如。在第七章里，他通过传话和直播的方式，为李延生算出了肚子里藏着的那个人是樱桃。很神妙，又似乎有迹可循。我想起了蔡崇达的《命运》里面，神婆蔡也好也能与神通灵，倾听来人的烦恼，为他们化解烦恼。这些算命先生，都起着调节心灵、安慰人心的作用。我小时候，经常听母亲说谁谁谁算了命，命中注定要干什么，甚至能吃什么不能吃什么，也是算命先生说过的。

应该说，在以前，算命，在中国民间是一个普遍的存在。

读完《一日三秋》，我仔细向母亲打听，问她以前算命先生是怎么算命的。她说：我们村里面，那一年来了一个老家的算命先生，他是个瞎子，在我们村里面待了半个多月，我们全村人差不多都找过他算命。那他到底怎么算呢？母亲说：他是用唱的，每次算命之前，先要摆下一个道场，他有一个打击器，King康King康地响，然后他就唱起来了。唱的什么内容呢？女人算命，女人都是花的化身；男人算命，男人都是树的化身。师傅就对着算命的那个女孩唱：你这花，什么花？茉莉花开香满园……母亲说她当时比较闲，算命师傅给谁算命，她都跟去看，还跟着学唱，但是，现如今，她只记得这前面这两句了，后面的就是算命师傅历数这个人的一生。母亲就是那茉莉花，村里的另外一个女孩是四季红，师傅对着那个女孩唱：你这花，什么花？四季花开红四季……

我听了，简直呆了，说：我也很想找那个先生算一算命。任何一个女孩，被这师傅一算，平平常常人生就忽然变得美好而优雅起来了吧？这是一件多么浪漫的事啊！

回到小说《一日三秋》。读书之前，看书名，总觉得这本书说的应该就是一个爱情故事，可是，小说赋予了"一日三秋"别样的解释，不同的人有不同的理解。这也让我们感受到，只要你自己乐意，对任何词语，你都可以有自己的理解和解释。小说作者刘震云先生，把人生的悲苦用笑话的方式说了出来，以多时间多空间的架构，给我们提供了丰富的阅读体验，引发了我们对生活新的思考。

感谢刘震云先生，他让我进一步感受到，中国式幽默，是用笑声化解悲伤；中国式浪漫，是看清楚生活的真相，依然热爱生活，是明知不可为而为之，是勇敢者的奋斗……

（作者供职于邵武市熙春小学）

过有癖的诗意人生
——读涨潮《幽梦影》有感

卢利玲

读张潮的《幽梦影》，时时觉得有趣。一个怎样的妙人，才会关注那么多看似无用却又十分有趣的细节。春夏秋冬、草木鸟兽、读书写字绘画……皆信手拈来，行文简短，看似随口道来，实则精致典雅。在《幽梦影》一书中，张潮与他的朋友们，以近似现代微信朋友圈的形式，记录了一百多年前清代文人的闲情逸致。

曾经在一篇文章里看到一句富有哲理的话：人生有三重境界，第一重是金钱人生，第二重是理智人生，第三重是情感人生。张潮和他的朋友们早已经跳过金钱人生，金钱在他们那里是遭到鄙视的，是最低层次的选择，被称为"阿堵物"；他们也超越了理智人生，他们从来不说事情该怎样做才能做得更好，怎样才能更好地理智地处理事情；他们只说自己喜欢的更加精彩的生活，这是典型的以情感为主导的人生境界。

他说：花不可以无蝶，山不可以无泉，石不可以无苔，水不可以无藻，乔木不可以无藤萝，人不可以无癖。张潮的人生境界，已经超越了情感人生，那是更高的一重境界——带有热情的有癖的人生境界（这里的癖，自然指的是良癖，雅癖）。明代袁宏道说：余观世上语言无味面目可憎之人，皆无癖之人。这让我思考，我是否有自己的兴趣爱好，是否是那种面目可憎的无癖之人？也让我想起，身边那些有着活活泼泼生命力的有癖之人。

那是一个潮湿又阴冷的中秋节前夜，在海拔一千多米高的观星峰顶，一群人戴着头灯，就着昏暗的光线，在微风细雨中举行中秋晚会。饮酒，吃月饼，聊天，唱歌……唱歌要有音乐，怎么办？没关系，有手机呢。山顶手机信号不好，没有关系，有办法呢。搬一把凳子，由一个人站在凳子上，高举手机，搜索信号，等待手机一圈一圈地转着，下载配乐，然后由歌者拿着手机高歌一曲，旁边的同伴击掌应和。唱完歌，有人来献花了，花是路边采来的野花……

他们都是户外运动爱好者，这次来到观星峰顶，是为古道越野赛做志愿者。白天，他们背着帐篷睡袋，走了三个多小时到山顶上；夜晚，微雨斜落，他们兴致勃勃地举行着另类的中秋晚会。豪迈欢快的乐曲声融入茫茫山野，融入茫茫黑夜，引得月亮终于从云层中露出脑袋，银色月光洒向这一群欢乐的人们，一切显得是那么梦幻而美好。

古城路的老年公园里，每日下午，便可见一群老人在其中围得里三层外三层的。公园凉亭长椅上坐着一圈老人，里面一圈矮凳，老人们自己搬来的，外边一圈站着的老人，他们都看向中间的几个中心人物，几个拉二胡的老人，几个着装鲜艳，头上戴着鲜艳的塑料花的老人。二胡咿咿呀呀地拉，老妇人也咿咿呀呀地唱。二胡的音不是那么准，那唱腔也不是特别美。但是一出声，便知道是和平那一带的本地方言，带着十分的本土特色，这便是地地道道的本地戏曲了，那些围观的老人听得津津有味。公园旁边的凉亭上，还有许多老人摆起牌桌，打起牌来。公园里，树木葱茏，花香阵阵，老人们各自沉浸在自己喜欢的世界里，一派其乐融融的景象。

加入沧浪读书会以来，认识了许多有读书癖好的书友。每个书友各具特色，却又都因为共同的兴趣爱好，聚在了一起。每两周一期的读书会，我们读各种各样的书，一起分享读书心得……最妙的是咏樱老师带我们举行的草地诗歌朗读会。选一个晴朗的有月亮的夜晚，几个书友于夜晚带上一些零食，一些地垫，来到严羽公园空旷的草地上，就着清朗的月光开始读诗，选择自己喜欢的诗。有名家的诗，也有咏樱老师自己的诗。月下诵诗，别有一番诗情画意。这样的聚会，总让人神清气爽，难以忘怀。

与书友聊天，也是一大乐趣。刘教授喜欢边泡茶，边天马行空地闲侃，茶喝完了，也就增长不少知识。书友晓静，把自己与周围世界融合在一起了，她柔声细语地说：邵武街头的树木栽种得特别好，每个季节都有不同的花开，每个季节，穿上不同的衣服，走在街上，闻着不同的花香，感觉特别美好……

"昔人云：若无花月美人，不愿生此世界。予益一语云：若无翰墨酒棋，不必定作人身。"涨潮一定不会料到，几百年后的今天，人们的兴趣爱好可以有这样多，不再只是翰墨酒棋，而是各式各样。各式各样不同兴趣爱好的人，还都可以找到自己的团队，都能自在快乐，充满诗意。

最后，希望你也去读一读涨潮的《幽梦影》，读完这本书，你也会像我一样更深地理解：这是最好的时代，只要你愿意。我们每个人，都可以有自己的兴趣爱好，人们互相尊重，互不干涉。有癖的人生，就是我们最愿意过的人生，也是我们最诗情画意，最生机勃勃的人生。

找到你的树，活出你自己

——读卡尔维诺《树上的男爵》有感

卢利玲

卡尔维诺的作品带有童话的色彩，读起来轻松愉快；他的作品又有浓厚的寓言色彩，读后回味无穷。

读《树上的男爵》，我被小男孩柯西莫牵动了思绪。他拒绝吃姐姐做的蜗牛，抗拒父亲的命令，爬上了屋外的一棵树。我们总以为，他什么时候会下来吧，他遇到困难总要下来吧？可是，他没有下来，他克服重重困难，甚至忍受由此带来的伤害，坚持待在树上，直到去世没有再踏上地面一步。他以超于常人的勇气坚持到底，成就了完整的自我。

卡尔维诺在《我的祖先》三部曲后记里写道：我想使它们成为关于人如何实现自我经验的三部曲：在《不存在的骑士》中争取生存，在《分成两半的子爵》中追求不受社会摧残的完整人生，《树上的男爵》中有一条通向完整的道路，这是通过对个人的自我抉择矢志不移的努力而达到的非个人主义的完整——这三个故事代表通向自由的三个阶段。他的这三个阶段，与人的心理发展的阶段是相契合的。

《不存在的骑士》讲述的是虚假的自我，那种外面看来光鲜亮丽，朝内一看，空空如也，没有存在感且找不到自我的无助阶段；《分成两半的子爵》讲述的是分裂的自我，被外力伤害，分裂成多重人格，历经磨难，最后重新圆融自我的一个阶段;《树上的男爵》则是有着清醒的认知,自主选择与人世保持一定距离,坚持做自己的自我成就阶段。因此,三部作品中,只有《树上的男爵》有着清晰的面貌的描述。

或许,我们都可以问一问,我是以怎样的面貌存在于世?我是清晰的,还是模糊的?我是分散的,还是完整的?我是始终如一的,还是前后摇摆变动的?我要怎样,才能坚持自我,做到始终如一?

柯西莫是有着清醒的自我认知的人,他自从上了树,就决定不再下来。待在树上,是他的姿态,拉开距离,才拥有做自己的自由。他的坚持,需要足够的勇气:他要克服很多很多的困难,要忍受在树上吃饭生活所带来的各种不便,忍受风吹雨打的考验,忍受各种各样异样的目光与言论……他还要抗拒来自各方的诱惑:有衣食住行的,有亲情的,有友情的,还有爱情的……只要他稍有迟疑,稍有软弱与妥协,便会从树上下来。可是他没有,他凭着非凡的勇气坚持做自己,最终成就自己。

坚持在树上,使柯西莫拥有了别人所没有的自由与广阔世界。他拥有了广阔的树上世界和广阔的天空,把人世看得更加清楚;他拥有交友的自由,认识了各式各样的人,认识人间的疾苦;他拥有信仰的自由,接触到不同的思想与言论,使他具有更开阔的视野……他虽然待在树上,却不脱离世俗的生活。在树上,使他有了不一样的视野,看得更高更远,拥有更加深邃的思想,得到人们敬重。

如果说待在树上,是柯西莫与人世保持的有形距离,那么,广泛的阅读,则使柯西莫与人世拉开了思想上的距离。阅读,是心灵上的树,使柯西莫站在思想的高处。他总是在对人们演讲的时候,试图谈论建立一个公正、自由、平等的世界蓝图；他在人们遇到困难时，总是想办法，利用自己的地理优势与学识优势，带领人们解决困难；他在人们兴致勃勃拟写新的规章制度的时候提醒人们：如果你竖起一道墙，想想留在墙外的东西哟。

现实生活中，太多的人因为生存，因为功名利禄而丧失自我，活得面目模糊。一个坚持自我的人，是对生活充满热爱的，是生机勃勃的、面目清晰的人。

我有一个朋友，她从不在乎传统意义上的成功与失败，除了工作上的事，她选择做的事，都是她喜欢和愿意做的事。她常常说："我不管了，我就是很喜欢，我要坚持下去。"她喜欢种兰花，除了自己长期种花总结的经验外，她喜欢看书，上网结交兰友，兰花越种越好。她常常痴痴地坐在兰花丛中，与兰花待上几个小时，就为了欣赏兰叶摇曳的姿态之美。她的花种得好，很多人找她要，她常常直截了当地拒绝："你不爱兰花，要兰花干什么？"搞得别人很尴尬，她自己却浑然不觉。她喜欢兰花，还喜欢画画，她把兰花画到白纸上，因为对兰花的深入了解，她画的兰花姿态优雅，韵味十足。每次见她，她都是兴致勃勃，她是活出自我的人。

我们每一个人，拂去尘世的浮尘，直面自己的内心，都可以找到属于自己的"树"。如果你喜欢阅读，阅读就是你的树；如果你喜欢画画，画画就是你的树；如果你喜欢写作，写作就是你的树……鼓起勇气，爬上你的"树"，与这尘世隔开一点距离，然后坚持下去，就可以成就你自己，活出你自己。

真正的学习源自内心深处的需求

——读《蝲蛄吟唱的地方》有感

卢利玲

《蝲蛄吟唱的地方》是生物学家欧文斯在七十岁时写的一部小说。小说是双线索叙事，一条是主人公湿地女孩基娅的成长故事，一条是花花公子蔡斯的被杀事件。湿地女孩基娅，从小被家人抛弃，十岁开始独自在湿地生活。她独自驾着小船，靠卖贻贝为生。她的身边环绕着各种流言和偏见，她无视这一切，从湿地生物身上汲取知识和力量，在老跳夫妇的帮助下以及好友泰特的引导下不断成长，成为优秀的生物学家，成了家乡的一张名片。

这部小说带有悬疑性质，蔡斯的死亡让故事扑朔迷离。其中基娅成为嫌疑人上法庭，律师为她辩护的那部分也十分精彩，但我最喜欢的还是基娅在湿地中与湿地融为一体的生活，以及基娅读书自学成长的这部分内容。基娅六岁时，母亲和哥哥姐姐相继离开，十岁时，父亲也消失不见了。基娅不会数数，只能数到 29，她只上过一天学校，不会识字。直到她十四岁，捕鱼男孩泰特来找她，教她拼读认字，教她阅读，教她算术。自此，基娅把此前自己观察到学习到的关于湿地的一切与书本的内容结合起来，强大的学习力让她快速成长，最终，她成了一名生物学家。

泰特是一个好老师。他懂得基娅渴望学习，他让基娅学会的第一个句子是：有些人可以远离荒野生活，而有些人不能。这一句话，让基娅感受到文字的丰富性，更重要的是，这句话与基娅生活密切相关，基娅就是不能远离荒野生活的人。"接下来几天，坐在阴凉的橡树下或是阳光下的海边，泰特教她读书上的文字，那些赞美鹅和鹤的文字，而他们四周正围着真正的鹅与鹤。"泰特带来的《沙乡年鉴》这本书，讲述的就是湿地的有关知识。我想，这些与基娅生活息息相关的文字极大地吸引了基娅，让她感到熟悉和亲切，极大地降低了阅读的难度，读起来就兴味盎然了。学习的内容与生活息息相关，学习就不再是枯燥无味的了。

当然，基娅也是好学生。在泰特眼里，十四岁的基娅"了解潮汐、雪雁、鹰、星星，比大多数人这辈子所能了解的还要多"。基娅对湿地的了解，主要是来自自己的观察，学会了阅读，她发现书本上有着她所不了解的湿地的知识，她开始如饥似渴地阅读。她思念母亲，之前，看不懂母亲留下来的诗集，学会了阅读之后，她搬出母亲的诗集以及《圣经》，开始阅读并尝试理解没有告别就离开的母亲。她的学习，主要源自她内心深处的需求，她渴望看懂身边的文字，渴望了解身边的世界，以及远处的世界。于是，她如饥似渴，进步飞速，后来都能读懂高深的物理书籍。因为她长年累月地细致观察，她的绘画和文字说明深受欢迎，她出版了自己的生物书籍，成了著名的湿地生物学家。

基娅学习成长的经历，让我想起了《窗边的小豆豆》这本书。巴学园的孩子们，在电车教室里，可以自由选择自己要读的书，遇到不懂的可以互相交流，也可以集中请教老师。孩子们学的都是自己感兴趣的内容。在这样的环境里，本来有多动症的小豆豆都能够静下心来兴味盎然地学习。

对于孩子们来说，真正的学习，是源自内心深处的需要。

我们当老师的，要给孩子自己学习的机会，唤起孩子学习的内在需求，让孩子们真正进入学习的状态。

心理博主李雪在不久前发微博说："如何成为最优秀的教师？特别简单，你只需要放弃自我重要性，课堂上让学生自学，或者让学生轮流上台讲课，不讲课不留作业。那么你的班就会成为该科成绩最牛的班，出几个奥数选手也很容易。学生也会很爱你。"初看这话有些极端，仔细琢磨，却很有道理。学生自学，意味着学生自己掌握学习的节奏和进度，能上台讲课，学生就必须掌握知识的内在联系。老师放弃自我的重要性，让学生自己来学习，提出他自己的问题，然后交流解决问题，这正是唤起孩子内心深处的学习需求。这样的学习才是真正的学习，学生的成长才有可持续性。

作为父母或老师，都应该向泰特学习，关注孩子内心深处的需求，才能更好地成为孩子学习的助力者。

读蒋勋《孤独六讲》杂感

卢利玲

读蒋勋先生的《孤独六讲》，他说：西方从"太阳""唯一"发展出"孤独"这个词，产生类似庄子哲学"独与天地精神往来"的自负的孤独感。"太阳""唯一"，在浩瀚的宇宙中，孤独者，对自己的存在，自信而且自负，并不需要他人怜悯。这样的"孤独"，充分认识到自我是一个独立存在的完满个体。

他说到孤独与寂寞的区别：孤独与寂寞不一样，寂寞会发慌，孤独则是饱满的。一直以来，我无法区分孤独与寂寞的区别，只觉得是不同语境下同一个意思的不同表达而已。如果硬要区分，根据蒋勋先生所说，"寂寞"就是那种没有自我觉知的，惶惶然不知道自己何去何从的状态。人感到寂寞，可能是一个人待着，总是心烦意乱，内心空虚，总是需要有人陪伴，热热闹闹地才过得下去；一个人也可能在一群人中间，在热闹的场所感到寂寞，但他不知道为什么会这样，所以心中也是惶惶不安的。

孤独，则是一种有自我觉知的状态：我知道我不一样，我知道自己没有错，我很满意自己当前的状态，所以，圆融而饱满。一个人独处时孤独，却充满喜悦与自适，安然地与自己相处；一群人在一起，感受到孤独，却能泰然自若，因为知道自己跟别人不一样，不想改变别人，更不愿意改变自己。

以这样的理解，去阅读作者所说的六种孤独，似乎能够理解一些，但是，有些孤独之中，还是有一些惶惑不知何去何从的迷茫。接下来，我就根据自己思考谈谈我所理解到的孤独吧。

语言孤独

蒋勋老师讲到孔子所说"巧言令色鲜矣仁"。因为孔夫子的这句话，影响了整个民族说话少有表情，语言也比较木讷。这让我想起，我们的长辈确实经常不爱让小孩说话。小孩说话，最是表情生动，绘声绘色，这让大人们感觉到危险，总是让孩子闭嘴，不要乱说话。

小时候，我有个表姐就是因为说话太有表情，太夸张，总是被大人批评，说她总是乱讲话。我木讷少言，倒是被认为乖巧听话，其实，我很希望自己能像表姐那样张牙舞爪地说话的。还有，小时候，我们走在月亮底下，经常被告诫不要用手指指着月亮乱说话，说如果那样做，晚上睡觉的时候月亮就会来割耳朵。导致我们晚上看到好看的月亮，想指着它说上点什么，伸出手去又连忙收回手，还要把自己的嘴巴捂上。现在想来，应该是大人们嫌弃孩子指着月亮各种好奇追问，想回答也回答不上来，所以找个借口让孩子不说话，老老实实跟着走。

有时候，一群人聚在一起，互相说着话，经常也会发现，说的人多，但是听的人却少，大家其实都在急于表达自己，却很少倾听。当你发现说的话其实没有什么人听的时候，就会慢慢失去表达的欲望。

有的时候，看到一些人的问题，想去劝劝他，你会发现，你说了个寂寞，人家根本没有听进去，一个人没有意识到自己的问题，没有想改变的时候，你理由再充分，也改变不了别人。当你意识到这些并接受这一切的时候，你就是一个孤独而圆满的人了。你不会期望通过倾诉获得理解，只表达自己想说的就可以了。你更不希望自己能够改变他人，即使说了，只是你想说而已。

暴力孤独

蒋勋老师说到"暴力孤独"时，提出了人类有潜藏"暴力本性"。在现在文明时代，人们通过欣赏或创作"暴力美学"，由此发泄自己生命潜意识的暴力倾向。

我忽然想到童话故事里面的"暴力美学"，我们熟知的童话故事《白雪公主》《小红帽》《灰姑娘》等童话故事，都是充满暴力的，但是由于主题是积极向上的，其间的暴力并不会影响儿童的健康成长。对于童话暴力的这一面，日本心理学家河合隼雄在《童话心理学》中如此解释："童话中的恐怖元素给了当代几乎快要忘却死亡、恐怖为何物的人们（或孩子们）类似的恐怖体验，而这种体验是孩子长大成人这一过程的重要组成部分。"可是，我们很多的观众并不理解，他们看到一点点暴力就去举报，希望能禁止有暴力的动画或影视剧，甚至是一些书籍。

我深刻地感受到"暴力美学"，是阅读莫言的《檀香刑》，读完后，我有一种惊惧中无法清醒过来的迷惑，我第一次感受到残忍到极致，却又美到极致的阅读体验。我甚至认为这是莫言写得最好的一本书。

小说中关于各种刑罚方式的描写血腥残忍，但是因为叙述角度的不一样，刽子手以虔诚的职业者的角度去描述行刑，就给读者完全不一样的感受，虽残忍却又似乎可以接受。这就是蒋勋老师所说"合法暴力与非法暴力"的转换的缘故吧。因为他是职业行刑者，所以，他的残忍就似乎可以接受。

合法暴力和非法暴力的转换，其实也在警醒我们更清楚地看清楚暴力的本质，更加理性地拒绝暴力。

伦理孤独

很长时间以来，我对我们社会中的孝道文化心存疑惑。小时候总是听到大人教育孩子：要孝顺，要孝顺父母，要孝顺老人。那时候不懂什么意思，听了也就听了。可是后来接触到"二十四孝"故事，觉得很不可思议，感觉故事中的父母真的是一点自我保护的能力都没有，全靠孩子解决问题。其中《郭巨埋儿》这个故事，甚至让我觉得恐惧。郭巨为了更好地照顾母亲，居然准备把亲儿子给埋了？想想那个无辜的孩子，多么可怕？这些疑问，似乎也找不到人讨论，后来偶然看到鲁迅先生对二十四孝的批判，我终于释然。

仔细想来，极端的孝道思想其实颠覆了一个最基本的事实，爱与尊重是相互的。若父母不爱孩子，孩子也必须要无条件地去爱父母吗？孩子本来就是父母带来的，父母首先要保护孩子，养育孩子，父母爱孩子，孩子也爱父母，等到父母老了，孩子回头照顾父母，是自然而然的事情。可是因为"孝顺"二字，就变成了孩子照顾父母是天经地义的事情，变成了孩子一出生就压在他身上的一副重担，而父母，却可以随随便便地对待孩子。

父母往往看不懂孩子，很多孩子自杀了，父母总是莫名其妙，不明白孩子为什么那样做。其实有很多父母没有尽心尽责地好好照顾孩子，甚至在不断伤害孩子，导致孩子有各种各样的心理疾病。

近期热播的电视剧《星汉灿烂》，里面的女主角程少商，她是一个典型的留守儿童。她的父母因为要上战场，把刚出生的她丢在家里，由奶奶和婶婶带。那个时代，重男轻女，她在家里受欺负，缺吃少喝，穿得也差，都几乎被折磨死。终于盼到父母回来，以为会过上好日子，可是，母亲回来一看，一个没有教养、没有学识的野孩子，要好好管教，于是，母亲开始严厉管教这个女儿。电视剧里的女主当然是聪明睿智的，她很快看清真相，母亲也没有那么爱她，那么她尽量与母亲隔离开来，省得再受伤害。

可是，现实世界里的小孩没有那样的睿智，他们无法切割父母的爱，所以，他们会变得越来越暴躁，越来越无理取闹。有很多留守儿童，父母外出打工，他们由隔代的爷爷奶奶带大。他们的孤独，养育他们的爷爷奶奶不懂，回到家急于让他们改正坏毛病的爸爸妈妈更不懂。这样的孩子，慢慢地会变得特立独行，谁也无法接近。遇到对他好的人，会投入特别的热情。他们会陷入青春期愤怒的孤独里去，任何的教育讲道理都接近不了他们。

至于"情欲孤独"，在我们的社会讨论得太少，甚至整个社会都不大愿意承认情欲的存在。更是把青少年的情欲需要视作洪水猛兽。我们总说孩子早恋，可是，"早恋"这个概念，何尝不是成人画的一个圈呢。孩子喜欢一个人，觉得爱一个人，是一件正常的事，不需要去制止。我们要做的，是指导他们怎样正确对待情欲，而不是不承认它的存在。

"思维孤独"说的是要增强我们的思考力和判断力，要注意思维的过程，不要看重结论，思维不同，做出的选择也不同，人与人之间互不理解，就是思维孤独。"革命孤独"，革命，是巨大的激情，也往往是青春的产物。革命与诗歌紧密相连，充满激情，但是一旦成功，便进入琐碎与按部就班，就不再有诗意。所以革命者总是在年轻时候就逝去，没有逝去的，就不再是革命者。一切变革发起者，应该都是孤独的。

人类生来孤独，我特别喜欢的一句诗是"人生天地间，忽如远行客"，这句诗，不仅让人感受到生于天地间的孤独感，也让人感受到一生其实很短暂。短暂的时间里，我们依然常常感到迷惘与无所适从。

读《孤独六讲》，当你真正理解孤独，就可以看清群体与个体的区别，就会静下来想一想：我要的到底是什么？一个人，学会与自我和解，与自己独处，就敢于做真正的自己，做一个有思想而笃定的人，而不会被各种错误的礼教道义所束缚，不会被那些伪善的群体道德绑架，也就不会被一些煽动性的语言所鼓动，更不会被群体带动而去做一些极端的事。

一个孤独的有理性认识的人，也可以是一个有趣的，快乐的人。

你的盛开,也是盛大的

卢利玲

张平老师,曾是我的同事,十多年前,我在水北小学教书,张平老师也在。遗憾的是,我们没有什么接触,只是偶尔见面打个招呼。我只是远远地听说他是一个诗人,会写诗,还获过奖。我平时喜欢读些小说及杂文之类的,却似乎读不懂现代诗歌,也不在乎身边的作家,所以,即使听说了他的诗写得好,也从没有想着去了解一下。

记得有一次,我和两个同事,读了他的一首诗,读完后,云里雾里,不知道在说什么。我们笑着摇头:不懂不懂!因为读不懂,所以对他的诗歌也没有再去读。

2022 年一月中旬,突然听到张平因病去世的消息,我感到很震惊。听说他从生病到去世,不过十多天工夫。其实一切都有先兆,在十多年前,我就隐约听说,张平身体不好,他生病了。此次,又听到有知情的朋友说,张平二十年前生病,医生已经断言就只有二十年的时间,事实果然如此。听到他因病离世的消息,我深感惆怅。我不知道,一个被断言了生命期限的人,他这么多年来,是怎样一步一步向前走的。

朋友说张平很豁达乐观,这么多年来,他都活得很充实自在。

《那畦雪花豆是留给小鸟吃的》散文集,我认真仔细地读。那些我曾经觉得读不懂的语言,现在似乎能懂了。那是诗意的语言，带着跳跃的思维，带着神奇的想象，带着深刻的思考，给人以遐想的空间。

他写镰刀："一把镰刀悬挂墙上，渐无声息，秋天的响动早已去。锈色潜入，悄然一片一片绽开另一种花瓣，没有人察觉吗？"这瞬间让我想起老家的泥墙上，挂着的静默的生锈的镰刀，原来，镰刀的生锈，是冬天来了，冬天的蛰伏，是等待来年的重新开始。他写树："树没有远方，并不是没有渴望，若树有动，那就是借鸟的翅膀。"多么神奇的想象，这样的语言，让我浮想联翩：树借鸟儿的翅膀，飞向了远方……他写自己："漫无方向，在心底，业余的时光，一个人太辽阔。"在村完小待着的青年教师的寂寞与迷茫，跃然纸上！书中诗意的语言太多，我就这样一字一句地被牵引着往下读。

张平老师的观察是沉浸式的。他观察家乡的花草树木和其他事物，他就化身在其中，成为其中一员，然后，他从物的角度去感受，去体会。他化身镰刀，与主人对望；他化身一棵树，在天地间静默；他化身路边的花，自由自在花开花落；他化身铁轨，带着摩擦的温暖向远处延伸；他化身稻谷，在阳光下打盹；他化身父亲母亲，感受他们的喜怒哀乐……于是，在他的笔下，乡村的一切都是有觉知的，人与人之间是友善的，是互相理解，互相宽容的，是互相成就的。

在序言中，作家黄恩鹏这样写道：张平是"在场者"，而非"观察者"或者"旁观者"。他用记忆阐明自己与土地的联系，让漂泊的灵魂在文字里有了一个回归之处，那是迷人且美好的故土。

张平的记忆是个人的，书中充满了他自己独有的个性。童年的乡土记忆，青年的求学经历，村完小的独特经历，疾病的纠缠烦恼，以及对生活的各式各样的思考与回忆。在他的文字中，你可以感受到，他一个人孤独地站着，微蹙着眉头，向远处静静地望去，思想在翻腾、滚动；在无限广阔的空间里，他看起来显得那么寂寞。

从另一方面来看，他的记忆也是大家的，他对童年和青年生活的回忆，也是一个时代的记忆，能唤起我们的回忆，回忆起那特殊年代的苦与乐。一位知名作家说过：唯有在自身的孤独感中去想象他人的孤独，写作这件事才发生意义。我想，张平的散文，也能给孤独的读者以慰藉，这也许就是写作的意义吧。

张平在《看花》一文中，说到朋友千辛万苦也要去江岭追寻油菜花盛大的绽放。他感叹：青菜开花了，有谁在意过青菜花呢？母亲的菜地很多啊，盛大吗？他后来又觉得没有什么好感叹的，草莓花也浩浩荡荡地绽放了。难道这些花小，就没有盛大的心事了吗？连那豌豆花，也一毫米一毫米地延伸，开满了蔓条呢！读到这里，我忽然觉得，张平老师，犹如那结实的青菜花，一点一点地努力，开出了一场盛大的花事！

那些温暖的瞬间

陈小玲

2月13日上午，沧浪读书会分享本市作家张平的散文集《那畦雪花豆是留给小鸟吃的》。我因为园里召开全园大会，没有参加。但我想，读书会现场的气氛一定是温和而凝重的，我们以阅读的方式进行一场悼念和缅怀。

几年前的一个下午，天气不甚好，没有阳光。我回到办公室，看到一位中年男士站在办公室中央，个头不高，衣着很朴素，办公室同事说："这个老师说要问问冰心跟我们幼儿园的渊源。"那位男士转过身——略方的脸，表情严肃，自我介绍说："您好，我是张平。听说冰心为你们题词，我想了解一些细节。"学校文化刚好是我一手负责的，故此对这个典故还能娓娓道来。我于是介绍了相关情况，他听我说完，略微颔首，不声不响地走了。这是我第一次认识张平，安静，朴实，鲜有笑容。我隐约知道他是水北小学的老师，但我不知道他的文章写得这么好，还有书出版。

近两年参加沧浪读书会，陆续听说了他的大名，知道他的诗也写得好，出版了诗集，参加诗会并获得很高的荣誉。

再后来，张平先生身患重疾，朋友圈为他筹集血液，书友们积极响应，我也准备去献血，却是血型不同。那几天，同事中与他认识的，都在为他祈福，希望他的病情能得到控制。

他的不苟言笑，他的面容晦暗，我在文集中的《中药涅槃》找到答案，常年的病痛湮没了他的笑容："我一个有疾病的人，西子湖也是不肯沉下我的沙砾的，我就像深秋的银杏树叶，金黄的色泽不是一种美，而是意味着飘零。我看到那些在落叶的银杏树下拍照的游客，他们不是与金黄合影，我抚摸到了飘至眼前的扇形叶片，我想到的是枯黄。""从小城至西子湖畔，因为中药我仿佛降落在另一个机场，我就是那天空追逐的鸟儿呀，在漫长的跑道上慢慢升起或者降落，就像我一个人漫步，苏堤不是针对爱情而言，田田的荷叶也不是荷叶仙子。"

张平先生英年早逝，但他的生命以文字的形式留存，他是作家，比常人多了一个维度爱这个世界。回头望去，纵使有过兵荒马乱，那些文字终会构成庄严又神秘的图腾，温暖这个世界。

读《那畦雪花豆是留给小鸟吃的》，需要安静。

这是一本关于村庄和传统生活方式以及村庄生存状况的作品，与刘亮程的《一个人的村庄》有异曲同工之妙，不同的是刘亮程的文字轻灵飘逸，张平先生的文字略显沉重。他以独特的叙事风格，赋予了乡村事物更多的对话，赋予本书深厚的文化底蕴和人文空间。对于那些草长鸟飞的岁月，他的这本散文集既是呼唤也是告别的挽歌。

统观文集作品，文字优美，有诗歌的味道。他怀着极大的热情，以亲切温和的语言记录了他的乡村和生活中琐碎的点点滴滴，那些人间烟火的朴素温暖、淳朴自然之美，人与自然里的生物奇特得近乎平等的和谐，略显原始的干净简单都给我们美的感受。他在《锈色镰刀》里这么写道："镰刀的速度是一个季节的速度，镰刀的锈色是一个细节的锈色，我这样思想一把镰刀在磨刀石上奔跑，紧握着的双手仿佛握着一片水稻，金秋又来临了，一把镰刀又将挺进十月的田野。有谁会明白它悬空在泥墙上的心事，它挨着冰冷的墙壁和在风中的鱼干有何区别呢？""有时父亲的背影，真像一把镰刀，细小明亮且弯曲，他穿行在水道，穿行在那一片片金黄，他的影子隐藏其中，大地空旷，他的镰刀还在收割。"在《村庄的声音》里，他说："呼啸的山风拂过，一个人的心房，就再也拴不紧了，呼呼的山风，当然不是风很大，呼呼是我安上去的一个词语，因为山风像是呼唤一个人的梦，太柔软了，原来坡地也可以是一张温暖的床，在村庄到处都有温暖的床呀，田间地头草丛……"

这些平静的文字下，掩藏着作者不露痕迹的悲伤，我们可以隐隐感受到作者内心的态度和安静的孤独。

作者的叙事风格令人玩味，书中对生命、对村庄、对许多哲学本源的思考，实现了自我与万物的融合。"一座村庄的组成绝对不单是人、植物、动物，细小的庞大的各种物彼此守望才能算村庄。""母亲的那畦雪花豆留给小鸟，因此有更多的小鸟飞来。因此一座村庄应该留一些食物，留一些空间给动物们、植物们，如果这样，大地更和谐了，相安无事了。"

文本中包含庄子齐物论的文字给我留下了很深的印象。"像稻谷一样打盹的乡亲，不知道什么时候展开一页谷席，一页辽阔的谷席。仰卧着的他，真是村庄最大的谷粒了。""扁担这流线型的身体不就是一个被削的身体？晃悠的时光，沉甸甸的时光，压得透不过气的时光岁月，不就是被扁担深刻体现了？当在肩头的扁担有时被折断，不就暗示着一个春天的过于载重？"作者有太多的疑问，与现实生活中的物质与思想在某些层面上重合。

在这部散文集里，我们可以感受到人与自然的和谐共生，捕捉到作者坦然接受了社会的发展与变革的心境。"一个时代与另一个时代很多事物被取代了，所以一件事物的消失是自然而然的事，那个孩子的尖叫声，更像是我们身体里丢失已久的声音。"时光会消逝，在时光里的人也会消逝。

泰戈尔说，天空中没有鸟儿的痕迹，但我已飞过。没有谁是真正的过客，是每个人留下的痕迹，慢慢地勾勒了我们的余生。所以，在此祈祷张平先生一路走好，他曾路过这个世界，用遽然离去告诉我们要珍惜当下，他留下的作品分明在告诉我们：要热爱这个世界。我们，会替他来热爱这个世界！

（作者供职于邵武市第二幼儿园）

为人性的弱点点一盏灯

陈小玲

《你当像鸟飞往你的山》属于一本自传体小说，是一部关于个人的成长和求学经历的独一无二的回忆录。故事的主人公塔拉的生活直接取材于作者自己的生活经历，所以现实感极强。小说中的人物多半有原型可循，真实可信。阅读时，有时会对其中一些人物的所作所为深感愤怒，有时又会产生悲悯之情。

每个人的一生，都有无限种可能，只要你不自己设限。

塔拉十七岁前从未上过学，在哥哥泰勒的鼓励下，走出大山。通过自学考取杨百翰大学，2008年获文学学士学位。随后获得盖茨剑桥奖学金，2009年获剑桥大学哲学硕士学位，2010年获得奖学金赴哈佛大学访学，2014年获剑桥大学历史学博士学位，2018年出版处女作《你当像鸟飞往你的山》。2019年因此书被《时代》周刊评为"年度影响力人物"。

塔拉人生的蜕变，源于她先天的禀赋，但绝大部分是个人的努力。

塔拉个人的成功，不可复制，但也说明一个亘古不破的道理——努力了就有可能，努力了才有可能。

十七岁以前的那个塔拉，在美国爱达荷州山区巴古峰下，在父亲一手建立的废料厂里做工，九死一生，能活下来简直是一个奇迹。这是一个极端的摩门教家庭，父亲是一个极端的教徒。他排斥任何现代教育，拒绝医院、学校等机构，所以她们七个兄弟姐妹没有身份证明，没有入学机会。在她父亲看来，世界早晚会灭亡，只有不停地囤积粮食、增加弹药设备、挖地洞……才能活下去。父亲还认定，女性只能在家干家务，不能外出工作，否则就是背叛上帝，就是"妓女"，就会下地狱。这样的念头在儿子肖恩的身上，得到完美的复制，肖恩对妹妹塔拉粗口咒骂甚至暴力殴打，都是父亲观念影响下的理所当然。

幸好有教育，疗愈了塔拉和另外两个哥哥的人生，从而走出一条有阳光的道路。

这个努力学习成长的过程，作者故意淡化描写，却用大量的笔触，着力描述了家庭冲突带来的内心分裂。透过文字的表层，我们可以深深感受到塔拉精神层面的困顿、窘迫和无奈。她试图寻找一条和解之路，也想化解与父母、兄弟姐妹的亲情纠葛，最后却是异路殊途，再也回不到从前。因为，她成长了！摆脱了旧有家庭的桎梏，成长为全新的自己。

有作家说过，他要撕开一个口子，让人看到里面的黑暗，这是一种批判方式。塔拉则是要在里面的黑暗中点亮一盏灯，这也是一种批判方式。她的父亲，自始至终以父辈的权威统治他的家庭，他的躁狂、抑郁、偏执和妄想，作者从医学的高度给了了一个医学诊断：双相情感障碍。由此我们理解了一个父亲的所作所为，是一种病，从而导致了一个病态似的家庭。这么想来，我们对父亲的厌恶和愤怒，是不是就减轻了一些？同样，对于哥哥肖恩的暴戾、姐妹的出尔反尔，作者虽然无奈，却宁愿自己纠结分裂。

许多次，她返回巴克峰下，想缓和与亲人的紧张关系，想融入一段更为和谐的生活。她怀着善意去面对人性的弱点，从而看到人的复杂处境，也就对其他人物多了一份理解，并给予各种人物一个和解的空间和时间。

小说平实的记录，把塔拉父母塑造成向教育问题挑战的形象，这样的塑造方式，增加了批判的力度，她让人物保留生活中原来的形态，只是她的思想有了更高的维度，她在阅读名家著作的时候，会时不时想起家庭，觉得这里面有个谜，一个未解之谜，她拷问自己："当一个人对家庭的责任与他对朋友对社会对自己的责任冲突时，他该怎样做？"作者经过深入研究，赋予历史一个不同的形态，把摩门教的意识形态视为更大的人类历史上的一个章节。在她看来，历史从未把摩门教徒与人类大家庭的其他成员区别对待，而是将他们捆绑在一起。这样的文字解读，我试着换个概念：塔拉与家庭捆绑在一起，因为这是她人生中的一个不可忽略的章节，它会时不时冒出来，侵扰她的思维，一直念念不忘，仿佛那座山峰，也会时不时站在她的面前，她们之间散发着永恒的光芒。

山是一种隐喻，可以是人性的高山，可以是知识的巅峰，我们每个人，应当像鸟一样飞往自己的山，成就自己人生的高峰！

一曲武阳文明的挽歌

陈小玲

　　用了两天的时间，算得上是一口气读完潘淑云老师的《武阳保卫战》，内心深深地被感动。感动于曾经在武阳这片热土上书写的一首可歌可泣的平民群体英雄史诗，感动于我们本土作家书写的优秀文学作品，它为我们还原了一段似乎已被遗忘的历史。

　　英雄不是生命的主题，他们所做的一切，只是为了顽强地活下去。生与死，勇猛与怯懦，防守与侵略——这些矛盾对立的修辞奠定了这部小说的基调，同时也构成了它的主题。小说在叙事中自带一种惊涛拍岸的节拍，就像潮汐的涨退，抑或是海浪的起伏：既显示出"风萧萧兮易水寒"般壮士断腕的悲凉，也展现了以陈蕃为首的一群普通人崇高民族气节的反抗精神。小说呈现出的旋律，终究是和缓的叹息，以及静默的凄美。

　　下面我从三个方面谈谈我阅读后的体会和感想：

1.现实性

　　小说尊重历史，作者试图以基本的历史为线索，尽力对查找到的《邵武县志》《邵武府志》《八闽通志》中的相关材料进行解读，构思故事。对于活动的场景则叙写清晰，讲述铿锵有力，语言细腻流畅，所描述的事件画面感很强，仿佛每一部分内容都能看得见摸得着，甚至可以想象出各种情况发生的时间与地点。作为土生土长的邵武人，读完这本书，特别有亲切感，有特别心神相通的体验和认知。比如保卫战中关于水道的描写，有春季奔涌泛滥的富屯溪，有从芹田逆流而上到达沿山宏路的溪流；关于山脉，有寿山、云岭山、云锦山、万峰山；关于地点，有樵溪门、故县等。这些故事顺着这些地标缓缓流淌，像一条不能回头的河流，从历史深处流到现在。

小说中对于邵武地方方言的运用也颇有趣味。比如有关称谓的：啥人(男人)，阿娘(女人)，琵琶老鼠(蝙蝠)。另外还有诸如打滕(种田)，掩肥(施肥)，打恰里(吹牛)等，具有很强的可读性与真实性。

以后再走到这些地方，我的脑海里会不会自然而然回放这些人、这些事，我的生命体验便也多了一些历史沧桑，多了一股温情满怀。

2.理想性

就个体命运而言，理想性意味着对人的生命力量与生命价值的肯定，对人历尽艰辛却始终追求精神上升和满足的肯定。在小说中，作者一直着重对人性、人心，人与人情感与惯性的考察探究。在小说中我们会关注到，陈蕃与妻子之间的情感，阿铈罕与四妹的爱情生发，赵知县的贪生怕死投敌叛变，阿铈罕与四弟的明争暗斗，以及陈蕃与屠将的生死对峙，陈蕃与大眼之间的情同手足……小说最后别具匠心，揭示了阿铈罕有一半的汉族血统，与陈蕃算是姨父与外甥的亲属关系，两人由敌对到和解，是不是有峰回路转的感觉？作者心思细腻，暗藏机锋，让人之内心善恶的两面性，战争惨烈与崇高气节彼此嵌合，相互交织，共同构成了绵密结实的文学质地，演绎着人类为寻找生活意义而做出的巨大努力。

……如果说现实性是彼岸，是一次真实的事件，那么理想性就是此岸，是超越品格和终极人文关怀，是唤醒尊严和意志的力量，这一点在小说中得到极大的体现：元朝将领阿铈罕与武阳小医女先珍在屠戮征战中产生的一见钟情的爱情，乍一看很突兀，细细品读才发现线索后暗藏的机锋，阿铈罕由此责令属下放弃火烧山林，保全武阳城及民众性命。

3.审美性

审美性作为文本形式的建构标准，融入了作者个人的叙事风格，作者在小说中塑造的一群平凡的英雄形象，拓展了文本的美学空间。反复提到的陈蕃的诗歌《烟舟集》，第一次是阿铈罕初至武阳初见《烟舟集》，诗集较薄，一共四十九页，诗意或浪漫缱绻，或清新淡然，深深迷住了这位元将。一首《沧波胜》似曾相识："四野云山舒旷览，一溪樵水漾清流。谁人共羡沧波胜，倚仗临风意倍悠。"后来又出现几次，诗意的表达令主人公陈蕃的个性和人格更加饱满而富有内涵。

《吁嗟歌》五探其调，颇有诗经起伏的节奏感，文风古典悠扬。在战时九妹与卷毛的婚礼上，贺喜诗婉兹静好；在陈蕃慷慨赴死的瞬间，紫云歌悲壮飘扬；在广袤的田间地头，劝农歌响遍四野，折射出一个时代的精神形态和心灵图景。

小说最后，在紫云河畔，阿铈罕看到陈蕃的骨灰被纷纷扬扬撒进河里，一声长吟：铁骑踏城城已亡，划然鼓声死其镗。指挥残卒浑不成，翻身挺剑死慷慨。将人物对命运的感悟提升到充满诗性的层面。

掩卷沉思，小说从一开始的兵戎相见，到结尾处的静寂无声,颇有"回首向来萧瑟处,也无风雨也无晴"的意味,让人深深地折服。人生一世,各有各的活法,或卑微,或伟大,或荣光,或苟且。但到了最后,不过都是寻求一种安宁。在这个层面上我感受到浓重的哲学蕴意:黎明生于黑暗,重生源自毁灭。

《台北人》中的女性面面观

陈小玲

最早接触到白先勇的作品，是读他的《谪仙记》，快速阅读，看个热闹，感觉嘘唏，也没去探究作者是怎样的人。这次沧浪读书会推荐阅读《台北人》，才了解了作者生平及写作特色。有个评论是这么说的：白先勇是一位善写女性的作家，他对小说中女性人物的塑造，手法细腻，既继承了我国古典小说"以形写神"等传统文学技巧，又吸收了西方现代小说意识流等表现技法，兼容并蓄，堪称独步。

《台北人》共十四个篇章，女性描写占了相对大的篇幅。白先勇用其独具特色且细腻的文笔给书中的女人打上了独属于那个时代的印记。

作为小说集开篇的《永远的尹雪艳》中的尹雪艳，有学者认为她是"妖女人"，有人认为她是"命运之神"，是一个能够掌控人生死的人，"尹雪艳，以象征含义来解，不是人，而是魔。她是幽灵，是死神"。她始终"有她自己的旋律""有她自己的拍子""绝不因外界的迁异，影响到她的均衡"，她是一个既能迷男人，又能迷女人的上流社会交际花。"为所欲为"，她整天笑吟吟地，"以悲天悯人的目光看着她这一群得意的、失意的、老年的、壮年的、曾经叱咤风云的、曾经风华绝代的客人们，狂热地相互厮杀，相互宰割"，自己却犹如一条鱼在这肮脏的社会中游刃有余。可见，尹雪艳是整部作品集里活得最逍遥的一个人。可是，我却无法赞扬她这样的人生，她始终是同那些"头上开了顶""两鬓添了霜"的男人搅在一起，对于一个妙龄女郎来说，难道她会甘心和这样一群人混在一起吗？尹雪艳是寄生的，她用风情无限逍遥自在游离于时代之外。

相比于明媚的尹雪艳，《一把青》中的女主角朱青是个青涩规矩的女学生，为了爱情跟家里闹翻也要跟郭轸在一起。她的爱情轰轰烈烈不留后路，但是却转瞬即逝。作为空军飞行员的郭轸，在飞行中殒逝，朱青一个月没有下床，仿佛她的生命也逝去一般。可是到台湾后，却换了一个人似的，对生死看淡，玩世不恭。除去朱青外，队娘以及其他女性角色的身上无疑都凝聚着超越她们形象的悲剧性宿命。她们身上的悲剧与时代和社会的悲剧紧密相连，战争改变了女人的命运，时间消磨了她们身上的敏锐灵性。

《孤恋花》中的"总司令"与五宝还有娟娟一直在底层挣扎着生活，受尽凌辱。她们的客人都是贩夫走卒。五宝被华三拿烟枪子烫，最终被客人虐待致死；娟娟被柯老雄咬得浑身是伤；"总司令"也曾被人掐住脖子，游走在死亡的边缘。《游园惊梦》中的蓝田玉用青春年华换来了一段荣华富贵，可随着钱将军的过世，一切都随着时间消散了。

时代的一粒灰，落到个人头上就是一座山。从游离大陆到偏居一隅，时空转换，生活状态也发生根本的改变。白先勇笔下的女性形象，表现着人类发展的一个最根本的问题——生存问题。无论灵魂漂泊到了哪里，生命个体的存在却是全体。对于这些女性，生存的意义在哪里？她们失落、挣扎，伴随他们的只有凄风苦雨般的生存压力和江河日下的终须逝去的回忆。他在笔下倾注了更多的是怜悯、同情。

《台北人》表达了一种对女性命运的无助和无奈，他想写出一个特别朴素却总是被人有意无意忘却的事实：每个人的生活都没有容易二字，但女人活得更加辛苦。这种辛苦带着千百年来封建社会男尊女卑的惯性，仿佛无形的纱巾裹住她们本应娇艳幸福的脸，让她们无法看清更远的路、有更高的认知。世间万物，终归是尘归尘土归土。不过都是旅居路过。正如诗云：彩云易散琉璃碎，世间好物不坚牢。

女性形象千姿百态，是这个大地上最动人的存在之一。可以说没有女性这个样貌，世界是失衡的。她们也许是《暂坐》里西京十二钗，她们也许是《荆棘鸟》里梅吉和朱丝婷，她们也可以是从阎连科的笔下走出来的一群中原大地女性群体形象。她们，也许是我们的前世，我们，也可以是她们的今生。

时代在进步，我们可以看到女性的独立和觉醒在绽放。看看当今的社会，女性活跃在各行各业，逐步摆脱依靠男性的思维。我们欣喜地看到，意识形态在女性身上的巨变和转化。作者把自己在城市生活中的沉淀和思考，通过笔端为我们呈现，引发我们思考：人生的终极意义究竟是什么？

记得有位哲人说，人的个体生活才是最真实的。有的人终其一生在茫茫戈壁守候一窟壁画，为后人留存最美丽的飞天梦想；有的人跋山涉水为脱贫事业劳心劳力。她们没有时间去等候一个活佛的到来，她们没有玩珠弄玉的闲情雅致，她们甘于清贫，不计回报，却把时间和精力奉献给她们所热爱的事业，她们是利他的。这么想来台北人中女性的格局似乎又有些狭小了。

如此一想，不免悲从中来。倒觉得更要珍惜眼前的生活。

生命为何如此荒凉

陈小玲

阅读《生命册》，油然而升腾起的念头就是：生命为何如此荒凉？书中人物的命运与余华的《活着》以及孙频的《疼》有着相同的内核，是疼痛，是伤痕，有一种毁灭与悲壮。幸好，在庞大无比的苍凉背后，还有人性的温暖给人生一点光，一些希望。

《生命册》饱含作者的深情与隐忍。文本详细描述了乡土生活的深情，也饱蘸笔墨，精雕细刻，耐心叙述挣扎在城市生活的隐忍。这部小说引人入胜之处，在于反映了生活的真，还原了生活的"一地鸡毛"，体现出细节的力量。

老姑夫蔡体现了人性温暖的一面。在整个村庄中，在岁月流逝中，大大小小的事情都离不开老姑父的身影。可以说，是他护佑了许多人，舒展人性中的真善美。

他全力抚养孤儿，抱着他吸吮全村妇女的奶汁，得以将他培养成人。他还放下自己的自尊，恳求战友动用关系，把上大学的名额让给吴志鹏，并因此举让自己的亲生女儿怨恨了一辈子。他向上级隐瞒了收获几十亩胡萝卜的事实，因此救了全村人的性命，让大家得以保全性命不至于饿毙。他自己个子矮小，却正直良善，保护弱小。虫嫂被全村妇女殴打，是他喝令住手；春才失言要被带走，是他全力哀求保护了春才。小说结尾，老姑夫的军功章摆满桌子，可以说，他本是一个功臣，可是，对这件事他却隐藏一辈子。这种隐藏深深体现"事了拂衣去，深藏身与名"的高尚情操，不免让人心生敬佩。我想，老姑夫是主人公永远不能遗忘的人。

梁五方、虫嫂的人生际遇则真切体现了人性的寒凉。梁五方技艺高超，却被村人暗妒，以致屋毁妻离，心性大变，一辈子在上访的路上孑然老去；虫嫂和瘸腿丈夫在村庄里举步维艰，偷生产队的农作物，被一群女人殴打。这种人生遭际充满悲剧感，令人震撼。

尤其让人泪目的那几个细节，是关于"丢"的。比如开篇"丢"刚进入城市成为一名大学教师，就被一茬一茬村庄的乱七八糟的琐事所牵连，最后被迫离开学院。"丢"和三个男人住在北京地下室被别人欺骗的生活困境，深刻反映底层人物的困顿与窘迫。小说最后写他获得常人难以企及的物质财富，却遭遇车祸变成残疾人。这些细节构筑了情感的爆发点，令人读后引起巨大共鸣，潸然泪下。

如何用文学呈现人的心灵困境，如何拯救人性的弱点，直面道德困境、伦理困境、人性的暗影，这应是作者展现出的写作的意义和价值，它体现了文本潜在的唤醒功能。书中一个很重要的人物骆驼，身体残疾，智商超群。在时代的洪流中，他凭借置之死地而后生的勇气，在股市中获得巨大的财富。可惜因贪欲太重，嗜欲太深，最后反而被财富反噬，结局令人嘘唏。

作者精巧的构思、文采斐然的叙事，让人物与时代的命运相得益彰，水乳交融，也展现出时代变迁中人物嬗变的特质。

悲剧远比喜剧让人振聋发聩，直击心灵。倘若还有什么要说的话，借用一句：如果都那么容易的话，还要那么漫长的人生干什么？

诗词阅读与魏雁印象

陈小玲

第一次喜欢上唐诗宋词,是在初三中考后的那个暑假。学业暂告一个段落,我坐在临窗的桌前,认真地看一本唐诗宋词。那个暑假很悠闲,却播下来一生欢喜诗词的种子。

我不知道自己如此幸运,一脚迈进经典优秀文学的门槛,推进幽深的历史文学长廊,看文笔斐然,群星荟萃。

30年过去了。唐诗宋词的经纶,一直弥漫在走过的山水间,氤氲在每刻凝眸遐思的瞬间。

当我吟诵"蓼茸蒿笋试春盘,人间有味是清欢"的时候,我正在品尝一簇人间的美味。

当我微雨漫步河道的时候,苏轼的"莫听穿林打叶声,何妨吟啸且徐行"绕耳暇时。

当我心头不畅时,一句"回首向来萧瑟处,也无风雨也无晴"能抚慰我沧桑的心灵。

2021年3月16日晚上,听了魏雁老师的讲座,才敏感地意识到,以前我对古典诗词的热爱,仅仅是因为热爱其中的一些词句,浸润在生活的周遭,缺乏系统性的思考。只有了解了作者所处的历史时代,所经历的遭遇,才能准确地解读他们的作品。

这一点拨犹如拨开迷雾,让我豁然开朗。从此,当我在吟诵这些美文时,我的历史观开拓了,对诗词内涵的理解更深入了。

这种阅读模式运用到教育管理上是不是也是异曲同工呢？答案不言而喻。

魏雁老师的《漫话中国文学（青春版）》一书，以历史朝代的迭换为脉络串起一个个朝代文学的领军人物或作品，她用横三段中三段的模式对一首文学作品进行解读。整本书的叙述不再是单一的，而是有主体的架构。全书文风机智幽默，有一种活泼的高贵的意味。在魏老师的身上，我深深感受到人品如文风，魏老师是一个富有真性情的人。咱们不妨来欣赏一下她的文字。

"孔子五行为土命，而且是路边土，所以他的一生真的就如路边土一样，稍有风吹草动就飞扬飘浮，很难长久安稳下来。"

"如果说，孔子是研究人生在世的社会学，老庄是研究天地人关系的哲学，那么屈原则是完全陶醉在文学的世界里，放我上天入地，许我四海八荒，用绮丽的文字配合精神寻找的路程。"

"他写的是历史著作，可是却非常看重文采，所以真实的历史学也就成了可以欣赏的文学。这个好习惯是从孔子作春秋开始，而司马迁在四百多年后，又扎扎实实做了一次绝世的回响。"

一部著作，五十二万字，四年的光阴，还有朝九晚五的实质性的工作要履职，不容易啊！魏老师说："我为什么有这么大的干劲？因为我爱他们，写着写着我就爱啦，写着写着我就更爱他们了。所以我不停地往下写，因为我心中有太多的爱。"

她说："我写一个章节，15000 字，我要收集这么厚的一摞材料"。她双手比画了一下，足有两厘米厚，这多像牛吃草，吃了很多很多的草，然后挤出一些奶。我不知道她是否会因为要构思斟酌字句而失眠，要拒绝多少外出游玩独坐灯前执笔记述。她的性情，她的才学、她的勤勉支撑了这部巨著的诞生。

所以我由衷地钦佩她。这是一个勤奋的人，一个博学的人，她只比我大一岁，她的成就，却是我要仰望的远方。

第二次遇见魏雁老师，是在两天后的一次晚宴上。魏艳老师刚从一场精彩的分享中下来。我从旁者的口中还原了当时的景象。一中高二年段的七百余名刚从一段严格的考试中放松下来，以为将有一个懒懒的放松，不料又被临时叫来听讲座，部分学生颇有怨言。所以会场乱哄哄的。我们的魏雁老师临危不乱，她对大家说："我给你们一分钟的时间，你们可以决定留下来听，也可以站起来离开。"据说，场上有十几个同学离开。其中有一个男孩，犹豫了一下，在一分钟的时候站起来准备走。魏老师说："对不起，时间已经到了一分钟，你不能离开。请坐下。"

我不知道，这犹豫的一分钟，为这个男孩争取了一次精彩的聆听，对他应该是一个多大的幸运。

接下来的一个小时，现场的七百名孩子，跟着魏老师的语言沉沉浮浮，感受一次愉快的文学之旅。记得一句话说：人都不喜欢被教育，而需要被点醒。魏老师此行，仿佛一支燃烧的火把，她自身成长的经历，她富有感染力的语言，点燃莘莘学子心中的梦想，引导他们立足实际，去开拓更加美好的未来。

人，总是要有特别的缘分才能在一起。这一次，因为文学，我有幸遇见魏雁老师。一个青春飞扬的人，一部青春飞扬的中国文学史，正如她所说的："无趣味，不文学；无文学，不青春。"因为阅读，我们结缘。

春日会张潮

张晓静

生命因情趣而延长，美赋予生命以尊严、活力与快乐，要让日常的小事，尽可能地令人愉悦，尽可能地美丽，让一件件小事因美丽而变得不同寻常、庄重典雅。这是我阅读完张潮《幽梦影》一书的体会。

我最喜欢其中一句："闻鹅声，如在白门，闻橹声，如在三吴，闻滩声，如在浙江，闻羸马项下铃声，如在长安道上。"说出这样话的人，那一刻，内心该有多丰富细腻、旷远平淡。我不禁会想，如果张潮生活在两三千年前他会为谁长叹一声"昔我往矣，杨柳依依，今我来思，雨雪霏霏"？

他的文字带着真的性情和暖暖的平和，像春天的柳，枝条垂长，风吹过来，它还能轻柔地摆回去，婀娜在湖光山色中。如果，他就坐在我对面，他会和我说什么？也许他会说：没有美，就不会有幸福。

然后，我会赞同，我会告诉他，那些我感受到的美。

比如，在春天，到一群也喜欢他的人们中，去谈他，谈他的《幽梦影》，我会带着沉静活泼的心情，穿上色彩轻柔美好的衣裳，去表达对美、对世界、对自己、对他人的敬意。我不谈审美的本质和美的底层逻辑，我说：

春天，我想在风中轻盈地跑。

夏日，我曾在中午蝉鸣的静谧中，绣花、一年重温一回

《红楼梦》，书中，迎春站在树荫下，用针线一朵朵地穿茉莉花串。

顺昌华阳山，台北故宫博物院来的唐瑜凌老师，在廊桥之上，用古汉语发音吟唱唐诗，远处山涧仿佛响起成公亮演奏的《文王操》，汪洋浩瀚之气流淌而来。

邵武天成山庄，一年感恩节的前夜，冷极了，水池结出厚厚的冰面，安静极了，同事们欢聚声，清晰又遥远。我关了空调，拉开窗帘，让干净的、远离城市的点点星光，宁静地洒在床前，陪伴我一夜。

我背过《滕王阁序》的全文，在对重建的滕王阁每一个用典之处微微一笑后，我一个人流连在滕王阁下的黄昏中，被四周浓郁的花香拽住了脚步，久久沉迷，那花香像一场音乐盛会，有低低的女中音在轻轻哼唱，有张扬的男高音在拔高音，有天真的孩童发出嬉戏的穿插音，香气或温婉内敛，或热烈奔放，或清新甜美，渐渐地，音乐升腾在半空中，融合成一体，花香在彼此接纳、彼此欣赏，最终创造出一种盛大的春天的气息，像海洋一样淹没了我、拥抱了我。从此，我对《人间四月天》《五月的鲜花》有了丰盈美好的联想，锦瑟江水旁，华灯初上时的滕王阁在我的记忆中也永远带着难忘的芬芳。

我曾走在郊区的田埂上，到一位同学的家，抬头瞥见，淡淡的紫霞与袅袅炊烟交织的天空，色彩的轻盈，像空气有了颜色，色彩的飘逸，让远处的山也变得饱含情意，我不禁停下脚步伫立良久，想象"大漠孤烟直，长河落日圆"，对比迥然不同的美；我曾站在微雨庭园中，久久、静静地看一棵桂花树在微风中轻动，因为有位诗人说过，深深打动他的内心的一件事是，"他见过有一棵树在没风的时刻，微微动了一下"，我不能不去倾泻，内心被拨动的，对生命无处不在的敬意。

我听过一位叫林蔚芳的老师，用整整一天的时间和我们娓娓道来《富春山居图》的前身后世和她的点滴鉴赏心得，为了获得多经过几次、停留数分钟近距离地观赏在台湾展览的《富春山居图》真迹的机会，她情愿一次次地排数小时的长队。林蔚芳老师，长得秀美单薄，为人低调静默，举止温文尔雅，像现代校园走出的一位不起眼的女先生，她教我们一手画圆形、一手画方形，来训练自己静心体察自我与世界。从她身上，我看见林徽因的影子，我从来就知道一位女子是可以拥有力量、独立和美的。

我还欣赏心意开敞的女子，在细节处也不懈怠。这样的女子穿上美丽的旗袍，为了不让旗袍起褶皱，上了公交车有座位，也是不肯坐下的；杯中只有白开水，也一样优雅地举杯祝词；像招待朋友一样招待自己，让冰箱的水果排放得像水彩静物般，再放上一小束鲜花，让每次打开冰箱都惊喜到自己；怀着敬意对待时光，让每个时辰、每一天、每个季节、每一年都充满独特的生活情趣。

……

我不知道，他听了这些，是否欢喜。不过，我知道，在春天，我与雅致的风情完成一次了约会，没有辜负那些与《幽梦影》亲近的时光。

（作者供职于邵武市农业银行）

守卫高于生命的东西

张晓静

《武阳保卫战》是一部引人入胜的历史战争题材的长篇小说，讲述了景炎二年（公元 1277 年），南宋朝廷风雨飘摇、蒙古国铁骑踏破山河之际，地处闽北的武阳人在知县陈蕃等人带领下，与凶猛残暴的元军，一支新组建、号称十万的探马刺军部队对峙，展开了一场历时十三天的家园保卫战。最终，毫无悬念地，势单力薄的武阳城沦陷于战火乱石之中，近五千名武阳军民为此英勇阵亡，被纳入大元版图的武阳，在硝烟还未散尽的废墟之上，沉默坚忍地开始新的一轮耕种与重建……

深夜，翻阅到最后一页，铺陈故事的每一个字，都安安静静地停留在原处，我的心绪却是激荡的，应和着书本上空蒸腾凝重的疑问。

是什么原因，促使武阳人决绝地要打一场注定失败的保卫战？为什么一场力量明显悬殊的保卫战，能惨烈地打上好几个来回，令扫荡欧亚大陆、剽悍的蒙古元军连连遭受挫折、暴怒不已？

为什么一个湮灭在久远年代，弹丸之地发生的惨烈、失败的反抗，会激发起我开阔光明、饱蘸幸福感的阅读体验？

书中那些活脱脱的男人们、女人们，总好像有话没说完，他们想说的是什么呢？

我试着回答。

活着,是生命的本能。能让一些人慷慨赴死,答案只有一个:在他们的心中,这世上有比生命更值得守护的东西。陈蕃坚守的是儒家读书出仕人的本分,大眼看重军人保家卫国的血性,观玉无法承受的是家人的变故与贞洁的毁损……而武阳人珍重的是武阳这片土地!

这片土地是先人开垦出来的一方生息之地,洒满了祖祖辈辈的汗水与心血,承载着记忆与希望,是无尽的日出日落伴随而就的过去、现在、将来。

如今,强悍的入侵者傲慢地来到家门口,要强占、奴役这片土地与这片人,乌云压阵之下,没有外援的武阳人最终是打不过的,最终是要屈服的,之所以还是坚定地选择打,不过是以血肉之躯为笔、为声,在宣誓:这是属于我们的土地,没有谁会比我们更拼命、更不计代价地守护它。

用生命宣誓领地!是的,以繁华的城池街市为屏障,化熟稔的山山水水为盟军,与亲爱的战友亲人背靠背,绝不敷衍迁就,穷尽思虑,斗智斗勇。把元军以扫荡之势,欣然受降或速战速决的收官之战,变成了一场损兵折将、旷日持久的拉锯战。城墙战、巷战、水战、山地战,战战有胜负逆转、有奇兵突起,或迂回曲折、绵延至双方力量与时运的最终揭晓,或突然绝响于一时疏落导致的全军覆没,直至北尉城门破,东厢变焦土,南街化粉齑,西山成死地。

有什么比这更深沉、更有力量的意志,能告诉敌人、告诉自己、告诉历史、告诉后人:我是武阳这片土地的主人,我的祖先是,我的子孙亦是!

时过境迁,今日的邵武人,曾经的武阳人,拥有了更现代的国家与民族的观念,更流动交汇的地方认同与自我认同。重拾一段湮灭在久远年代的县城保卫战，有意义吗？我认为是有的，它一定是不止于"让书写在古籍里的文字都活起来"，对我而言，知道多一点儿我生活的这片土地的历史，我的幸福感就会增强一点儿。我会因此爱惜眼前每一个熟悉的刻在山水与建筑上的名字：樵溪楼、行春门、登高山、紫云湖、县前街、三公桥、惠林寺……它们不仅有当下的诗意，更携带着来自历史的深邃叹息，当我用心聆听时，我的存在也就延展出历史感，我知道我的血液中流淌着沉默、屈从和脆弱，但它一定也同时流淌着倔强、勇敢与血性，因为我生活的这片土地被无数的先人誓死捍卫过，他们的性格，他们的脸庞，他们的苦痛悲欢，流淌在这片土地之上，在每个日夜，每个清晨黄昏，在我的一吐一吸间，与我同在。让我们有勇气守护高于生命的东西，它可能是家国的平安，可能是生而为人的尊严，可能是一份发出内心的热爱，或者它直接就是，面对威胁、挑战与不确定性的一份勇气、坚毅与从容。

打开的书终归是要合上的、被搁置起来的。但有些话语响起了，就会在一些人心中久久地回荡，我听到的是：

陈蕃：刀要来便来，挡它不住，但武阳这块肉，却是有刺的，由不得蛮子肆意砍剁！

红脸娃：死，谁不怕？但怕有用吗？

大眼：凡人总有一死，我黄金铭愿意化为白骨，各位可愿意？

……

还有很多没能说出的，就留在全书的最末一句"黎明生于黑暗，重生源于毁灭"的感叹声中吧，就留在众人咏唱"吁嗟我歌兮歌始扬，天地为我色苍黄"（《吁嗟歌》）的画面中吧。

　　最后感谢作者，邵武本土女作家潘淑云老师，女性作家写关于家乡的历史战争题材小说，真的需要非同一般的勇气，除了勤奋热爱，尊重历史，富有想象力外，平和的历史观更赋予作品难得的开阔视野。《武阳保卫战》一书有迷人的细节，关于战争的、月夜的、人性的，其中，随处可见的乡音与地方小吃可解乡愁，更有冷静的笔触，传递出浓烈的咏叹与思考，推荐阅读。

人 与 物

张晓静

我看葛亮的《瓦猫》,面上说的是手艺与手艺人,暗处写的是人与物的故事,人成就了物,物安放了人,悠悠岁月、幽秘情感,让人伤感、让人警觉。

一

让我们先来看看物安放了人的什么东西？狰狞且萌的瓦猫安放了人的恐惧与期盼,当人可以制造出一些恐怖的形象,那么恐惧就是可以触摸的、可固定的,恐惧本身就不那么可怖了,人因此安放下一点掌控感,安放下一点战胜险恶的未知力量的勇气和信心。瓦猫的灵,灵在信仰它的人们心中的信,信不可买,只可愿,故瓦猫不可买,只可请。

物有大有小,小到一张小学生的荣誉证书,大到已然海市蜃楼的孔雀楼——高大的罗马柱,巨大的孔雀浮雕,复原双臂的维纳斯,物安放了一个小男孩较真的荣誉感,暗藏了一位老人流逝的骄傲与荣光。

飘落而下的藏书票,正面印的是一对父女,背面印的是香港查令十字街 84 号的一家书店;破落的街角一家名叫乐群的理发店,指示的灯柱是油漆刷上去的,一次是名叫好彩的女人刷的, 一次是好彩去世之后她在世的男人翟玉成描上去的。物标识了一个孤僻男人除了书之外对世上仅有两位女人的爱，物承受了一个骄傲的男人对已故妻子化不开的眷恋。

物还安放人的什么？是溯源生命来处的线索，卡瓦格博山出现的梨花与荣家制式的瓦猫，让荣之文解开了家族中一位男性家长的消失之谜，缝合上大半个世纪三代人隐秘的伤口；是安放生命存在过的倔强证明，藏书让人难以觉察的缩写签名 S.C.，金陵大学图书馆老馆长年手稿内脊的阿拉伯编码，言说的是"我"——独特的我的姓名，独特的我的严谨。

书的江南篇中，小姑娘元子大人气地说："画画是跟着自己的心，染纸啊，可得紧跟着人家的书喽！"可是，紧跟着人家的书染纸修复古籍是生计、是匠活，如果其中没有安放进修书人与写书人、制书人、藏书人之间神会交融的情感，染纸哪得"修旧如旧"的神韵？师徒薪火相传、默默精进的是手艺，是否能从中涵养出一份千年流转的心心相印和温情敬意，成长为一名可以托付故物的良工，就看个人的造化了，"师傅领进门，修行在个人"说的也许是这层意思。

二

人工之物，成就于人，反过来物与活计也成就人呢！

简的学生秀宁说："每次洗书，人就轻松一点，觉得将奶奶一生的辛酸，连自己经日的不快，都洗去了。"

斗转星移，战争中残疾了的宁怀远在一次次送瓦猫的活计中，渐渐洗去书生气，明白日子不是过给别人看的，最终还是过给自己。

翟康然能够在做一个自我认可的发型中，享受到与进行摄影创作相似的快感，在他的手中，头发于薄与厚之间展现出优美的渐变，他对头发结构、轮廓和光泽的处理，如同他在摄影中对灰度的处理，其中幽秘的共通之处，非多年的做活不能享用。

物照出做它的人，物赠予经年诚恳下苦力的人一份孤立于万缘之外独立的美，支撑起人踏实的自尊，洗去人精神上的患得患失。

三

不过，有时巧夺天工之物、岁月幸存之物、不可多得之物，会让爱它的人不知不觉中贬低了人。

爱书人郑先生，借着他的藏书，暗中精心打造了一位世界顶级的修书匠简，简不知不觉中成为他隐秘的情人、未婚妻、守寡者，一套故意缺失一本的复刻版《脂砚斋评石头记》牵引着一个女人，让她心甘情愿地在古籍修复中度过孤寂的一生，是物之幸，那么人呢？

如果，简身在其中，出于相似的爱书情结也就罢了，郑先生的女儿乐静宜就不幸多了，她只想爱父亲，被父亲爱，却发现父亲只爱他的藏书，连鄙夷训斥的话都不愿意给她，她只能爱父亲的书，成为一名优秀的修书匠，并且在冥冥之中被父亲安排着认识并不得不照顾父亲的情人最后的日子，才成了父亲心目中可爱的女儿，体面的继承人。

乐静宜内心有无限的恨意、不甘与羞耻。这份压抑的复杂的情绪终于在男友文森献着一本自制的、藏着一枚钻戒的书求婚时爆发了。静宜缓缓地站起来，看了文森一眼，目光冷冷的，她阖上那本书，然后说，修书的本事，不是这样用的。

也许，乐静宜真正想做的事，是直视父亲，对他说：物之珍贵在于凝结了人的心血、智慧与情感,物如果被人用来贬低人、操纵人,人与物就都失格了。

读书分享中,有位书友如是解读修书人老董对有知遇之恩的老馆长的背叛,他想保住那双修书的手,他爱惜他的手艺和未来他可以修复的书,为此他宁愿背负骂名,忍辱负重。我听了,心里复杂极了,我宁愿只看到人性的胆怯与退缩,我难以面对超越人性的刚强与深思熟虑。老董在随后的岁月中,仍然倔强于对手艺高下的较真态度,但对还能不能继续做这拿手的手艺已是风轻云淡,人与物从此随缘,各自珍重,我喜欢这样的结尾。

我们从《鼠疫》中学到什么？

张晓静

长篇小说《鼠疫》，讲述了北非一个叫奥兰的城市，在突发鼠疫后，以主人公里厄医生为代表的一大批人，面对瘟疫奋力抗争的故事，作者是诺贝尔文学奖获奖者、法国作家阿尔贝·加缪，这部小说也是他的代表作。

新冠疫情下，阅读《鼠疫》正当其时，因为，突如其来的灾难以及灾难之下的人性是相似的，《鼠疫》是可以作为一面镜子、一个寓言，帮助我们学习到什么的。

一 "鼠疫"就是生活

我们如何定义"鼠疫"？《鼠疫》创作酝酿于 1940 年巴黎被德国法西斯占领以后，加缪用寓言的形式，刻画出法西斯像鼠疫菌病那样吞噬着千万人生命的"恐怖时代"。在现实层面上，"鼠疫"代表着"战祸"，也可以被看作人类过去曾经经历，现在正在面对，甚至将来仍旧无法幸免的各种灾难的象征和缩影。

文中，作者有这样的描述："每个人都传染了鼠疫，互相憎恨，互相嫌弃。"因此，在内心层面上，"鼠疫"又可以代表着人心中互相的隔阂与猜忌。

小说中，鼠疫消退了，作者这样写道："别人说：'这是鼠疫啊！我们是经历了鼠疫的人哪！'他们差点儿就会要求授予勋章了。可是鼠疫是怎么一回事呢？也不过就是生活罢了。"是的，"鼠疫"就是生活，这是作者最后给予我们最本质的答案。

"鼠疫"代表着一切负性打击，打破了我们庸常生活——不尽完美，但按部就班，包括填充人类历史大大小小的战争，与人类共存的地震、海啸、灾荒，流行疾病如远的疟疾、天花、黑死病(即鼠疫)、西班牙流感，近的埃博拉、非典、新冠病毒……但人类不就是在绵延不绝的天灾人祸中沉浮，求生存、求发展吗？人类，地球上最智慧、最文明的物种，它的胜出似乎有压倒性的力量，但仍然改变不了，人类要在自然环境和自然法则下，与其他生物，与不确定性，以命相搏，蹚出生路。和平与战争、繁荣与衰败、创新与保守，就像潮汐起起伏伏，就像月亮阴晴圆缺，人类时而满怀希望，时而心生绝望，这是什么？这就是生活本身，"鼠疫"代表的一切，就在生活之内。

当我们不再把"鼠疫"当成意外的可怕之物，我们就有勇气面对它、认识它，因为人类无数次地在艰难困苦中战胜它们；当我们不再把"鼠疫"当成意外的搅扰之物，我们就可以像台湾画家几米一样领悟到，不论天晴下雨，我们都可以赏鸟、种花、访友，我们内心笃定的日子将不伴随外部的随机性而四分五裂。

二　我们拥有选择的自由

突如其来的鼠疫让人不知所措，城中的人们在"鼠疫"之城，长时间地过着与外界隔绝的生活，不但面临死神随时的威胁，而且日夜在忍受着生离死别带来的折磨。在巨大的灾难面前，人们开始忍耐、矜持，继而因绝望而放纵；他们更加相亲相爱，他们开始互相嫌弃憎恨……

里厄医生、志愿者塔鲁、帕纳鲁神父、记者朗贝尔、小职员格朗以及罪犯柯塔尔等纷纷做出了自己的"选择"，选择后有英雄式反抗，有犹豫与彷徨，有内心的阴暗与脆弱。里厄自始至终关注着疫情的发展，没日没夜地救治病人；塔鲁则积极奔走，建立了卫生防疫志愿组织，两人都为反抗鼠疫付出了沉重代价。

塔鲁在回答关于自己为何愿意冒险的问题时说："我不知道等着我的是什么，也不知道这一切结束之后会发生什么事。就目前而言，有病人，必须治疗这些病人。在这之后他们会思考他们该做的事，我也会思考我该做的事情。但现在最迫切的是治疗他们。尽我所能保护他们，如此而已。"

我特别喜欢这句话。在至暗的时刻，没有人知道解决问题的确切办法，没有人看见希望的曙光，没有人知道自己是不是那个幸存者，但仍然去做能做的事，去做有当下的事、有未来的事，如此而已。

"沼泽处，你的心智要成为纤夫。精神明朗坚定，情绪安稳平和，助家国渡过危厄。"每每重读毕淑敏这段铿锵有力的话，我就眼睛潮热。我们可以选择做这样的人，如果暂时做不到，我们可以选择敬仰这样的人；我们可以选择接纳内心暗黑虚弱的那部分，也可以选择看见内心纯良又有力量那一部分。

三　我们最终赢得了知识与记忆

小说最后用一个长长的镜头描绘了，当人们相信鼠疫真的消退了，城市、街道与一群群人的狂欢，里厄医生是其中穿行者、观察者。奥兰城会再次显现出非常幸福安宁的样子，人们赢了胜利。

里厄呢？他又赢得了什么？"他懂得了鼠疫，懂得了友情，但是现在鼠疫和友情对他说来已成为回忆中的事了；他现在也懂得了柔情，但总有一天，柔情也将成为一种回忆。"他赢得的全部是"知识和记忆"。

里厄依旧是冷静和警惕的，他明白生活仍在继续，荒诞和苦难不会停止，他没有加入欢呼的人群，他提醒读者记住"威胁着欢乐的东西始终存在……也许有朝一日，瘟神会再度发动它的鼠群，驱使它们选中某一座幸福的城市作为他们的葬身之地。"

好在我们赢得了知识与记忆。作家蒋方舟是这样评价《鼠疫》："这是一部无论篇幅、题材、文笔和主题都无可挑剔的小说。""我会反复阅读这本书，不断告诉自己什么是善，以及在动荡、战争、劫难的极端环境下怎样继续做一个善良的人，告诉自己怎样在集体的荒谬和失控中坚守正义。"

《切尔诺贝利的祭祷》带给我们的思考

张晓静

读《切尔诺贝利的祭祷》一书，震惊之余，留下很多的思考。下面，我将谈谈由这本书的阅读引发的几点思考。

一　对抗抽象化的灾难

1986 年 4 月 26 日凌晨 1 时 23 分，乌克兰境内，切尔诺贝利核电站发生连续爆炸，大量放射性物质泄漏进入大气层，所释放出的辐射线剂量是二战时期广岛原子弹爆炸的 400 倍以上，大概有 1650 平方公里的土地被辐射，由于风向的关系，乌克兰、白俄罗斯、俄罗斯受污染最为严重，同时，半数的辐射尘都落在上述三个前苏联国家以外，位于乌克兰周边的国家全部都受到时了严重影响，全球共有 20 亿人口受该事故影响，事故共造成 31 名消防人员死亡，数千人受到强核辐射，切尔诺贝利一夜之间化为废城，事故先后共疏散 34 万余人，50 万军民处理此事故，保守估计苏联共花费了 180 亿美元，27 万人因该事故患上癌症，其中致死 9.3 万人，专家称消除该事故后遗症需 800 年，而反应堆核心下方的辐射自然分化要几百万年，是人类历史上最惨烈的技术悲剧之一。

在这些冷静的数字后面，置身其中普通个体的命运被抽象了，好在事故后十年，白俄罗斯记者、作家阿列克谢耶维奇冒着核辐射危险，深入事故发生现场，历时数年，访问了超过 500 位幸存者，写下《切尔诺贝利的祭祷》这部纪实文学，个体的生命终于在历史的长河中，以鲜明的个体样貌留下了他们痛苦的呻吟、质疑与思考。

二　切尔诺贝利人

这些叙述者当中，有第一批去灭火的消防员的妻子，有从此对物理学失去信念的物理学家，有认为自己只是属于时代而不是罪人的官员，更多的是那些被切尔诺贝利事件改变人生的普通人，突然有一天，他们突然变成切尔诺贝利人，被迫离开祖祖辈辈生活的家园，漂泊他乡，承受人们不一样的目光，他们的土地上生长的西红柿和小黄瓜不能吃了，刚挤出的牛奶就要被倒掉，女人不被允许生孩子……

这本书，每页纸都在向外伸出痛苦痉挛的双手，都在发出痛苦痉挛的声音，每个故事后面都站着一群群俄国人的灵魂，像静静的顿河广袤、沉重，缓缓向前。

"在医院的最后两天……我抬起他的手臂，骨头松松垮垮，晃晃荡荡的，身体组织已经与这分离，肺的碎块，肝的碎块从嘴里涌出来……他常被自己的内脏呛着……我手缠绷带伸进他嘴里，把东西抠出来……"这是一位妻子对她的丈夫——一个第一时间到达现场的消防队员，受重度核辐射后，身体极度损伤程度的描述。

"一个母亲跪在床边——她的孩子快死了。我听到了她的哭诉：'儿子呀，如果非得这样的话，也等到夏天再走吧。夏天暖和，四处开花，土地软和。可现在是冬天……至少也等到春天……'"这是一位母亲，无助地向虚无伸出双手，在试图挽留核辐射致病将死的孩子。

"'苹果树有味吗？''什么味也没有。'……丁香也没味……丁香！我有一种感觉：周围的事物是不真实的，我在虚幻之中……我无法理解，真是不可思议！"这是一群丧失嗅觉的切尔诺贝利人，与新世界的对话。

还有，切尔诺贝利人的儿童，他们不会笑，他们从小开始思考死亡……

切尔诺贝利成了人类历史的新开端，切尔诺贝利人代表人类，动摇了对人自身、对世界的旧认知。

三　学着生活下去

当我们深入思考切尔诺贝利时，就会返回原点：我们是谁？我们如何理解自己？我们如何理解世界？当我们谈论现在与未来的时候，我们会将自己的旧认知带入其中。就像苏联人用农耕时代的茶壶，来形容核电站，类比它们的安全性，用伏特加酒消除辐射一样。

可是，在切尔诺贝利事故之后，远或近的意义，发生了翻天覆地的变化，地球突然就变得那么小，这已经不是哥伦布的地球，无边无际的地球。危害远胜于战争的核灾难，用简单升级战争模式已无法对抗。如果一个人对理性不再抱有信心，那么恐惧就会在他的思维里安家，就像与野兽为邻，就像怪物爬到了身上。科技赋予个人以过大的权力，小小细节可以产生引发原子弹爆炸的涟漪，就像存在主义作家萨特所言："我们的责任要比先前设想的大得多，因为它牵涉到整个人类。"

个体越来越从集体共生中分化出来，这是时代的要求，也带来自我选择与负责的焦虑。每个人越来越必须独立承当自己的命运，不但对行为的后果负责，而且对自己将成为怎样的人也要负责。孤独感，成了个体从群体中分化出来的代价。但同时也带来解放，就像书中描述的："在十年前，我们是第一个。第一次民间倡议……没有经过上面的任何人核准……所有官员的反应都是相同的：'基金？什么样的基金？我们只有卫生部。'正如我现在理解的，切尔诺贝利事故解放了我们……我们学会了解放……"

新世界要求新的人类体系，就像人本主义心理学家罗杰斯设想的："每个人的自信的个人价值体系组成了高度负责的社会价值体系。"我们总要全力以赴，配上时代的命运，完成一个时代的苦痛、希望与责任。我们终要找到新词汇表达全新的情感，我们终要找到新情感对应全新的词汇。

"我们应该工作，思考。哪怕是一小步，也应该向上攀爬，向前进发。而我们……我们又在做什么？我们习惯于可怕的斯拉夫懒惰，宁愿相信奇迹，也不愿相信自己双手完成的创造。看一看大自然吧……应该向它学习……大自然在工作，她可以自洁，可以帮助我们。它的所作所为比人类更理性。它努力寻找原始的平衡，寻找永恒。"就像切尔诺贝利人想的那样："切尔诺贝利无处不在，周围都是，我们别无选择，只有学着生活下去。""有学识的人可以在这里生活。蘑菇要泡，第一次煮土豆的水要倒掉，要定期服用维生素，到实验室检验浆果，把灰土埋在地下。"

纸上的阳光

——读苏沧桑《纸上》有感

吴土芬

在午后温暖的小院里,就着深秋的阳光和淡淡的花香,我翻开作家苏沧桑的散文集《纸上》。仿佛是一场等待已久的相逢,我的心中顿时产生了相见恨晚的感觉。我的心灵很快就被纸上的阳光、温润灵动的文字纠缠,奇妙的时辰、动人的故事、深邃的思想、磅礴的想象……通过苏沧桑老师低声细语的呢喃传递给了我,她那独特幻美的文字恰如美酒令我陶醉。

在宁静的光景里,我读得很慢。散文集《纸上》给人一种很熨帖很舒服的感觉,柔和的文字像一束阳光给灵魂以抚慰以滋养。和风细雨中先展开的是一幅江南水墨画,春蚕记、入桑林、月精灵、十万蚕、丝束、细碎的时光记录了蚕宝宝从蚕种到蚕茧的欢乐时光和蚕农日夜采桑喂养蚕儿的艰苦劳作。在作者笔下,蚕是春天的小兽,在森林里奔突奋进、一往无前、顽强地抵达最后的使命:吐丝做茧。江南耕织图诗共同承担的梦想似那丝滑柔顺的蚕丝绸缎般源远流长。

《纸上》由七篇江南珍贵"非遗"文化、手艺行当、风物人情为基本元素的系列散文集成。《纸上》是第二篇,写的是富阳一个古老村落里唯一坚持古法造纸的传承人。"京都状元富阳纸,十件元书考进士",元书竹纸质地优良、洁白柔韧、微含竹子的清香、落水易透、着墨不渗、久藏不蛀，是世上最好的纸，会呼吸的纸，能让纸上的生命留存上千年。看起来诗意无限的纸上，背后隐含的却是无尽的艰难。苏沧桑老师深入手艺人的古法造纸作坊三个月，与砍竹人、捞纸老师傅、晒纸民工们面对面交谈、观察、体验并心怀敬意地用诗意的文字记录下他们真实的生活，让读者在古老中的技法中看到传承、看到新的希望。

苏沧桑的文字清新隽永、灵动大气，似江南水乡的雨巷里走过一位撑着油纸伞的姑娘一般俊秀清雅。在苏老师的笔下，每个人都那么温暖，懂得感恩，哪怕面对生活的艰辛，他们依然坚守内心的热爱与执着。《跟着戏班去流浪》这篇散文里的潘香与双、俏俏、嘟嘟、赛菊、老板娘阿朱、小花脸夫妻等一戏班人同吃同住，一道演戏一道流浪彼此照应，虽苦中作乐却形同一家人，此种生活场景令人感动。

我也在江浙老家长大，去看各种戏团演出是我童年时期最大的乐趣。早早搬着板凳去戏台下占位置，然后痴痴地看着大幕拉开。生旦净末丑粉墨登场，文武坤乱打旗后台，台上台下热闹成一团。戏里戏外真真假假，人生如戏，戏如人生。孩子们梦里梦外也是戏，大家扎着头巾披着床单甩着围巾做的水袖也能在自家老屋天井厅堂上唱呀演呀不知疲倦。那份乡村里朴素的热闹至今令人难忘。

慵懒地倚在藤椅里，小院里的风很轻很轻，茉莉花茶的茶香花香袅袅地飘逸着，这是一抹好时光。读着《纸上》，我随着作者的笔触翻越了山岭，飞越了湖水，荡漾在天山人间的《牧蜂图》里、西湖龙井的《与茶》诗话里。作者心慈悯人，在沉浸式的体检和书写中，她眼里看到的心里想着的是种茶、采茶、制茶农人劳动过程中的劳累与辛苦以及靠天吃饭的养蜂人那如吉卜赛人一般浪迹天涯的步步惊心。在苏沧桑笔下比蜂蜜更甜的、比清茶更香的是无数普通人的劳动之美。

苏沧桑老师是将散文"形散神不散"的特点运用到极致的人。《冬酿》这篇散文写的是苏沧桑自己的时光。文章从古老的酿酒坊的香飘万里的糯米饭香、酒香写起，以各种酒香为线索，书写苏沧桑的出生、长大以及家族在各种战乱贫困年代中经历的亲情故事。姨公在苏沧桑四岁的时候就蘸白酒让她尝，所以苏沧桑是会喝酒的女子。少女时代和小姐妹在学校小餐馆喝酒，纯真的友谊溢于"诗酒趁年华"中；青年时代在单位和同事们喝酒的难忘时光；中年时代的苏沧桑在鲁迅文学院与文友喝酒，有着人生的畅快。在冬酿酒香弥漫的氤氲里，苏沧桑也体会到了人生的沧桑变化。

最美的是文中充满诗意的文字，写尽了远古时代、前世今生的眷恋与不舍，水汽和雄风齐飞，灵气与大气共存。七篇散文都是非虚构作品，但读者却读得像喝了《冬酿》的黄酒一样飘飘欲仙，像坐在西湖《船娘》的画舫里如醉如痴。《船娘》以第一人称的手法写了一代船娘在风景如画的故乡西溪与西子湖畔与船相伴一生的爱情、人生故事。阅读苏沧桑的文章就像在看电影，镜头拉远拉近、仰拍、俯拍、特写等多维度表达。文字跳跃性很大，但一直都在为读者呈现唯美完整的画面。风筝飞再高，线一直在手里拽着。

从头至尾七篇美文认真阅读完毕，我享受着这一段快乐的阅读时光。望着纸上的阳光慢慢柔软下来，黄昏将近，我想纸上的阳光或许已化成我内心的温柔。

（作者供职于邵武铁路供电车间）

故土和少年是心中流淌的河
——读姚俊忠《心中流淌的那条河》有感

吴土芬

清澈欢乐的富屯溪，嘈杂快乐的小马路，汽笛奔腾的鹰厦铁路线，农产富饶的苦竹湾……这些是作者心中念念不忘的故乡，也是我很熟悉的地方。所以，第一次在晋安区作协新书分享会上见到姚老师时，我就觉得这位作家似曾相识。读了姚老师的散文集《心中流淌的那条河》后，我想我一定是在水北街头遇见过他，或者在小马路上见过，或者在铁路小学铁路中学路上见过。虽然在现实生活中，我和姚老师没有任何交集，但我想，我们一定曾在邵武铁路地区擦肩而过。

姚俊忠老师的散文集《心中流淌的那条河》之所以能被省作协推荐参评鲁迅文学奖，我想首先是因为这本书很单纯：色彩很单纯，那就是故土的色彩：小河山野、菜地草棚、小城小马路，至亲乡里小伙伴……语言很单纯，没有华丽辞藻，没有虚幻技巧，一句小人书、叮叮糖、老面馒头、厨房的小凳就把你带入了艰苦朴素的童年少年时光；情感很单纯，那就是对故土对少年岁月深深的眷恋与怀念，字里行间透露着真挚的情感。故乡在作者身上心上留下深深的烙印，几度梦回、不吐不快，作者不是为写故乡而写故乡，而是因为爱得太深不写出来终会意难平，写就一本书，是一种纪念，是一种谨以此书献给养育我们的那片散发清香的热土的自豪。

《心中流淌的那条河》是姚老师的第一本散文集，三年前开始动笔写作，也是姚老师在省城生活近二十年后开始写的少年回忆录。能将少年生活回忆得那么真切那么动人，可见少年生活在作者心中的分量。作者的文笔细腻生动，将少年生活生龙活虎地呈现在读者面前。作者在《河滩上的男孩》一文中写道："孩子们光着脚丫，小心翼翼地在鹅卵石间行走，鹅卵石被炙热的阳光烤糊了般，若隐若现冒着热气，小脚丫被烫得在石头上直跳，一直跳到河里……烤地瓜是沙滩上最诱人的美食，找几块扁的大大的鹅卵石，砌成一个小炉灶，拔一把枯萎的干草点燃，把涨大水时不知从哪冲下来的木块、竹片架上去烧，木块在炉灶里'噼里啪啦'地响，竹块则发出'嘭嘭'的爆炸声……"作者把少年在河滩上玩耍的乐趣细腻生动地展现了出来。

姚老师的文章不仅生动而且还很有趣。他在《消失的母校》一文中写道："通往学校的小马路上，迟到的孩子急匆匆往学校跑，一个孩子跑起来了，后面的孩子也跟着狂奔，有的边跑边拽着书包，有的嘴里咬着馒头，有的提着滑下的裤子，还有的回头穿跑丢的鞋……"这样的文字好有画面感，好像孩子们的窘样就在眼前，读完忍不住都想笑了。《口哨》一文中写小伙伴吹口哨约邀约玩耍也很有趣。作者家住小马路最西头，最远的住小马路最东头，从我家开始，一家一家约，每约一位伙伴，不能连名带姓地喊，不然大人们知道了要刨根问底，吹口哨，听到口哨声就悄悄溜出门……将少年邀朋呼友的快乐有趣地展现给读者。

作者的童年少年是生活在物资匮乏的年代，所以，他对食物对衣物有着特别的眷恋。《金色的蛋黄》中写道：外婆常表扬我，说我最省，一个鸡蛋能配两餐饭，原来作者是用筷子头蘸一点点蛋黄，塞进嘴里，咂咂嘴，享受蛋黄的酥香，然后喝一大口粥，再沾点蛋黄，喝一口粥，一大碗粥喝完了，蛋还剩下一大半，这剩下的鸡蛋，要留着配下一餐饭了。《牙膏皮换糖》一文中将儿童对"叮叮咯叮叮咯"麦芽糖的馋、渴望、盼望、难忘写得淋漓尽致。一个小男孩从等待一家人将牙膏用完，终于又有了牙膏皮，然后再等待着挑叮叮咯麦芽糖的卖货郎出现，长久的积累与煎熬在糖放入口中得到满足的释放，再等待下一个牙膏皮出现新的一个循环开始，这样的叮叮糖能不甜吗？

心中流淌的那条河是母亲河富屯溪，它清澈、温暖、浪漫，甚至如梦幻一样美丽，留给作者无尽的回忆。故乡和少年之所以在人的一生中那么重要，我想还是因为单纯。那时有父母撑起的一片天，孩子并不需要考虑生活的重任，而是全身心感受生活带来的感受，所以童年是人生的底色，心灵幸福的童年治愈一生，心灵不幸的童年要用一生去治愈。对于作者来说，童年虽然贫困但心灵是幸福的，所以才会有《过年的新衣服》的一段话："现在吃的东西多得目不暇接，想吃什么就有什么，可是都只是吃吃而已，不吃也无所谓，感觉是些可有可无的东西，但童年的那些东西，我却割舍不下，想到它们，忍不住要咽一咽口水。"

故土和少年是岁月里流淌的河，流淌在每一个人心中，忽远又忽近，甜蜜又忧愁，这流过一生的河流啊，愿你护佑每一个善良又努力的人。

凄美盛开的花朵
——读《蝲蛄吟唱的地方》有感

吴土芬

　　一本厚厚的书一页一页翻过去，一段一段读过去，直到全书结尾，常会有一种大快朵颐的满足感。而一本好书让你探寻了另外一个世界，野性、茂盛、神秘、诗意，文字明亮、文笔流畅，读来令人荡气回肠。你被故事情节深深打动，继而热泪盈眶，你会觉得读到这样一本书是一种享受、一份惊喜、一种幸运。美国作家迪莉娅·欧文斯的小说《蝲蛄吟唱的地方》就有这样的魅力。

　　这是一个令人心碎的故事。小基娅出生在一个家暴、酗酒、贫穷、边缘、破碎的家庭里，不堪忍受家暴的母亲一去不回，哥哥姐姐相继离家出走，最后颓废的父亲也不辞而别。年幼的基娅成了无依无靠的孤儿，独自生活在广袤无边荒无人烟的湿地里，与潮汐、海鸟、昆虫、贝壳、水草为伴，经历着食不果腹、自生自灭的危险的生活。好在她坚强聪慧，慢慢学习、探索、适应、依靠、融入了这块宝藏湿地，就像原始的湿地里的一只天生求生存的小动物一样，湿地包容了她接纳了她养育了她。

　　文中有一段文字这样写道："在某个无人知晓的瞬间，心里的疼痛像水渗入沙子一般消退了，痛还在，只是埋藏在很深的地方，基娅把手放在呼吸着的潮湿泥土上，湿地成了她的妈妈。"读着这样的文字,我不禁为小基娅的悲惨遭遇揪心不已,潸然泪下。

基娅受到各种来自同类的排挤歧视,只上过一天学,她便逃离了学校。她害怕人群,不擅长与人交往;她离群索居,却深爱着这片湿地,终身与湿地相伴。她在漫长的湿地生活中,对大自然充满着好奇与热爱。她搜集研究丰富多彩的湿地自然物种绘画标注或制成标本,后来得以印刷出版图书以供生物学术界资料解读,她成了一位真正的湿地专家作家和诗人。后来,她又以自己的版税买下了湿地,保护了湿地,再后来,她成为小镇的传奇和旅游名片。

她是那一朵孤独地凄美地盛开在沼泽深处的花朵,在那蝲蛄吟唱的地方。

"如果我从未见过你,我从不知晓你,而我见过你,我知晓你,我爱你,永远。"这是书本扉页写着的一小段话。读之,我的心瞬间被深深打动了。爱情是那样神秘,如谜一样不可控的感情,永远是文学作品中亘古不变的主题。这本著作向我们诠释了这唯美灵动的爱。

少年泰特因为过去跟基娅哥哥认识,曾经到过基娅家玩,并在她父亲打骂她的时候保护过她。所以当基娅的家庭散了,她一个人艰难生活的时候,他还能认得她。他也热爱大自然,也喜欢收集美丽鸟类的羽毛,所以他偷偷将精致的羽毛作为礼物送给基娅,于是他们有了交集。后来,泰特教基娅认字,带给她课堂的书籍和课外的书籍阅读,并借来生物学资料供基娅查阅,这可以说对基娅成长为湿地专家起到至关重要的作用。初恋美好的情愫也在彼此心里埋下,但终因泰特去外地上大学而认为彼此距离会越来越远而放弃了基娅,基娅在痛苦和等待中接受了另一位青年蔡斯的追求，而这也为后来的不幸埋下了伏笔。

《蝲蛄吟唱的地方》这本书最美的地方在于作家文笔的细腻。大篇幅的对湿地景物美轮美奂的描写带给人美的享受。比如文中写到她的潟湖呈现在他们眼前，每一根覆满青苔的树枝和每一片美妙的树叶，所有精致的细节都倒映在澄澈幽暗的水中，看到他那条陌生的船，蜻蜓和雪鹭仓皇飞起，然后又优雅地落下，翅膀轻盈而安静。基娅走回沙滩，海鸥们正在整理羽毛，安顿下来过夜。她走进海浪里，正在滚回大海的贝壳和螃蟹碎片摩挲着她的脚趾。

文中对基娅直抵灵魂的心理描写同样震撼人心。如有时候，基娅独自在海滩上漫步，落日余晖照亮了天空，她感到海浪敲击着她的心房，她俯下身触摸沙粒，然后张开双臂拥抱云彩，感受联结。她漫步在沙滩上，想着老跳，关于妈妈的回忆闯进了脑海。她似乎还是那个六岁的小女孩，看着妈妈穿着旧鳄鱼皮鞋走下沙路，走在深深的车辙里。但在这个画面中，妈妈在道路尽头停下了，转头看向她，挥手道别。她对基娅笑了，然后转身上路，消失在树林里。这一次，基娅终于释然了。

小说用了几乎近一半的篇幅讲述了蔡斯死亡悬疑案件的调查，治安官破案调查逮捕基娅作为嫌疑人以及庭审辩论审判，让小说更饱满更具惊险的色彩更吸引读者，蔡斯欺骗了基娅的感情妄想长期占有她并殴打了她，原本对蔡斯充满期望的基娅愤怒了，她从没有接受过文明社会的评判标准规则和束缚，她接受的是湿地的丛林法则，而对湿地了如指掌的基娅借助潮汐、水流、月光等的帮助杀死了对她造成巨大威胁的蔡斯。当然这个谜底直到小说最后基娅老了死去后，通过泰特找到基娅遗物才得以揭开。当年法庭是以没有足够证据证明基娅杀了蔡斯而无罪释放基娅的。往后的岁月，泰特终于遵循内心的真情陪伴基娅在湿地生活到老,基娅保持了内心孤独的自由,自始至终都没有说出杀死蔡斯的秘密。

小说的结局还是好的,令读者悬着的心得到了抚慰。文中写道:泰特的奉献最终让她相信,人类的爱情不只是湿地生物间那种奇怪的交配竞争,但是生活也教导她,古老的生存基因仍以某些不讨人喜欢的形式潜伏在人类遗传密码的迂回曲折之中。泰特的爱最终安慰抚平治愈了基娅童年的创伤,他成了她这朵凄美盛开在沼泽深处的花朵的终身守护者。

稻香里的阅读

吴土芬

　　这是一片金黄色的童话般的谷浪飘香的稻田，稻田之畔坐落着一间精心设计的优雅别致的全景咖啡屋。在这里，你可以凭栏远眺谷色田园，坐观丰收画卷，轻轻搅拌杯中的"拿铁"，涌起的是那种国泰民安的满满幸福感。此刻，你感受到的是悠然自得和心旷神怡。

　　这是一群率真可爱的女子，有人喜欢写诗，有人喜欢画画，有人喜欢阅读，有人喜欢朗诵，有人喜欢唱歌。她们不拘泥于现实的烟火，向往心灵的诗和远方。今天她们相约着来到这片美丽的稻田和雅致的咖啡屋，是为了举办一场别开生面的读书分享会。走向田野、走向山水本是身心的放松和休憩，稻香加上书香使得这场郊野的聚会不仅是身体的旅游，更是一场心灵的旅游。

　　踏入黄澄澄的美景中，书友们就像从钢筋水泥框架里放出的小鸟飞向大自然的怀抱，叽叽喳喳欢呼雀跃，开心得不行。"朋友们先开会啦，等会再玩啊。"骆老师在咖啡屋二楼笑着大声招呼大家。好嘞好嘞，热爱生活的花枝招展的女友们排着队招着手，像走红毯似的从稻田间的木栈道走过去。这一幕正好被爱摄影的周老师拍摄记录下来，那画面色彩丰富饱满，像极了一道盛开在稻田里的彩虹。

　　咖啡屋早已为我们摆放好了座谈的桌椅，是那种很文艺很小资的布置，女主人很欢迎我们的到来，为大家免费准备了水果盘、柠檬水和咖啡甜点。一切都是那么温馨又温暖。今天举行的是沧浪读书会第95期阅读分享，阅读书目是2022年诺贝尔文学奖获奖作家安妮·埃尔诺的代表作《悠悠岁月》。

书本是半个月前就买好了的，一般是安排阅读半个月再围谈阅读感想。《悠悠岁月》堪称法国人的另类断代史，被称为社会性自传。整本书由十四张照片划分成十五个部分，时间跨度是从1940年之后持续的六十多年。书中讲述了父母的贫困、学习、当教师、秘密堕胎、生孩子、离婚、患癌症、情人、衰老等内容，丰富的经历中穿插着对众多国际政治事件的敏锐看法和日常家庭生活个人隐私的叙述，生动直观地反映了从第二次世界大战结束直至今天的时代变迁。

读书分享会开始照例是辛勤的主持人咏樱老师制作了精美的APP课件为大家上一堂生动的文学欣赏课，她从作者简介、所获荣誉、创作初衷、内容简介、外界评价、写作特点等方面进行解读，为大家更好地理解作品做好铺垫，书友们认真听讲，受益匪浅，一些书友还在笔记本上记下重点内容。

读书会其实是很放松很随意的阅读活动，并没有刻意的学习要求，只要大家在这个组织里感受到开心、舒适、有进步顺带读读推荐的书籍就可以。围谈时间更是气氛活跃，咏樱老师说："今天我们来美丽乡村龙斗村瑶理咖啡屋举办这次读书会，大家都非常开心，我们马上就要到100期了，下一步准备把读书会注册一下，以后有机会还要拉个赞助给我们读书会书友写的优秀的读后感出个集子。"大家听后，顿觉信心百倍，未来可期。

骆老师说："这本书阅读起来会比较困难，因为它一开始是碎片式写作，一般读者对这种写作方法可能不太适应，作者'无人称自传'的写作方式也会让人觉得散淡，甚至叙述无章节，但是越往后看静心阅读很快就会融入作家的架构的情境和氛围中去，越读越精彩，希望书友们都能认真看完这本书。"书友们表示会再继续领会书中的内容。

书友福玉说："自从参加了读书会，感觉自己各方面都在进步，阅读能力写作水平都在提高，感觉心中就有个小太阳走到哪里哪里亮，浑身都是力量，生活倍儿美好。我现在积极去影响身边的人，要求我的孩子我的侄儿床头也要放上一摞书，每天睡前都要翻翻书，看个半小时，十分钟五分钟也行，但一定要养成阅读的好习惯。"大家为福玉的努力鼓掌加油。

书友爱珍说："安妮·埃尔诺也经历过不幸福的婚姻，虽然她嫁给出身知识分子家庭在政府部门工作的丈夫，表面看起来不错，但是她和丈夫之间没有共同话题，过得非常无趣，而且她丈夫以工作忙碌为由，心安理得地将洗衣、做饭、接送孩子等烦琐家务全都交由安妮一个人做，以致安妮不堪重负、情绪崩溃，最终选择离婚。我希望每个女性都不要被家务淹没，要勇敢做自己。"她的发言赢得了书友们的赞同。

书友小玲、晋惠、晓静、吴薇、林瑛、表清、建兰、丽萍都做了精彩发言。阅读是人生中一件非常美好的事情，读书可以打开我们的眼界，点亮我们的生活，见证自己的成长，交到志同道合的朋友，用精神魅力点亮我们生活的家园。

稻香里的阅读画上圆满的句号。会后，大家在谷浪飘香的田野里拍照拍视频，玩得不亦乐乎。只要心中有爱、眼里有光，再平凡琐碎的生活也能过得风生水起、香飘万里。

诗意、空灵与梦幻

——读《那畦雪花豆是留给小鸟吃的》有感

吴土芬

读张平老师的散文集《那畦雪花豆是留给小鸟吃的》，读着读着就感觉走进了一个魔幻而充满诗意的世界，仿佛自己也长了一双天使的翅膀，轻轻拂过梦幻般的乡村；又仿佛自己走进一条开着花、起着薄雾、清澈而温暖的溪流，感受到一种空灵浪漫的幸福。

张平老师的散文是如此优美，文字是如此充满灵性，读他的散文就如同在阅读诗歌，感觉词语是那般跳跃、充满想象，读来令人兴奋不已。他的散文篇幅不长，但视角独特、文风新颖，令人印象深刻。读后但觉回甘绵长，留下非常美好的阅读体验。

随手翻开散文集里的一篇，如《锈色镰刀》，开篇是这样的：镰刀的速度是一个季节的速度，镰刀的锈色是一个季节的锈色，我这样思想，一把镰刀在磨刀石上奔跑，紧握着的双手，仿佛握着一片水稻，金秋又来临了，一把镰刀又挺进十月的田野，有谁会明白他悬空在泥墙上的心思，他挨着冰冷的墙壁，和晾在风中的鱼干有何区别呢？这是文章的第一段，你说读这样的文字是不是一种惊喜，是不是一种意外，大多数作家散文的文字都是平铺直叙娓娓道来，但张平老师散文的文字，每一句都是金句，读起来是一种美好的享受。

　　再列举一篇《修羊圈的父亲》。文章的第一句是，我一直觉得父亲在修羊圈时，一定将身体深处的秘密与之倾诉，这一幕，经常浮现眼前。文章的最后一句是：而我经常浮现"屋子"下雨，父亲和锯子，以为父亲修理的还有自己的身体，在那昏暗的光线，一个季节从岁月中滑过，他没能把握好生活，有时借凿入的钉子实现一次期待的颤动呢！张平老师在散文写作中运用这样的文字，是多么深沉，多么经典，多么闪亮。

　　在《那畦雪花豆是留给小鸟吃的》散文集中，张平老师给我们描绘了一个全景全方位的诗意乡村。作者大多数写的都是乡村生活中的小事小景小人物，如一条蔓条、一畦雪花豆、一只小鸟、一个土箕、一朵小花、一根火柴、一缕炊烟、一只小猫、一只鹅、驼背佬、小铁匠、爆米花匠……作者对村庄爱得深沉，是那种刻入骨髓的熟悉与眷恋。

　　文集有少数篇章是写小城邵武场景的。《理发店的旧时光》《两家钟表店》《穿越小巷》等。张平老师是邵武市作协副主席，是我们身边的作家，他描写的小城场景都是我们也能走过看到的场景，所以读起来感觉非常亲切。

　　文集中还有几篇散文《渴望雪》《中药涅槃》，读来令人产生深深的伤感与悲凉，因为张平老师患有血液病，经常要到各地医院看病开各种药方治疗。张平老师因为病情恶化，不久前离开了我们。这样一位才华横溢的作家的离去，是整个闽北文坛的损失。

　　阅读张平老师的散文集《那畦雪花豆是留给小鸟吃的》，学习他细腻优美的文字风采，学习他与自然万物的心灵交融，学习他孜孜不倦的创作追求。见字如面，张平老师的精神永存。

何处是我故乡
——读王开岭《古典之殇》

黄　婷

在邵武生活了40年，但我从来没有觉得这里是我的故乡，故乡只存在记忆里，故乡永远都在远方。

爷爷奶奶在，回故乡是省亲，爷爷奶奶不在，回故乡便是祭祖。

那是一代人的祭日，一代人的乡愁。

今年清明，当我领着两个从小在故乡生活过的妹妹回去时，我的故乡已经面目全非。为了打造所谓的"美丽乡村"，那座我曾经在这里出生，并度过童年时光的老屋，已经被夷为一片平地，种上了大片大片金黄的油菜花。

那原本砌着鹅卵石堤岸的小河，如今堤岸抹上了水泥，变得完全陌生了。小时候在河边洗脚，我常常用力踩踏的那块有凹槽的石头也再也找不到了，被水泥抹平了。

我冬天会在河边捞冰块吃，并向伙伴们炫耀这就是城里人吃的冰棒。晚上在河边的小木桥上听大人们"现洋盘"（闲聊，江西方言），村里的各种新闻都是在这里发布的。

我二姑父是生产队长，常常对人说他家里的生活有多么幸福，三个表弟每个人都有凉鞋穿。我也每每以二姑父为骄傲，觉得自己简直就是皇亲国戚。

稍大一点我便经常在河边洗衣服，和小伙伴们比谁能一脚跨过小河。有一次卢米田的弟弟掉到河里，从上厅一直漂下来，经过小木桥，后来他抓住了一块石头才站稳，最后被哑巴一把拉住才没有被冲走。这次回乡也没有见到哑巴，听说已经死了。

每次回家乡都会到小学里去看看，这是给我启蒙的学校，全校没有一个老师会讲普通话。现在这里也完全不是原来的样子了，当然比以前漂亮了许多。

"现代拆迁的效率太可怕了，灰飞烟灭即一夜之间。来不及探亲，来不及告别，来不及救出一件遗物。"

老屋的厅堂里原本挂了一百多年的那幅"福婺呈祥"的匾额，是爷爷的奶奶七十大寿时溥仪的老师郑孝胥先生题的，据说那幅字有着极高的艺术价值，现在也不知道到哪儿去了。

"每个故乡都在沦陷，每个故乡都因整容而毁容。"

就像诗人于坚的叹息："一个焕然一新的故乡，令我的写作就像一种谎言。"这不仅是诗人的尴尬，而且是时代所有人的遭遇。

"故乡不仅仅是个地址和空间，它是有容颜和记忆能量，有年轮和光阴故事的，它需要视觉凭证，需要岁月依据，需要细节支撑，哪怕蛛丝马迹，哪怕一井一石一树……否则，一个游子何以与眼前的景象相认？何以肯定此即梦牵魂绕的旧影？何以认定此即替自己收藏童年、见证青春的地方？"

"当眼前的事物与记忆完全不符，当往事的青苔被抹干净，当没有一件东西提醒你曾与之耳鬓厮磨，朝夕相处，它还能让你激动吗？还有人生地点的意义吗？总之，它不再承载光阴的纪念性，不再对你的成长记忆负责，不再有记录你身世的功能。"

我走到后花园的位置，爸爸当年在福建被通缉逃回老家时曾经从花台上跳下来，是我第一个发现并告诉奶奶的。妹妹受凉时，奶奶总是在后花园里采草药煎水给妹妹喝，我这时就要充当"帮凶"，抓住妹妹的手脚灌药。

厨房后面的那棵枣树曾经给我们的童年带来了多少美好的回忆呀，我和堂姐、堂弟、妹妹几个人中午不睡觉也要守着枣树不让人来偷摘。据说枣树被砍时侄儿曾抱住枣树不让砍，但一个孩子的能量是有限的，侄儿为了枣树哭了好几天。

我们整个黄家大厅里的人都是喝一口山泉井水的，喝河水的好多人家都出了智障儿，我们家一个都没有。据说是河水缺少一种微量元素才导致智障儿的出现。喃仂、求文、咪子、哑巴、癫子都是喝河水长大的，他们都是村里有名的智障儿。村里人都说我们黄家的祖坟葬得好，因为恢复高考后我们家好几个人都相继考上了大学。可当我到后院看时，那口石井连石块都被搬走了，我回到的已不再是我的故乡。何处才是我的故乡呢？

所有人皆为过客，皆为陌生人，你的印象跟不上它的整容。无数"故乡"在沦陷，被连根拔起。

当我惊叹于贵州千岭苗寨吊脚楼的奇观时，有人告诉我这吊脚楼是后来盖的，根本没有运用当年的建筑技术，只是为了满足游客的心理需求。

当我陶醉于乌镇的古镇风情时，导游说里面所有的设施都是现代化的。

我在呼伦贝尔大草原住的蒙古包，也同样是只有外表的包装是原生态。即使在新疆禾木，除了那一股子被子的霉味带有一点原生态色彩，里面也都是伪原生态。

中国还有真正的乡村和乡村精神吗？那些古村名镇，只是没来得及脱旗袍马褂，里头早已是现代内衣或空空荡荡。在它们身上，我似乎没觉出"小镇"该有的灵魂、脚步和炊烟——那种与城市截然不同的生活美学和心灵秩序。

天下小镇，都在演出，都在伪装。

真正的乡村精神——那种骨子里的安详和宁静，是装不出来的。这世上还有沈从文笔下的《边城》吗？

每个人都应该赶紧回故乡看看，赶在它整容、毁容和下葬之前。

当然还有一个选择，永远不回故乡，不去目睹她的死亡或消逝。

王开岭感叹道：我后悔了，我去晚了，我不该去。是的，1000座镜像被打碎了，碾成粉，又从同一个模具里脱胎出来，即此"日新月异""翻天覆地"下的中国城市新族。他们不再是一个个、一座座，而是身穿统一制服的克隆军团，是一个时代的集体分泌物。

时代在发展、在进步，生活不可能一成不变，但动辄花几个亿去打造一个所谓的"风情古镇""美丽乡村"，破坏它原有的格局实在是得不偿失。

（作者供职于邵武第四中学）

幸福长什么样子
——读杨绛《我们仨》

黄 婷

幸福的家庭总是相似的，不幸的家庭却各有各的不同。

"围在城里的人想冲出去，城外的人想冲进来。"

"热烈的爱情，到订婚时早已是顶点，婚一结一切了结。"

"世界上没有自认为一无可爱的女人，也没有自认为百不如人的男子。"

凭着《围城》，钱钟书配得上读者对他的崇拜。读完《我们仨》，不得不佩服钱老择偶的眼光。

婚姻是需要经营的。钱老哄起老婆来一点都不像个书呆子。

钱老对爱妻的评价是"最才的女，最贤的妻"，"遇见她之前，从未想过要结婚；娶到她之后，从未想过要娶别的女人"，说杨绛是"绝无仅有地结合了各不相容的三者：妻子、情人、朋友"。

一个女人得到丈夫如此高的评价，怎么可能再嫌弃这个男人不会干家务？杨绛是大家闺秀，对家务也未必有多么在行。在六十多年的夫妻相处中，她几乎承担了所有的家务。钱老的学问也许很少有人能够超越，但他的生活自理能力却不敢恭维。

《我们仨》没有描写两人多么热烈的爱情，有的只是心甘情愿的付出，难以自拔的思念。如果说一千年才能出一个苏东坡，那么至少一百年才能出一对像钱钟书和杨绛这样灵魂交融的情侣。

能做他们的孩子真是前世修来的福气。都说培养一个贵族至少需要三代人，一桩和谐美满的婚姻也是需要几代人的共同努力的。

原生家庭对一个人的影响甚至比个人本身的能力更重要。幸福的人往往祖祖辈辈都幸福，不幸的人常常世世代代都坎坷，尤其是女人。好的原生家庭会让孩子拥有感知幸福的能力，即使抓了一手不太好的牌，也能在父母的助力之下打得很漂亮。很多原生家庭好的平庸女子能嫁给优秀的男人，而多数原生家庭糟糕的优秀女子要么成为剩女，要么嫁给渣男。

鞋合不合适只有脚知道，一个人幸不幸福只有自己明白。金钱当然可以提升生活的幸福指数，而和睦温馨的氛围才是一个家庭的灵魂。孩子是否幸福很大程度上取决于母亲，而母亲是否幸福主要看男人是不是真心爱她。

一个家庭，母亲的性格决定孩子的命运，丈夫的爱决定妻子的性格。母亲的情绪平和，即使物质不那么富裕，孩子也是快乐的。被丈夫深爱的女人会像小鸟一样快乐，而且会把这种快乐传递给她身边的人。这样的女人内心柔软、安定，说话轻声细语，身上会散发出迷人的光彩，让孩子无比依恋。

长期忍受丈夫冷漠、打击，甚至家暴的女人，她的性格要么唯唯诺诺，要么喜怒无常、尖酸刻薄，见不得别人幸福（包括自己的晚辈）。她们有时对世界充满恨，有时又喜欢在外人面前秀恩爱,真是可怜可悲。

不缺爱的人才不吝啬爱。

父亲能为孩子做的最好的事,就是爱他的母亲。父母给孩子最好的教育,就是彼此恩爱。

一个人如果拥有幸福的婚姻,无论在怎样的逆境中,无论遭受怎样的苦难,都永远是一个幸福的家庭,因为"我们仨在一起"。

"三里河的家,已经不复是家,只是我的客栈了。"因为只剩"我一个人思念我们仨"了。

个人命运总是跟国家命运连在一起。"文革"中傅雷夫妇双双自杀,他们不堪受辱选择了逃避现实(一直觉得傅雷夫妇不应该丢下孩子不管)。老舍受尽屈辱投湖自尽,也跟他的婚姻不无关系。顾准临终前签了认罪书,他是为了或许能够改善孩子的处境才受此奇耻大辱的。顾准的孩子们全都拒绝来看父亲最后一眼,对父亲满怀怨恨。

即便在那艰难的岁月,在杨绛笔下,我们仨也因家人的团聚而时有小小的惊喜。阿圆表面上跟父母划清界限,实际上从来没有停止对父母的牵挂和资助,我们仨是多么幸福呀。

小凤仙晚年嫁给一个厨子,这位厨子对小凤仙百般疼爱,视为珍宝。两人虽谈不上是知己,但对历经坎坷洗尽铅华的小凤仙来说,知不知己又有什么关系?

人生一世,终归尘土,就算有一百年的光阴,也不过是历史长河中的涟漪。

不是人人都有幸获得可意的婚姻。得之我幸,失之淡然。因此,让自己开心是你一生的必修课。

"我们曾如此渴望命运的波澜,到最后才发现,人生曼妙的风景,竟是内心的淡定与从容,我们曾如此期盼外界的认可,到最后才知道,世界是自己的,与他人毫无关系。世间好物不坚牢,彩云易散琉璃碎。"

一辈子很短,一定要和有趣的人在一起。

不幸的家庭总是相似的,幸福的家庭却各有各的不同。

乡愁是一缕剪不断的情缘

——读乔夫先生《回望故乡》

黄　婷

何勇先生在他的评论里写道：乔夫先生的《回望故乡》可谓闽北民俗的教科书，也可以说是美丽乡村横坑的导游词，堪称乡里乡亲人物的"连环画"。

我认为这个评价是恰当的。

《回望故乡》是一本记录乡愁的书，是邵武本土作家乔夫先生的一本散文集。本书入选"读吧！福建"第二届福建文学好书榜推荐图书。

乔夫先生本名黄光炎，黄峭后裔，与我同祖同宗。如《回望故乡》开篇所写："公元951年农历四月二十五日，时值80大寿的黄峭遣子分家。"光炎先生那支留在了故土，我们这支迁往了江西。

我从书中读到了很多熟悉的童年故事，读到了我那剪不断、理还乱的乡愁，它触碰到了我心中最柔软的地方。原来我们的故乡离得那么近，虽然一个是江西，一个是福建，但我们的语言竟然可以相通。

少年时的乔夫先生曾经驮一根枋木去江西省黎川县的熊村卖，熊村是我故乡的集镇地，那是少时的我眼里世界上最大的城市。

我第一次去熊村赶圩时，曾看见过许多村民在卖柴火。当年我六岁，带着妹妹从舅公家里偷跑出来玩。我从没见过这么热闹的场面，竟忘记了回家的路，后来是村里的人把我们俩带回了家。

后来爷爷一再吓唬我和妹妹，要是碰到了拐子就会把我们俩拐去卖掉。即使到现在，我只要一看见挂拐杖的人还是会心有余悸，认为跛脚的人就是人贩子。

我离开故乡 40 多年了，其间虽曾多次到过故乡，但始终忘不了伴随我快乐成长的那片土地。更无时无刻不牵挂着故乡的山山水水和至亲挚友，故乡永远都是我魂牵梦萦心驰神往的地方。

感谢乔夫先生的《回望故乡》解开了我多年的乡愁心结。

《门前的小溪》是这样描写的："故乡庭院的门前，有一条小溪，它依山就势，错落有致地由村子的东头向村西蜿蜒。小溪里许多突兀的石头上，长满墨绿色的石菖蒲。小溪流水，或作"叮咚"，或作"嘻嘻"，或作"咕嘟"，日夜不息地轻声唱着，那菖蒲叶，在微微的溪风中轻点细摆，为小溪的吟唱打着节拍。"

语言轻快、明丽，非常符合孩子的心理。此文描写极为生动有趣，让我想起了孩提时第一次抓鱼虾的情形：我和堂姐、堂弟、妹妹用土箕捞鱼虾，虽然没有乔夫先生捞的鱼那么大，可这是我们自己第一次的劳动成果呀。祖母用辣椒一炒，那个美味，真是令人难以忘怀。那动人的一幕过去五十年了，现在一想起来依然历历在目。

《又见尊师粽》是这样描写粽子的："故乡的端午粽，是很特别的。那粽子箬叶裹身，棕榈束腰，像胸臀丰硕的熟女。褪去衣衫，浑身金灿灿、胖嘟嘟、香喷喷。"作者的语言描写实在太刺激人的味蕾了。

作者是这样描写包粽子的过程的："用泡发的糯米将角

斗填满,再一手拎起角斗在另一只手掌上抖实,马上麻利地将叶片的剩余部分折叠过去,把角斗里的米包得严严实实,再用柔韧的棕榈叶条子将它拦腰捆绑打结,一个粽子只要分把钟的时间,就从她们手中活脱脱地诞生。"我是见过村里女客们包粽子的,聪明麻利的女人包的粽子也漂亮,不能干的女人包的粽子就会在锅里洗澡——散开。我看过但我写不出来,作者的语言描写之细腻令人佩服。

在《故乡的中元节》中,作者是这样写磨豆腐的过程:"一手将装米的小撮斗抱在腿上,一手一小把一小把地将米往磨眼里喂。给磨喂料是很磨人的事,石磨每转一圈,就要往磨眼给一次料,几个小时一直重复着同一个动作,就像一个人呆呆地盯着一个沙漏计时器。"小时候我跟哑巴抢着磨豆腐的情景犹在眼前。

其他文章如《耕牛的生日》《儿时的稻花鱼》《家乡的年味儿》《母亲,像一本百科全书》《难忘的话务生活》《金斗》《添年公》等,全都可以在我的乡村生活中找到原型,真正是"人人心中所有,人人笔下所无"。

乡愁是个永恒的话题,乡愁是一缕剪不断的情缘。乡思成疾方是愁,但乔夫先生没有"为赋新诗强说愁"。

乔夫先生,您的乡思病是令人羡慕的。这里借用张建光先生的话:拥有乡愁的人是幸福的。乡愁在心,就有了自己的伊甸园,家乡的月光能把心中的梦想照亮。

乔夫先生,我羡慕您。我虽有乡愁,可我的故乡已经变得面目全非,我才会有《何处是我故乡》的感慨。

找个时间,一定要去这个叫横坑的地方看一看。

但愿《回望故乡》能治愈所有游子的乡愁,给心灵一个温馨的慰藉。

君子与小人

——读古道《李纲传》有感

黄 婷

"近君子,远小人。"中华先哲对后人谆谆教诲了千百年,君子与小人也并存了千百年。君子总是斗不过小人,因为"卑鄙是卑鄙者的通行证,高尚是高尚者的墓志铭"。君子常常为小人所害。虽然君子总是流芳千古,小人总是遗臭万年。但小人失去的只是他们并不看重的名节,君子失去的却是一条条鲜活的生命。

吟唱"路漫漫其修远兮,吾将上下而求索"的屈原,一片痴心忠君爱国,却抵不过小人的几句谗言,为楚国朝廷所不容,带着一片忠心和君子风范投身于汨罗江。精忠报国的岳飞,虽然战功显赫,文武双全,还是被巧舌如簧的秦桧以"莫须有"的罪名杀害了。那个一肚子"不合时宜"的苏东坡,即便才高八斗,即便皇上是他的铁杆粉丝,还是一生三次被贬,官职越贬越低,地点越贬越偏。最终虽被皇上召回重用,可还是客死在召回的途中。一代名臣魏徵敢于犯颜直谏,太宗也算是个明君。魏徵是病死的,本来已得善终。可魏徵死后,太宗因为多疑,竟亲自砸掉了魏徵的墓碑。历史上难得一见的一段君臣佳话竟以此为终,实在是令人叹息。真是伴君如伴虎啊。

那些君子似乎离我们都太遥远。

还是说一说令邵武人骄傲的李纲吧。

读了《李纲传》，才知道李纲竟然被贬六次，比苏东坡还多三次。他屡屡被小人陷害，遭皇上厌弃，官职一贬再贬，这与他为人太过耿直、刚正不阿的个性是分不开的。

为什么古今中外的君子总是没有小人过得滋润？为什么皇上都特别喜欢小人？为什么忠臣的脑袋总是像白菜一样容易被砍？究其原因还在于君子本身。君子普遍缺少防范意识，处处以君子之心度小人之腹。君子人品高尚，才华出众，自我感觉良好，未免都有点骄傲自满，从不屑于巴结讨好领导，更不善于领会领导精神，总认为自己"君子坦荡荡，小人长戚戚"。殊不知结局往往是"君子惨兮兮，小人很得意"。在领导眼里，小人总是那么招人喜爱，每每受到重用。

君子不懂审时度势，不够聪明，大多都是一根筋。明明知道有些话皇上根本不爱听，还要飞蛾扑火，以死相谏。为了江山社稷，李纲竟然冒着株连九族的风险劝皇上退位。万幸的是劝谏居然成功了，不然邵武的李氏家族怕是要满门灭绝了。君子最致命的弱点是情商太低，说话太缺少艺术性，自以为铁骨铮铮不懂示弱。小人最大的强项是娴熟地掌握了各种拍马屁的技巧，深谙领导的各种嗜好并能够投其所好。

魏徵提意见常常弄得太宗因下不了台而火冒三丈。李纲对皇上的劝退是在皇上刚刚把他招进宫准备重用之时，皇上能不心生怨恨吗？那个被贬之后还说怪话"日啖荔枝三百颗，不辞长作岭南人"的苏东坡，但凡说话时肯稍稍顺着皇上一点点，也不至于大半辈子都被贬在荒蛮之地。

只要有人类生存的地方就必然有君子和小人。

周恩来总理是大家公认的一位谦谦君子，连敌人都对他敬佩有加。"文革"中周总理不但保全了自己，还保护了大批知识分子，不能不说周总理是一位奇才。

我们要做一个能屈能伸的君子，说话讲究一点艺术性。对领导提意见时，先说领导工作能力特别强，然后再婉转地指出领导的不足之处。这样既有利于工作，也不至于使自己身处险境。

君子对待小人也不妨以其人之道还治其人之身，对待流氓就要采取非常的手段。

生活中近君子远小人，只跟喜欢的人来往。

工作中以柔克刚，以智取胜，宁得罪君子，不得罪小人。

与书相伴　随遇而安

——读林语堂《生活的艺术》

黄　婷

　　喜欢林语堂先生是从他的名字开始的，没有来由，就是喜欢。

　　有着这样一个名字的人必定是个不俗的人。当他和鲁迅先生有矛盾时，我坚定地站在林语堂先生这一边，虽然我每年都要带学生品读鲁迅先生的文章。胡适先生跟林语堂先生亦师亦友，因为敬重胡适的人品，我便连带他的朋友也一并喜欢了。

　　后来读先生的《苏东坡传》，更是如同遇上一个知己，原来先生喜欢东坡比我更甚。

　　先生在传记中明显不喜欢王安石。王安石是我的老乡，我内心一直以有这么一个老乡为骄傲的。但当这位老乡和东坡先生产生分歧时，我毫不迟疑地站在东坡先生这一边。

　　林先生是这么评价苏东坡的：苏东坡已死，他的名字只是一个记忆。但是他留给我们的是他那心灵的喜悦，是他那思想的快乐。像苏东坡这样富有创造力，这样守正不阿，这样放任不羁，这样令人万分倾倒而又望尘莫及的高士，有他的作品摆在书架上，就令人觉得有了丰富的精神食粮。林语堂可算得上是骨灰级的苏粉了。

　　爱读书的人是幸运的。林语堂视读书为"至乐之事"，他引用苏东坡的朋友黄山谷的话说："三日不读，便觉语言无味，面目可憎。"凡是没有读书癖好的人，就时间和空间而言，简直是等于幽囚在周遭的环境里边。他只有和少数几个朋友或熟人接触谈天的机会，他只能看见眼前的景物，他没有逃出这所牢狱的法子。但在他拿起一本书时，他已立刻走进了另外一个世界，如若拿到的又是一部好书，他便已得到了一个和一位最善谈者接触的机会。一本古书使读者在心灵上和长眠已久的古人如相互面对。一个人在每天二十四小时中，能有两小时的工夫撇开一切俗世烦扰而走到另一个世界去游览一番，这种幸福自然是被无形牢狱所拘囚的人们所极羡慕的。这种环境的变更，在心理的效果上，其实等于出门旅行。书籍能够将人带入一个和日常生活迥异的世界。我们的脚步是有限的，任你万水千山走遍，也不及书本里的世界辽阔。

非常庆幸自己从五岁时便开始接触书，第一本小人书的书名已不记得，但我现在还常常记挂书中男女小主人公的命运。那是父亲被通缉逃回老家的日子，爸爸每天躲在偏房里看书、练字，我负责三餐给爸爸送饭、送水，爸爸便给我讲各种各样的故事。我还没有发蒙，便已经知道书中的世界是何等有趣，那是一段多么温馨、美好的时光啊。

人应该读自己喜欢的书，好之者不如乐之者。正如书中所说："凡是以出于勉强的态度去读书的人，都是些不懂读书艺术的人。""一个教师绝不能强迫他的学生去读他们所不爱好的读物。而做父母的，也不能强迫子女吃他们不喜欢吃的东西，一个读者如对于一种读物并无胃口，则他所浪费在读书的时间完全是虚耗的。"

我十岁时母亲终于如愿以偿地生下了弟弟，我肩负着为弟弟洗尿布的重任，从老家来到福建读书。我就读顺昌城关小学，这所学校的老师非常好。那时的书很少，我的班主任郭木英老师叫同学们把自己的书都放到班级里来，由一个同学保管，每个人都可以借阅。我也拿出了被我视为珍宝的两本小人书《童年》和《钢铁是怎样炼成的》。我几乎读遍了班上所有的小人书，我还会向隔壁班的同学互相借阅，这样就极大地扩展了我的阅读视野。

我近乎疯狂的阅读引起了母亲的不满，有时因为阅读把饭煮焦了，有时是没有带好弟弟，母亲一见我手捧书本就会前来收缴，还常常用辍学把我送去当学徒来威胁我。

我最早接触的苏联小说是高尔基的三部曲，我在书中找到了极大的精神上的共鸣。吝啬、自私的外祖父像极了我的祖父，而像阳光一样温暖的外祖母几乎就是我的祖母。高尔基读书和当学徒的经历都跟我的经历极为相似。小学阶段，我背着母亲读了大量的中外文学作品。文学可以滋养人的心灵，可以让你在黑暗中看见曙光。

就像林语堂先生说的，人生的每个阶段都有适合自己读的书。因为我们的智力兴趣是如同树木一般生长，如同河水一般地流向前去的。只要有汁液，树木必会生长；只要泉源不干涸，河水必会长流。当它碰到石壁时，它自会转弯；当它流到一片可爱的低谷时，它必会暂时停留一下子；当它流到一个山中深池时，它必会觉得满足而停在那里；当它流过急湍时，它必会迅速前行。如此，它无须用力，也无须预定目标，必然有一天会流到海中。

林语堂终生坚持读书，不断丰富自己。主张自由看书，无论什么书有趣就看，人人必须自寻其相近的灵魂，所以他只想读令他心悦诚服的东西。他的读书理念跟苏东坡是一脉相承的。书和人一样都是讲究缘分的。林语堂说："我颇以为读书也和婚姻相同，是由姻缘或命运所决定。"世间的确有一些人的心灵是类似的，一个人必须在古今的作家中，寻找一个心灵和他相似的作家。他只有这样才能够获得读书的真益处。

当我们读到那些让人怦然心动的文字时，就好像林语堂所说："像一个男子和他的情人一见倾心一样。"世上常有古今异代相距千百年的学者，因思想和感觉的相同，竟会在书页上会面时完全融洽和谐，如对着自己的肖像一般。在中文中，我们称这种精神的融洽为"灵魂的转世"。例如人们称苏东坡是庄周或陶渊明转世，称袁中郎是苏东坡转世之类。苏东坡曾说，当他初次读庄子时，觉得他幼时的思想和见地正和这书中所论者完全相同。当袁中郎于某夜偶然抽到一本诗集而发现同时代的不出名作家徐文长时，会不自觉地从床上跳起来，叫起他的朋友，两人共读共叫，甚至童仆都被惊醒。

当我走进三毛的世界时，便跟着她去撒哈拉沙漠漫游，当我走进夏洛蒂·勃朗特的内心时，便梦想遇到罗切斯特。阅读了《战争与和平》《巴黎圣母院》《呼啸山庄》《红与黑》《悲惨世界》《安娜卡列尼娜》《飘》等，当你的生活中有了这些书中众多各样的灵魂时，你的人生还会寂寞吗？

我和花花的童年

刘秀燕

时候已是晚春，暮色却像极了没有太阳的冬天。安静时坐着，空气中透出的感觉还有一丝丝的凉意。这种天气，适合读书，或者想事……

花花就是这样被想起来的。花花是从我有记忆开始最不能被想起的人。她一直七岁！

那一年，我也七岁。

之前供全村饮水的那眼阔口井两旁，长满了据说可以去火气、去湿气的苦草、艾草、指甲藤……它们不是被花花妈妈采去，就是被我母亲捣碎后塞进我的胃里。艾草和苦草也可怜得没有来得及完整地生长过；村里那个会用针扎手说是可以化积增加食欲的老太太，特别受我母亲和花花妈妈的敬重！当时她的针是全村小朋友的"化积口服液"。我和花花呀，经常要被扎针。每隔一段时间，老太太胸襟前就会别着那根"神针"出现在村里的小路上。她不是在去我家的路上，就是到花花家施针。

长大后，我看了《红岩》里江姐被竹签十指连心的时候，流了一盆的冷汗，我脑海里第一个蹦出的感受居然是：原来我和花花从小就有当地下党的资质——被扎了几次后，"神针"的功效于我空前有效：只要我不吃饭，母亲拿着缝衣针隔空一比画，手未到碗已空。每每于此，我父亲看他老婆的眼神只会比 500 瓦的灯泡还要闪亮……

我和花花爱生病，我们的妈妈坐在一起时是没有空闲时间说家里长短的，她们交流的话题离不开我们各种不舒服时所谓的偏方草药。除了老太太的"化积口服液"，方圆十里的草坡田间河畔都是她们寻找草药的影子……

这般仔细地抚养，花花还是没有扛过 7 岁……

那一年母亲的惊恐丝毫不低于花花妈妈的痛苦！万幸的是我很有出息地活着。但从此以后我就很少见到花花的妈妈了。母亲说花花妈妈看到我就会哭。两年后，花花的妈妈终于还是舍不下，去陪花花了。

30 多年过去了，花花从未被我挂在嘴边！我以为我也早忘记了！没有想到《草房子》一下子把花花，把我的童年推到我面前，以霸道、毋庸置疑的样子！原来花花从来不曾离去，她七岁的样子一直那么好看！

感谢《草房子》！因为它，我和童年重逢！那感觉就像秋天澄澈的阳光从树叶的间隙挤出来，与我温暖地相拥！

是的，文字打动人心的招式从来朴实。在曹文轩的作品里，它赋予了每个孩子一颗高贵的灵魂，每一个读者都能很幸福地从作品中找到自己的影子，并因此获得一股积极向上的动力。特别美妙的还有——故事看似结束，但每一个人物仍然在我们的脑海里继续成长，而且还会神奇地成长为我们希望的样子！"从前"如此地打动"今世"，这与"天上下雨，地面就湿"的真理是一致的。

期许在之后的岁月里，我们继续着徜徉在童年的美好里。因为想念与爱，从来不曾分离。

（作者供职于邵武市通泰中心小学）

故乡 童年

刘秀燕

又过年了！

小时候千盼万盼的过年，随着渐长的年岁，成了哀叹渐老的惆怅。刘亮程《一个人的村庄》勾起了我对儿时故乡的"过年"更加绵长的愁思。

儿时每至除夕，客厅一角会摆上一张小四方桌，很旧，姐姐洗得发白的那种。年三十午饭后，父亲所有的活（鸡鸭鱼的宰剖、贴春联）在母亲验收后，厨房就没它什么事了。起初，春联都是父亲写的。家贫，母亲持家不易，因此买的对联纸也是事先计划好的，一丁点儿不能浪费。等我长大，可以写大字了，父亲也有模有样地教了那么几天，我那圆黑与乌鸦无二的大字就从此登门上墙了。头一年写，母亲高兴，多买了好些红纸，糨糊的量都比往年增了一多半，结果就是家里的猪圈鸡圈狗圈乃至后山用来冬藏萝卜、红薯、芋子、大白菜的土洞都是红彤彤的一大片！

于是，从起床开始就千缠万缠父亲的我，终于安静了。父亲扛出一大捆甘蔗丢到河里去，去头去尾，蔗皮洗得油亮。见此，忙得手脚并用的姐姐还不忘送我两个白眼，嫌弃我给大人添乱，说父亲洗甘蔗比她洗妹妹还洗得干净。

这是什么话？甘蔗能和我比吗？好在我心情好，加上几个小伙伴与我一道殷殷地与甘蔗深情相顾，我十分大度，没有与姐姐计较了。之后，父亲手起刀落，甘蔗一小节一小节长短一致、整齐地码在小方桌上，直至我够不着为止，这就是母亲真正认可的"节节高"了。并且，母亲允许我和我的小伙伴从年初一到年初三，可以自行取食。说真话，大厅正中的观音娘娘画像也可以作证，没有大人的帮取，我们这窝还不及桌面的小短墩们就没有如愿过。

我们莆田人是不兴拜年的。年初一那天，我家小院总比别家热闹。那个热闹也仅仅是我和小伙伴们贪图小方桌上山一样高的甘蔗与母亲秋收后就煮晒好的花生而不舍离去的聒噪了。母亲没有食言，真正尽着我们吃。甘蔗汁甜，花生咸香。半晌不到，姐姐就要清扫出一大堆的皮壳。现今想想，当年若没有父亲在一旁看顾，姐姐会不会把我们这一群不曾歇嘴的小胖墩儿一并扫去？

三天下来，起初父亲洗的一捆，柴草间存的另一捆，悉数满足了我们对甜香食品的渴望。这是母亲意料之内的事。更能意料的是之后的好些天，我都陪着母亲在院里做针线、晒太阳，是心甘情愿的那种。为什么这么乖？嘴破了，牙肿了，上火了，咳嗽了……乖乖地待着，各种治疗的苦水可以少灌点。

年年如是！

几十年过去了，有形有色有味的故乡，如今已成了记忆和笔下的文字。物资匮乏的年代，母亲都能把年过得让人难以忘却地精致，我如今也刻意地效仿，不过仍有东施效颦之嫌。然而每至年关，我仍东施效颦。

刘亮程说："我全部的学识是我对一个村庄的见识。"我也认为，每一个人的回忆是否有意义有趣味，全在于我们内心是否专注。现在的稚子，他们永远不知道我那条土坷垃般的黑狗是怎么被偷吃掉的，我又是如何眼泪汪汪地最终只找到它的毛发；他们想象不出小母鸡调戏黑狗是要有怎样的胆识；他们不曾亲手饲喂过蚂蚁，所以不懂蚂蚁搬食的威武至今无人能及；至于我与小伙伴们调皮、日日龙卷风般呼啸于村前村后的光荣战绩，如不锈钢的好名声，从不曾受到磨损……他们几十年以后对儿时的全部回忆，也许连"送伞"和"生病"这两个词都想不起来了。

故乡，童年。如今成了"后视镜里的年华，越来越远的道别。我用文笔去追，细数着我的不舍"。自然，《一个人的村庄里》，旧时光和我相遇。

情难自禁，潸然泪下！

疼　痛

刘秀燕

孙频的作品里，无人不痛，无生活不痛。她笔下的痛，是那种蘸着血的痛。

所以，我反思自己的生活——平平淡淡。自然地，《疼》中我触碰到的那些阴暗于我，恐怖得让我没有再继续往下看，并且以后也怕去看吧。孙频的作品！

是的，我不再看！因为我千方百计不愿触及的痛点被唤醒，如针刺一般！

三年级的孩子有多大？美好的童年在三年级时被终结，就好像顺畅的呼吸被恶鬼的手突然掐住，是一种什么感觉？

那时，我是纯粹的乡下人。乡下的婆姨们视娶进门的恶媳如洪水猛兽，如恶鬼。我家不幸，我的童年被因此强行终结，呼吸变得困难。

母亲变得沉默，而我还那么小；我总要跟着母亲去菜地，不敢一个人在家；我再不能吃想吃的东西了……这是起初，我少不更事时。

母亲常常在相对舒服安全的地方，一如既往地宠爱着我，说些让我喜欢、让我相信的话。她说得最多的是"被恶鬼扼住呼吸"的当下，仅仅是我一辈子经历中的偶然，要我别放在心上。母亲无数次地要求我必须相信她。彼时，我已经能听出母亲泪眼婆娑中的良苦用心！每次，懂事的我都会带笑含泪地点头。

种地、喂猪，父亲一担柴从 8 角卖到后来的 2 元，这就是供我读书的营生了。很艰难！但我们仨满怀希望：等我师范毕业，日子就会好起来！

……

天不假年，1992 年始，父母先后弃养。从此，在这个世界上，我成了一个孤儿！我是答应母亲对过去要少计较、要放下的。可是母亲却忽略了，那是我的来处呀。她更不会知道，我心里对他们有多少想念就必然有多少"不肯放下"来匹配。不然，何处才能安放我的一颗尘心？

孙频是对的。她迷上的"灾难"与"阴暗"旨在自我毁灭之后的复活。也让我坚定地成为往事的旁观者。人间久别不成悲，一切痛苦的痛苦，在于够不得。爱与痛从来是一体的两面！所以，它将如影随行伴我一生。

丰收要靠劳动

刘秀燕

读史铁生的《我与地坛》，会让人忍不住去寻找生命中无法忘却的经历。在别人的失去中学会珍惜！

——题记

那年夏天，已是师范生的我放了暑假。刚回到家第二天，家里开始收割夏粮了。农村的"双抢"——抢收庄稼，抢种庄稼——拉开了序幕。

天还未亮，母亲叫醒我说："孩子，早上天凉，你和爸爸先去田里割两担回来。妈妈做好饭后好晒。"我听话地去了，早间蚊、蝇盘绕在我们的头顶，嘤嘤嗡嗡地乱舞，和着我刷刷的割稻声，倒也有节奏。太阳出来了，我和父亲打了三担沉甸甸的谷子，用车推回家。饭菜早已在桌上搁着。母亲正在吊楼上晾晒衣服。早饭，我有点狼吞虎咽，劳作之后的饭菜是更香些！

等我和父亲在田里又打下两担稻谷时，母亲也来了。她刚把田边水沟的杂草清理完毕，正要下田时，我突然听到母亲倒吸一口气的声音，一抬头，我看到了母亲痛苦着一张青白的脸。等我扑过去，母亲脚旁的水沟已被鲜血染红了一片——可恶的尖石子深深地扎进了母亲的脚。我和父亲心疼地搀着母亲坐下。父亲用镰刀割下衣襟的一角，帮母亲包扎好伤口。但我们没能把母亲劝回家。母亲说："哪有这么娇气？时令不等人，我们要趁着好天气赶紧收割，这样才好及时耕种秋稻。"说完，母亲就握着镰刀与我一道埋头在金黄的谷穗中，挥汗如雨。中午稍做休息，等我们再一次从田间收工，月亮早已经悄悄地爬上山坡了。

工作之后，身为语文教师，每次？是的！每次！当我与学生触及"披星戴月"这个词语时，田间劳动的场景就层层叠叠涌进脑海，挤挤挨挨地互相碰撞，然后争先恐后地挤进教室，以无比傲娇的姿势呈现在我的课堂上。每次，我都情难自禁，课堂一如既往变成了我眉眼纷飞的舞台。我不仅仅在学生面前表达对那一段光辉岁月的思念，也通过自己的亲身经历，向我的学生宣讲劳动本身馈赠于我的是多么宝贵的财富。这份财富自母亲至我，到我的学生……是没有理由不传承下来的！

那个夏天，收割和紧接着的栽种整整持续了一个月。"双抢"最后一天，太阳都落山了，我帮着父亲把最后一株秧苗插好，火烧云早已烧到了山的那一边，河边的芦苇在夜色中已显得青黑。好累呀！河中央一块凸起的石头刚好可以枕着我的头，我就那般不管不顾地让自己躺在水中，双手、双脚顺着小溪水，就像水草……等我醒来，已躺在父亲的臂弯里，母亲煮好了粥端上来喂我。她眼角的泪还没有擦干，新的泪水又滚涌出来，母亲说她的心都疼碎了！

母亲没有进过学堂，识不得字，但她却坚定地认为：庄稼要靠雨水，强身要靠卫生，丰收要靠劳动！勤劳永远都是一把开启幸福之门的钥匙。我这个"书生"虽然被辛苦的劳动折磨得又黑又瘦，却从不抱怨。因为母亲知道我是把她的认可放在心上的。可母亲不知道的是，我更把对母亲的心疼放在心上。

母亲的伤口在那个夏季一直没有愈合，她就没有让自己的脚有机会休息过。因为母亲的脚，我心疼了整整一个夏天。母亲自己没有叫一声苦。但是，当母亲看到我抓稻禾的手，被稻禾磨得如成熟的蚕晶莹透亮，轻轻挤压，指尖的血便丝丝渗出，母亲心疼得整夜抚摸着我的手，泪水长流。然而第二天，她依然催我早起下地劳动，与父亲披着微露的晨曦，在朝阳的亲吻中"先割两担回来"。那样宠爱着我的母亲，我的那一只被稻禾磨破、早已不堪的手，那一副又黑又瘦的小身板，还有码在院墙上的那一只只被稻禾磨穿了手指、有如军功章一样的手套，在她心里该是比脚伤还要痛上千百倍吧？有什么办法呢？在那样物资相对匮乏的年代，农村的父母肩负着生存和培养子女的双重压力，虽然爱如日月也只能深深地沉入心底，就像那看不见的地平线！

"双抢"结束，让我垂涎的是母亲最温情的奖励：母亲会在某一个拂晓来临时，破天荒地，让我枕着她的手臂，陪着我睡一个不用早起的懒觉。母亲搂着瘦无可瘦的我，我们彼此呼吸清浅。在母亲的怀里，我像又重回母亲温暖的子宫一样。

这样艰辛的劳作，从小学一直持续到我参加工作才结束。我整个求学的生涯与劳动是密不可分的。如今，离开田间的劳作已经过去二十五年了。然而"劳而有获"的观念已然根植于我的心里，母亲用一生的勤勉让我见证着"抚养""生存"是件多么不容易、多么神圣的事！在那样"力尽不知热，但惜夏日长"的岁月里，"劳动最光荣"，劈云斩雾一般，透过我们的肌理，陪伴着我的整个求学生涯。

今天，当我站在讲堂上的时候，我告诉我每一届的学生：人类生活的基础、创造人类文化的是劳动；获得精致生活的前提标志是劳动；人类迈进文明、走向繁荣最初的启蒙便是劳动。我秉承着母亲关于劳动的所有教诲，也坚信：这种生存本身的呼吸与光芒通过我的课堂也会如春雨一般点点入地！

苦尽甘来斑斓迎

——读《无冬无夏》有感

吴进香

读了咏樱老师的《无冬无夏》，感触很深，它让我读到了一种精神：坚忍、勇敢、宽容、上进、奉献。这种精神在逆境激励人前行，顺境可使人轻装上阵，稳步向前。

咏樱老师经历过生活的种种变故，历尽种种"惨状"，甚至是陷入人生的低谷，然而，她没有被困难压垮，而是擦干眼泪，继续前行。她像石缝中的小草，任凭风吹雨打，依然努力向上生长着，用她的一句话说就是"一夜之间长大"。何尝不是如此呢？她从小备受父母及祖辈宠爱，学习成绩优异，保送上大学，顺利就业，一路顺风顺水。怎奈顺流也会遇到"暗礁"，就在她一切顺利如大河般奔流向前的时候，生活给了她重重的一锤——她心爱的儿子不幸患病离世，对于一个母亲来说，这何尝不是一种撕心裂肺的痛？可又能如何呢？生活还得继续呀！

在《两颗孤独的麦穗》一文中，咏樱老师写了她的母亲从小因家境贫寒而辍学，后来，她对女儿的学习格外重视，争气的女儿不仅生性乖巧，而且成绩优异，总算是弥补了母亲的遗憾。她的母亲勤劳能干，又会做小吃，会种菜，常常和邻居们一起分享她的"劳动成果"，因此也收获了不少"回馈"。母亲的乐善好施还体现在她对于上门乞讨的人也格外关照，尽管自己也过得捉襟见肘，但她还是给乞讨者一些食物。这不禁让我想起了自己的母亲。每当有乞讨者上门，她总是给他们的碗里装满冒尖的大米，可我们自己的粮食也不够吃，就掺杂些地瓜丝，母亲说这些人太可怜了，得给他们多点。

咏樱老师还写了她跟母亲的相处模式：不在一起的时候就会彼此牵挂，可是当她们在一起的时候，又会彼此争吵。可能是因为跟关系最亲密的人在一起都很随意、放松吧，想说就说，想吵就吵，反正也吵不坏，正所谓"打断骨头连着筋"呢！我和兄弟姐妹们在一起也是如此，说话很随便，也有不同的观点，"看不顺眼"的时候就你一句我一句地争个不停。但不论哪个遇到困难，其他几个又都会劲往一处使，都来帮助他。谁家有点什么事，一个个又担心得要命，就连各家孩子的事都互相操着心。我女儿高考之前连续几个月，大妹和弟媳轮流送"大餐"给我女儿吃，生怕我这个亲妈照顾不好女儿。女儿考研就索性到二姨家去复习，早出晚归，把她二姨累得够呛！我女儿——也就是大家的公主要结婚了，兄弟姐妹们都"总动员"起来，小妹和妹夫负责进货，采买糖、烟、酒、水果之类。喜糖、喜茶礼盒都是我和二妹、小妹、哥一起组装，大家忙得不亦乐乎！

咏樱老师就读的青砖木板教学楼，我也在那待了一年。记得刚上初一时，我的英语是读得焦头烂额却不见其效，老师上课讲完，下课钟声一响，我就忘光光了，只好下课再问同学，问老师。甚至有同学问我，你上课到底有没有听课？为了读好英语，我想尽了办法，甚至在上语文课时"偷听"楼下的英语课。当然，也是语文和英语不停地切换听课，结果两科都考得不错，其他科目我也不敢怠慢，都是铆足劲来读。

也许是我的坚持不懈、日积月累的原因，第一次期中考，英语居然得了个 97 分，我满心欢喜，信心倍增，从此我的英语就很少下 90 分了。

一篇《做家务的快乐》给了我很大的启示，就是女人要随时"切换身份"，要"上得了书房，下得了厨房"，前者为精神，后者为物质，两者都需要。我也不爱做家务，但是"清扫房间就是清扫你的内心，房间就是你内心的对应物。当你用心把房间打扫干净后，面对窗明几净的房间，内心也会觉得轻松透亮起来"。如此说来，打扫房间还真的是一种乐趣。我还得向她学习，看一会儿书，做一会儿家务，既有用脑的时候，也有用体的时候。只要合理安排时间，就可以完成很多任务，写得多好啊！

《生活需要边界感》一文中写道："即使再亲密的人之间也要保持边界感，即使我们再有交集，也有独立的部分。"看了此文，生活中的种种事例都跃然纸上。原来，日常遇到的一些没有边界感的人和事，是多么令人尴尬、令人不爽、令人厌烦。人与人之间的交往还是要有个分寸为好。我特别欣赏最后的一句话："熟悉而不越界，不逾矩，是一种修养，更是一种智慧。请让我们保持边界，活在各自的世界里。"保持边界才能长久相处，既能相互取暖，又不会伤到对方，这何尝不是一种最好的相处方式呢？

物理学中有个"能量守恒定律"，听说，苦难也有定律，意思是每个人吃苦的总量是恒定的，你若前半生不吃苦，后半生将被迫吃苦。咏樱老师一路走过来，吃了不少的苦，相信她会苦尽甘来，过好人生的后半场！

（作者供职于邵武市通泰中心小学）

我的求学之路

——《平凡的世界》读后感

吴进香

《平凡的世界》这部小说在展示普通小人物艰难生存境遇的同时，极力书写了他们克服重重困难的美好心灵与坚韧不拔的奋斗精神。此书厚重大气，值得一读。

小说的主人公孙少安、孙少平是挣扎在贫困线上的青年人，但他们自强不息，依靠自己的顽强毅力与命运抗争，追求自我的道德完善。其中，孙少安是立足于乡土矢志改变命运的奋斗者；而孙少平是拥有现代文明知识、渴望融入城市的"出走者"。书中详细描写了1975年初农民子弟孙少平到原西县高中读书的情形，他贫困，自卑；买最便宜的黑窝头，躲到没人的地方吃。尽管学习紧张，他回家总要帮家里做些事情。少平高中毕业，回到家乡做了一名教师。"他青春的梦想和追求也激励着他到外面去'闯荡世界'。"

他的经历与我的求学之路非常相似。

那是在物质贫乏、经济困难的20世纪70年代，好多农村的孩子都上不了学，他们对校园生活孜孜以求，对知识的获得极度渴望，却难以如愿，我也是其中的一个。我生活在一个八口之家，上无片瓦，下无寸土，家贫如洗，可我却偏偏向往上学，对上学的同伴们羡慕不已。

在每年的开学之际，我总要躲到门后偷偷哭泣，因为我的同伴们一个个都上学去了，最后只剩下我一个人。更让我难受的是同伴们经常在我面前"炫耀"："你认识几个字？你会算算术题吗？知道3加5等于几吗？……"这些话深深地刺痛了我的心。

于是，我每天带着弟弟、妹妹们到学校，在同伴们的教室外窗户下当起旁听生。在窗外看着老师唰唰地写字，听着室内伙伴们琅琅地读书，当然我也没闲着，一边看护身边的"小尾巴们"，一边跟着大家读书，老师的一个眼神、一个动作都在我心里留下了深深的烙印。

由于弟妹们会跑动，会吵闹，怕影响大家上课，我只好时而听课，时而带他们走得远远的，时而听这个年级的课，时而听那个年级的课，有时候还提醒坐在窗边的"同学"背诵课文，或拿个小石头在地上帮他们算得数……就这样我也零零星星地学了不少知识。

由于对知识的渴求，坚持不懈地当"窗外旁听生"，这一举动深深打动了老师的心，以至老师们时常提着马灯到我家动员我去上学，并答应免除学杂费，只交书本费，一群"小尾巴"也可以带进教室，只要不影响大家上课就可以，如果他们吵闹就带出教室。就算这样，我的父母也无法让我上学。

好事多磨，直到1976年的9月，我终于走进了梦寐以求的课堂，并甩掉了一群"小尾巴"，结束了"旁听生"生涯。

我格外珍惜这来之不易的上学机会，每天很早就去学校，上课特别认真，下课还舍不得出去玩，其他同学在操场奔跑，追逐嬉戏的时候，我已经把老师布置的课后作业写完，因为放学回家要帮家里做些事，没那么多时间写作业。

当我要上二年级的时候，母亲说："你已经认识一些字，会记工分，会算点账，不用再读了。"我执拗地央求母亲，无奈之下，母亲只好同意了。二年级的老师说以我的成绩和学习能力，不用上二年级了，可以跳级到三年级去，由于三、四年级是复式班(三、四年级在一间教室，一个老师语、数都包了)，四年级有个男孩特调皮，小伙伴都被他打怕了，我害怕了，不敢跳到那个班去。回家告诉母亲后，我被母亲大骂一通，说这样可以少交一年学费，为什么不去？

又是一年开学季，同学们纷纷背上书包，如期而至地到学校报名上学，而我只能跟随父母在金灿灿的稻浪里埋头前行——割稻子。老师一趟又一趟到我家做动员工作，甚至追到稻田里来找我，希望我能早日到课堂上来(其实父亲是一直支持我上学的，他是他们那辈人中最有文化的一个，母亲大字不识，只能顾着孩子们穿衣吃饭等事情)。我日复一日地跟着父母手搬肩挑地奔走于狭窄的田埂和崎岖的乡间小路上。

秋天的景色虽美，我却无心观赏，课堂里的读书声和同学们的欢笑声不停地在我耳旁萦绕，我心不在焉，双手似乎在做机械运动，一不小心我左手的无名指被锋利的镰刀深深划出了一道痕，我吓得发抖，眼泪瞬间像断了线的珠子不停地往下落！爸妈赶忙丢下手中的活，过来给我包扎止血。就这样，爸妈"妥协"了，我终于在开学 20 天后走进了我心心念念的课堂。

虽然进课堂了，但有时候早晨五点多还要去割稻子，数学老师熊尤柏早晨 7 点多总是要跑到地里催我去上课，生怕我再落下一节课，担心我又日复一日地在地里干活。熊老师知道我要帮家里做些事，就"特批"我上午三节课可以不上，去为家里的十几头猪准备食物(猪草)，有时候我连下午

第一节课都没赶上，有时候傍晚我还得和伙伴们一同去砍柴。

1980 年 9 月，我们家迎来的特大喜讯，哥哥顺利考上建阳商业学校，成了恢复高考以来第二个考出去的人。我也顺利上了五年级，真是太开心了！在这一年之中，哥哥经常写信汇报他的在校情况，他总能给家人带来喜讯，参加各种比赛都能获奖。

那时候没有什么课外书看，哥哥时常给我买些书来，特别是那本《小学生数学手册》让我爱不释手，因为里面有各个年级的知识点、数学公式、概念，还渗透了中学的有理数……一本作文书我也会看好几遍。哥哥在给我的信中还经常说"外面的世界"，这让我萌发了"走出去"的念头，虽然村子里当时没有一个女生考出去，大家都说女孩不要读那么多书，到头来都是别人家的媳妇，但我总是"异想天开"——要是我能出去读书该多好！

当时小学成绩很好的可以保送上当地中学，学校推荐保送我，我拒绝了，跟校长说："我以后再也没机会上学，没有机会考试了，就让我最后考一次吧，我想看看最后一次能考几分，作为永久的纪念。"于是我参加了毕业考试。真是天道酬勤，老天眷顾，我竟然"一不小心"考上了当时的重点中学——邵武一中。这点我比孙邵安幸运多了，他考上中学上不了，而我却有幸上了重点中学。

因为家境贫寒，我的求学之路十分艰辛，但是，我不想被别人看笑话，于是，我坚持下来了。过年没新衣服穿，没肉吃，平时都穿亲戚或者哥哥的旧衣服；平时去食堂买最便宜的菜，打不要钱的汤；一个月回一趟家，挑一个月的米和咸菜，走十五里路才坐上去城里的公共汽车。遇到压力过大，就用名人名言激励自己,心情不好或无处诉说时,我就唱唱歌,把压力释放出来。幸好我上初二的时候哥哥已经参加工作了,他时常来学校看我,还总能从他微薄的工资里省出一点来给我用。

为了减轻家里的经济负担,我选择了报考中专。因为一路走来,老师给予了极大的关爱和帮助,他们给我留下了美好而深刻的印象,于是我报考了南平师范学校,并如愿以偿,就像那首歌里唱的:长大后我就成了你!

一位中国人民大学的在读研究生在纪念路遥逝世20周年的研讨会上发言时说:最早从乡下来到市里的重点高中,也是穿着很不合时宜的衣服,讲着不标准的普通话,进入了都是城里孩子的中学,当时曾产生很强烈的自尊心的受挫感。那时看到《平凡的世界》,他知道这个世界上像他这样怀着自尊,但是又很沉默,心里带着热情的乡下孩子还是很多的。我们当年就是这样过来的,当你把困难作为前进的动力,当你战胜了困难并取得一定收获时,"困难"就是一笔财富。

岁月留痕

——《陪审员手记》读后感

吴进香

一篇《为奴的母亲》道出了可怜天下父母心。文中的辉的父母为了让儿子过上好日子，不辞辛苦、历尽艰辛、四处奔波去挣钱。儿子要什么就给什么，儿子从来不需要为口腹之欲流尽口水。父母看着儿子开心，觉得所有的忙碌，所有的劳累都是值得的，更是恨不得把天上的月亮摘下来给他玩。可是儿子呢？从来没有想过要用自己的双手去创造财富，而是疯狂地伸手向父母要钱，甚至借高利贷，以致他的诚信尽失，害得父母买的房都用儿子朋友的名字，最终，这套房子落入他人之手，一家老小流落街头。辉不懂得珍惜父母的劳动成果，不懂得感恩，这结局也是因为父母溺爱所造成的，在爱孩子的同时，也要培养孩子独立自主的能力，不是给予丰厚的物质享受就是爱，这种爱，终将害了孩子，也害了自己。

有爱的时候，任何一个地方都是天堂，当爱远离，同一个地方也可以成为炼狱。《飘萍》中的萍从广西钦州千里迢迢，远嫁瑞金。当她的儿子五岁那年，她的丈夫离家出走，再也没回家，甚至没给家人任何交代，萍要离婚都找不到人。都说女人嫁人是第二次投胎，萍是何等不幸！萍的婚姻让人感到男人也不是绝对可靠的，女人还是要独立自主，特别要有自己独立的经济能力，这样不至于因为婚姻的失败而使生活没有了着落。

20 世纪 80 年代初，家庭联产承包责任制推广到全国范围。而我，正好在 1981 年上初一，哥哥在念中专，两个妹妹就成了牺牲品。本来只要大妹一人帮家里就好，怎奈她也不愿意离开学校，父亲找她谈话无果，只好大妹、二妹一起辍学了。若干年后，我觉得愧对大妹，拼命抓他儿子的学习。还好，大妹的儿子争气，考了个不错的学校，如今在政府部门工作，也算是对大妹有所补偿了。对于二妹，由于种种原因也没帮上忙，只是在经济上稍微接济一点。现在也不用了，她有了较好的收入。倒是大妹一直后悔自己当年没有答应父亲让二妹上学。其实也可以理解，她也是那么小，怎么知道让谁上学呢？而我当时也是准备小学毕业就不再上学回家种地的，所以，推掉了学校保送上中学的机会，想最后考一次，纪念纪念，谁料又"不小心"考到了一中，弄得父母在亲朋好友的劝说下又让我上了初中。从此改变了我的命运。

初中毕业，我考上了师范学校，之后成为一名人民教师，在教学生涯奋斗了 30 多年，终于光荣退休。如今，我不用上班每月也有几千元退休工资，而两个妹妹却仍然凭双手打工挣生活费。我想，要是当初没有分田到户，我们又会怎样呢？

刚刚分田到户，村民们的积极性都很高，种自己的地，收自己的粮食，都是起早贪黑，争分夺秒。谁知随着改革开放大潮涌动，农民除了从土地上收获，还有来到城镇发财致富的渠道，农民种地的热情远远没有原来那么高，他们更愿意外出打工。因为农村税费不断地增加，种地收入所剩甚少。

随着改革开放、城市扩容，农村户口转为居民户口花钱也行了，所以二妹也买了居民户口到了城里。谁知世事在变，之后，农村又有很多惠民政策，税费减免，还享受很多的扶贫政策，很多人又愿意把户口迁回农村，但也不是所有人都能迁回去的，听说只有配偶或者孩子可以跟着迁回去。

书中还写了一个生产队长廖美华，二十多年还保存着一些资料，是一个非常负责任的生产队长。我父亲之前是村里的"工分"记录员（记分员），也就是每天晚上要召集社员们集中到队长家里，把当天每个人的工分记录到本子上，到年底结算，按工分分红。而我们家基本上年年"赤字"，所以过年基本上都没有肉吃，我好几年过年也没有新衣服穿。后来父亲还是一个大公无私的生产队长，每次割稻子之前都要把稻田按照好差分成若干份，然后抽签分配个人的任务，但我们家都没有收割到好的田地，因为父亲每次都把抽到的好签让给别人了，还说谁谁谁身体不好让着点，谁谁谁年纪大了让着点，还说烂田好，割稻子不用弯腰，可怜我们兄弟姐妹几个，烂泥陷到我们的大腿，每收割一把稻谷都是举步维艰。

在书中，作者写到他的父亲有一个账本，上面记载着他与乡亲们的金钱往来，借钱的时间、数目都牢牢地记在账本里，一旦家中有余钱，便想着一笔一笔地还清。那年代大家都穷，我们家也有账本，父亲若借了别人的钱、粮食都会记下，有点钱就赶紧还。我感觉从小到大家里都在借钱，还钱。

借了别人的钱，就是欠了别人的情，结婚后还曾经因为买房向别人借过钱，实在难借，还好有两个同学很不错，一个是初中隔壁班却同宿舍的同学，自己辛辛苦苦起早贪黑卖点菜，省吃俭用，却毫不吝啬地说："姐！你先拿去用，我暂时也用不着。"我说给她借条，她说哪要什么借条啊！你先用就行了。这个同学也实在，不仅借钱给我，还借钱给其他同学、兄弟姐妹买房，她就这个几千那个几万的，自己却很迟才买房子。同时，她也获得了很多同学的友谊。还有一位是师范同学，当我一大早跑到她家借钱时，她身上也没什么钱，把仅有的 700 元生活费都借给我了，过了几天，她又送了 300 元钱到我家，说是凑满 1000 元。虽然已经过了几十年，但这份情我永远也不会忘，感谢同学们，曾经在我最困难的时候，伸出了援助之手。

由于自己之前向别人借过钱，总觉得人家要借钱也是不得已而为之。有一次同小区的一个人缘挺好的人向我借钱，说他朋友的孩子在医院动手术，急需一笔钱，他借了朋友的钱，他的钱还没到账，还不了，问我能否借他 3000 周转一下，说他儿子过几天会打几十万过来，到时候再还给我。大中午，我顶着烈日去银行取钱给他。他很快就到了银行，并拿出一张纸条给我，我当即推了，说，那么熟悉要什么借条啊！不要了。他接过钱，抬头看了看四周，背过身去数钱。当时我还没有反应过来，他这是在背着摄像头数钱呢！

接下来一幕更让我蒙圈了，我从银行骑车到小区门口也不过三五分钟，当我到小区门口的时候，他居然安稳地坐在门卫了，当时我就奇怪，他不是说要送钱去医院吗？怎么若无其事地坐在这儿？当着那么多人的面，我又不好问。不知过了多久，才听人说，他前几年开始就借了好多人的钱，亲戚朋友几乎都借遍了，还有亲戚用房子抵押贷款给他，那亲戚差点都没房子住了。

好多年了，他每次碰到我或者我老公都会说，等过几天他儿子会打几十万过来，到时候就可以还我们钱了。可是十几年过去了，也没把钱还给我，甚至连人影都没见着。据说他的工资都拿去还债了。唉！就当花钱买教训吧！

人间有至情

——《生命册》读后感

吴进香

这是我年后看完的第三本书，一边带娃一边看书，趁着宝宝睡觉时间赶紧看几页，没带娃的时候又看几页，时间总是零零星星的，紧赶慢赶，总算在 13 天内看完，赶到了世界读书日（4 月 23 日）到和平古镇参加读书会活动。

《生命册》一书中的每一个故事都是一个鲜活的灵魂在诉说着一段悲伤的故事，这些故事道出了人情冷暖和生活的无奈，以及游子的故乡情结。

人情债·难还

故事的主人公"我"是从小喝"百家奶"、吃"百家饭"长大的，吃的、穿的、用的无一不是来自"百家"，老姑父就是那个领着"我""讨吃"的人，他对"我"给予了超出亲生父母的爱，为了让"我"能"出人头地"而东奔西跑，低三下四到处求人，给"我"争取到了乡里唯一一个上大学的名额。

可以说，他是这个世界上对"我"最好的人，他把最好的东西都给予了"我"。

当"我"走出无梁村，研究生毕业，终于在省城落脚，吃上了"国家饭"，以为从此可以过上"城里人"的生活，从此不再低人一等。可是，"我"背负的"人情债"太多太重了，老姑父的"白条"、乡亲们的电话，都压得"我"喘不过气来，因为这些需要"我"解决的问题都远远超出了"我"的能力范围。

面对无止境的要求，"我"真的是欲哭无泪，几乎崩溃，在走投无路的情况下，"我"只有选择"逃离"，辞去稳定的工作到处奔波。"我"不是忘恩负义，也不是瞧不起谁，像这样欠了全村人的"人情债"实在是无法逐个还清的。

我们身边也有很多这样的例子，很多人都是从农村奋斗出来的，在村里人看来，你是一个"有能力"的人，有事情总会找你帮忙，可很多事情都是我们无能为力的，这样也难免被村里人误解，常常会说谁谁谁不肯帮人……总之，说什么的都有。所以啊！我们总是背负着沉重的"乡情"，努力为乡里乡亲做事情，尽量帮忙，总是这么认为"我尽力了，相信你能理解"。

底层人·卑微

"虫嫂"是个个子矮小，却无比坚强的人，她嫁给了残疾人，生活的担子全都落在她一个人肩上。为了一家大小五口人的生存，她不得不厚着脸皮小偷小摸，不顾贞操，提心吊胆地获取一些粮食，尽管被人嘲笑，甚至被全村妇女围殴，她依然选择了坚强，没有饿着三个孩子和残疾老公。在"自身难保"的境遇下，在被子女嫌弃的情况下，还坚持给孩子们送钱粮。为了不给孩子们"丢脸"，她只能站在离学校远远的地方等待他们来取钱粮。

就这样，通过捡垃圾和卖血（为了改邪归正给孩子们看），她供养了三个大学生，孩子们甚至还有了不错的工作，因此，她在村子里也赢得了不小的名气。

可惜的是，当乡里人都以为她可以享福了的时候，她却因为被孩子们嫌弃，最终抱着那把破扇子(里面有三万块钱的存折)回到村里。在老姑父的带领下，大家用扇子里的钱给"虫嫂"办了个风风光光的葬礼。葬宴办得很体面，院子里摆了整整四十桌酒席，那些曾经打过她、骂过她的女人，一个个都哭着，把"虫嫂"洗得干干净净，送进老坟里去了。

这个苦命而坚强的小个子女人，一生坎坷卑微，但最后也算得到了善终。

故乡情·难忘

《生命册》写出了乡土人的真情实感，写出了乡土人的曾经，让走出乡土的游子们看到了曾经的自己，看到了祖祖辈辈的影子。

文中人物在离开乡土多年后又回到了无梁村，"虫嫂"在生命的最后时光回到了家乡，尽管这片土地曾经让她受尽屈辱，可她最终还是回来了。老姑父的女儿蔡韦香打拼多年后回来办厂，并为父母办了个风光的大葬。老姑父战功赫赫，参加过"辽沈战役""平津战役""衡宝战役""抗美援朝"，立过"特等功"……一共十七枚军功章，本可进烈士陵园，怎奈与他打了一辈子架的老婆觉得死后一个人太寂寞，要求和老姑父合葬，这样老姑父又"留"在了无梁村，而"我"也以投资的方式回到了生"我"养"我"的家乡。梁五方上访了一辈子，等问题解决了，他也老了，成了远近闻名的"算命先生"。

每一个离开乡土的孩子，无论走多远，飞多高，对故乡、对故土、对父老乡亲，甚至对花草树木的怀念永远都是内心最深处柔软的那一部分。无论是书中离开乡土进城的吴志鹏，还是现实中如我一样随着父辈离开家乡的人，都对家乡有着深深的眷恋之情。

"五一"期间，趁着家里有人帮忙带娃，我们兄弟姐妹来到了出生地——浙江庆元冯家山，虽然一路舟车劳顿，但当我们踏上冯家山这片土地时就感到无比的亲切、兴奋、激动……

在村支书（同族兄弟）的带领下，我们踏着儿时走过的路一步步向老房子走去，儿时的伙伴、玩过的游戏都涌现在眼前。现在这里已经是一片废墟（老房子三十多年前被一场大火烧光），但脚下的这方泥土散发出的芳香，使我们感到格外的暖心。老房子没了，但这片生养我们的土地似乎是有灵性的，曾经发生在这里的一切都历历在目，成了永久的"回放"。

走向释然

—— 读毛姆《人性的枷锁》

汤美香

枷锁到底是什么？菲力普如何摆脱了枷锁？带着译者张乐提供给读者的问题，我揭开了《人性的枷锁》那神秘的面纱：原来成长就是在不断摆脱一个个枷锁又不断套上一个个新的枷锁，最终将之卸掉走向释然的一个过程。

在菲力普还是懵懂少儿时，他就套上了"失去双亲，寄人篱下"的第一道枷锁。所幸的是因年幼无知加上伯母无私的爱以及喜爱看书的好习惯，这道枷锁在不经意间自动滑落。

他的第二道枷锁便是与生俱来的残疾——跛足。这是他的硬伤，像一枚钉子戳入他整个成长的过程，使他蒙受耻辱、性格扭曲、生活艰辛……当菲力普决定接受爱与被爱，迎娶萨莉过上"男医女织"的生活时，他得以彻底释怀。他想：人生来便带着瑕疵，或是身体，或是灵魂。他还想：他的跛足也让他早早地摆脱懵懂，赋予他内省的能力和对美独到的鉴赏能力，使他更加热烈地崇尚艺术和文学，使他因生命百态而兴致勃勃。我想还因他固有的中产阶级的自信与饱读诗书的聪明加速了他对残疾枷锁的释怀，以至于我看着看着就已经把他当作一个相貌英俊的正常人而早已忘记了他的跛足。

　　书中有这么一个环节:当病人特意要求新来的大夫菲力普到家看病时，菲力普试图给老医生索斯找个台阶下:"您看上去好像累坏了，这里离常春藤还有好段距离呢？"老医生挖苦道:"再怎么说两条腿也比一条半走得快!"我笑了很久，并非嘲笑的笑，老医生也非真正的挖苦，此时我想已是化作了轻松的幽默之情。菲力普释怀了，他周围的朋友释怀了，读者们也释怀了。敢于正视自己的不足，化腐朽为力量，就能够让不足成为人生道路上一盏亮闪闪的指明灯。

　　他的第三道枷锁是迷惘的理想追求。对于理想，菲力普有过几次尝试，我把它定义为"圆形追求"。起点是医生，走向牧师、德国求学、伦敦做会计学徒、巴黎学画画，最后又回到起点子承父业。都说"少年不识愁滋味"，"有大把时间可以折腾"，是的，所有所谓无价值的经历都是人生历练道路上的财富。用菲力普的话说:"按照自己的想法来，哪怕出了错也比规规矩矩地听别人的话强。"他有足够的底气去尝试:首先他有足够的启动资金，然后还有足够多的知识和才华。所以，在我们做出尝试之前，得先问问自己是否储备了足够多的资本。

　　在德国求学期间，菲力普顺带摆脱了宗教信仰的束缚。当从维克斯身上丝毫找不到邪恶和堕落，唯有真诚和热心时，他看到了异教徒也能极富美德，便像脱下一件多余的外套那样轻巧地卸下作为国教的基督教信仰。

　　在此，我不想多说的反而是作为菲力普人生中最重的一重枷锁——爱情。因为我最不愿意看到的就是这段虐恋中菲力普的形象:真叫"你虐我千百遍，我待你如初恋"，"得不到的永远在骚动，被偏爱的有恃无恐"。菲力普爱得卑微不值得，最后，他识破米尔德里德同时也宽恕了她，从而放下这沉重的枷锁,这对他来说,是特别不容易做到的。

最后要说的枷锁即是"人活着究竟有什么意义？究竟为什么而活着？"菲力普一直困惑着,思索着,直到海沃德的死让他明白了:生命没有意义,人活着没有目的。正因为知道它没有意义反而使人鼓足勇气大胆面对生活，拥有自主选择的权利。克朗肖说人生就如一块地毯。没错,人的一辈子就是在编织一块地毯，把自己每段经历编织成属于自己的个性图案——精密而特别。

当然,人性的枷锁还包含错误、愚蠢、伤痛、孤独、贫穷、欲望及约束或帮助自己成长的人。而只有当一个人处于人生低谷最悲痛时,他才能透彻地感悟生命的意义:原来成长就是一个不断挣脱枷锁的蜕变过程。

(作者单位:邵武市熙春小学)

疼过之后

——读孙频《疼》

汤美香

带着《疼》去旅行，翻开第一页看到"他像只玩具一样身上被插满了各种管子……"这样的描述让我立马把书合上：旅行是愉快的，不想让它影响我的心情。

几天之后，在回程的高铁上，以"不能白白带着它来回奔跑"的心思，我再次打开了它。经过一趟旅行，人生阅历或多或少有所增补，浮躁也随之而去，我便毫不费力地一口气把它看完了——真心疼啊！感觉周围都弥漫着疼的气息，整个基调不像是旅行归来的轻松满足感，更像在人生的苦海里洗了个澡，郁闷、压抑。回到家，看着温馨舒适的房间，身边可爱懂事的女儿，想着爱我的人和我爱的人，我顿时释然了：原来我比她们幸福多了。

很多时候我们总是要从别人的不幸中看到自己的幸福。

是的，"没有人不疼，没有一种生活不疼"。疼是生活的常态，是恒温下的空气慢慢浸入身体的悄无声息地发作。只要活着，便存在各种各样的疼痛，女人之疼，男人之疼，老人之疼，父母之疼，子女之疼……我想说说书中的女人之疼。

《色身》中我看到女人的立身之疼。处于18线女星的杨红蓉只想在她工作的城市有一寸属于自己的地盘——一套小房子。靠着做裸替攒够了首付，母亲的一场人财两空的疾病把她打回了解放前。于是她"曲线救国"，靠着嫁给一个不爱的丑男人住进了一所空旷如月宫的房子。可是那又怎样？她疼啊，丢失了灵魂，守着一个植物人孤独地生活着。她最终以出让房子远行得以救赎，把自个的人住进了自个的心里。

走捷径获得的成功如快餐食品终究不易消化，又如昙花一现终究不能持久，唯有踏实地拼搏才能获取恒久的成功。

在《抚摸》与《丑闻》中我看到女人的缺爱之疼。十岁的张子屏寄人篱下，缺失父母之爱，长大后想通过男人之爱来弥补。可一次次的失望造就了一次次的绝望，她用一种近于殉道的尊严代替了曾经那个渴望爱追求爱的尊严，用肉身做祭品对活着做了一次彻底的祭祀，在她唯一的天空下得到了复活。三十一岁高龄的大学高院教师、女博士张月如与院长一夜情之后幡然醒悟院长是不爱她的。高中毕业的小酒吧老板忽然跳出来仰视她膜拜她，让她感觉似乎找到了被爱，可到头来也只不过是小老板睡了一顶博士帽而已，她再次失去了爱。在往维修工身上扎进匕首之后，她对爱彻底死心了。

爱如果缺失了，要么静待随缘花开，要么带着尊严找寻，何必蹂躏自己成就别人，抑或两败俱伤灰飞烟灭呢？

在《圣婴》一文中，我看到的是女人作为母亲的一种母爱之疼。为了智障的女儿，宋怀秀倾其所有，扔掉尊严、扔掉生命。生活赋予了她一种伟大而卑贱的母爱。疼啊！为何要飘然而逝使希望虚无缥缈？为何不坚强地守住自己的身体踏实地保护自己的孩子直至寿终正寝而问心无愧呢？

人在这世上想要单纯地依赖别人获取成功、获取幸福终是竹篮打水一场空。只有通过爱自己、靠自己才能成就自己。

（作者供职于邵武市熙春小学）

生活的艺术就是艺术地生活

——读林语堂《生活的艺术》

汤美香

罗曼·罗兰说："世上只有一种真正的英雄主义，那就是看清生活的真相之后依然热爱生活。"这就是一种生活的艺术。

喜欢林语堂先生的这段话："中国文化的最高理想人物，是一个对人生有一种建于明慧悟性上的达观者。这种达观产生宽宏的怀抱，能使人带着温和的讥评心理度过一生，丢开功名利禄，乐天知命地过生活……一个人有了自由的意识及淡漠的态度，才能深切热烈地享受快乐的人生。"林语堂先生是在告诉我们生活的艺术，就是怀揣自由意识、悠闲态度及达观理念，去深情感触生活的细节，即如何艺术地生活。

"会了解便会宽恕。"首先我们得了解我们身体各部分的机能(胃、牙齿、肌肉、灵心)是有韵律和拍子的，也有生长和腐蚀的内在循环。从天真朴实的童年一直发展到生命花火的闪灭，循着季节去生活。我们有了生命韵律的意识，才会有时间的意识，才会更进一步去尊敬我们的身体，去感悟生命的短暂、人生的珍贵，才能透过肉身去思索内在的精髓。

身体得到了尊敬之后，精神便要艺术地生活了，其实就是有尊严地活着。

林语堂先生说人类的尊严是由嬉戏的好奇心、梦想的能力、纠正这些梦想的幽默感及行为上任性不可测度的质素这四种特质造成的。我想这四种特质就是艺术生活的内容。

嬉戏的好奇心可促使我们对事物产生兴趣，存着闲逸的欲望去了解事物，使我们的生活多姿多彩。人如果没有了好奇心便对生活失去激情，与行尸走肉无二。

梦想的能力是我们艺术生活的发动机、推动力。"我们都有着梦想，都有一种脱离旧辙的欲望"，"都希望变成另一种人物，生活在另一个世界里"。当我们拥有梦想激情饱满地追逐美好的人生时，我们的生活就已经艺术化了。

"纠正这些梦想的幽默感"是我们艺术生活的调味品，是美味的佐料。当我们的梦想成为乌托邦时，旷达风趣的幽默感便能调整我们的心态，把我们纠正到简朴的生活中去，避免沉重的痛苦甚至苦难频频出现。林语堂先生说具有健全常识的幽默家更能应付伟大的事情。如果国际外交家都是幽默家，那战争是掀不起来的。

"在行为上任性的不可测度的质素"就是自由的意识。在林语堂先生的心目中，陶渊明有着最和谐的性格，是今日真正爱好人生者的典范。他的自由意识足够强大。我们也可以自由地把积极人生观和消极人生观糅合在一起，用中庸的哲学生活，从和谐的人格中看见人生的欢乐和爱好。如陶渊明、苏轼般能爱好人生而不过度，能察觉到尘世间成功和失败的空虚而不气馁，能生活于超越人生和脱离人生的境地而不仇视人生，让心灵真正达到和谐的境界。

艺术地生活就是调整好我们的人生态度，使我们得以和平地工作，旷达地忍耐，幸福地生活。

我在《平凡的世界》里读到的"真"

肖雪娇

很多读者说过，看完《平凡的世界》，都能在这本书里得到一种力量，一种昂扬向上的力量。我也是如此。除此之外，我还想说一说我在这本书中感受到的"真"。

《平凡的世界》里的内容真实可信。虽然《平凡的世界》是一部小说，但我觉得他写的内容真实可信。该书写的故事是横跨 1975—1985 年共 10 年的时间，这段历史是我们这一代人亲身经历过的，只是当时年龄还小，认知能力有限，读完《平凡的世界》，我对这 10 年有了更全面的了解。这 10 年，从农村到城市发生的社会生活和人们思想情感的巨大变迁，都在此书中展现得淋漓尽致。特别是来自农村的读者，能与作者产生更多的共鸣，有些可以说是感同身受。小说仿佛是那时的人们现实生活的跟踪报道呀，写得真实，详细。

我小时候不理解的社会现象，如今有了明确的认识。比如，小时候听说的改田、修田，在此书中叫"农田基建大会战"。还有分田到户的具体实施过程，前因后果都展示得生动明白。小说的真实感让我时时联想到自己家庭几十年的改变，《平凡的世界》牵动的是千万人的心，我想，正是小说的真实可信，才能这样打动人心。

《平凡的世界》描写的真情可贵。小说中，孙玉厚一家人的互敬互爱，在艰难的环境中相互关心，相互体贴、体谅，令人感动。少平拿了润叶姐给的钱，马上给奶奶买眼药水和止痛片。少安因为误会了秀莲，认为是秀莲把给奶奶吃的白面馍拿给他吃，和秀莲生气。孙玉厚不惜借债，帮助弟弟孙玉亭成家，并把自己住的窑洞让给孙玉亭，帮他成了一个家。另外写兰香的内心活动，也很真实细腻。"眼下，在很大程度上，兰香不愿去吴仲平家，也和这件事有关系（指田晓霞的死，给少平带来巨大的痛苦）。她感到，她和仲平的恋爱就够幸福了；而在二哥这么不幸的时候，怎么能一门心思用到自己感情的得失中去呢？"

总之，书里描述的父子之情、兄弟之情、姐妹之情、朋友之情、恋人之情，都饱含温暖。那一群真挚无私、处处为别人着想的人物的言行，常常令读者感动得嘘唏不已。

《平凡的世界》揭示了人性真实。在描述最细微的心理体验时，作者非常精通人性。

比如，少安的砖厂要东山再起，他手头有了借来的三千块钱，还差一千，他的父亲孙玉厚想征得少平同意，要把存着箍新窑的一千元先给少安凑足四千元，他要找人写信给少平时，有这么一段："顺便说一说，孙玉厚老汉没像往常那样让他弟弟孙玉亭写这封信。老汉狡猾地想，少安还欠贺凤英四十块工钱，要是玉亭知道少安手头有了钱，说不定会戳弄着让贺凤英向少安讨债去哩。哼！这两个没良心的东西！看不见我娃的一点死活！兄弟和儿子相比，他当然更亲自己的儿子！"

又如："金老太太去世后，吊唁的人川流不息。亲戚们过一会就轮着来一批，跪在灵棚前唱歌一般哭诉一番，但真正流泪的是少数人。哭得最伤心的是大媳妇张桂兰，她多半是借此哭自己的命运。"(读者知道她的丈夫金俊文和大儿子金富都被抓去坐牢了)再如，所有的孝子们的心都在咚咚跳着。他们想不到这老家伙竟提出了如此高的要求(指金老太太的娘家人大舅提议给金老太太夫妇做个道场，让礼生来唱唱礼)。俊武的媳妇李玉玲叩在地上，心里骂道："老不死的东西！看你死了还能耍个什么花子！"书中类似这样细微的心理描写很多，表现出人性的各种姿态，让人觉得很真实。读者免不了感叹，其实人性就是如此！

《平凡的世界》传递了"真理"。全书渗透着作者对于人生和社会生活的思考与看法，有时作者仿佛在带领读者一起评论故事中的人与事件。读者在不知不觉中沉迷于作者的思想中，犹如在聆听一位哲人分享他的思想果实。我把这些道理暂时命名为"真理"吧。

比如，"他不由再一次思考：我们活在人世间，最为珍视的应该是什么？金钱？权力？荣誉？是的，有这些东西也并不坏。但是，没有什么东西能比得上温暖的人情更为珍贵——你感受到的生活的真正美好，莫过于这一点了。"这段话对人情的肯定和对生存世界的思考，都能给人很大的启迪。再如"这两个人先后发生的变化，应该提醒我们不能老是用一种眼光来看待人。不要以为一个人一时正确，就认为他永远正确。也不要因为一个人犯过错误，就断定他永远不可能再加入优秀者的队伍。"这段话体现了辩证唯物主义发展的观点，让我们学会用发展的眼光看问题，也是很富有启发性的。书中这样的例子很多，这些在段落之中插入的议论，对读者有着很好的启发教育意义，发人深思。

《平凡的世界》塑造了"真正"的男子汉。书中，我们见证少平、少安、兰香、金秀他们努力改变自己的命运的历程，特别是少平，沉重的、艰辛的劳动没有把他难倒，反而使他更加意志坚定。他在繁重的劳动之余，从不松懈，不断学习，不断进步。虽然身为一名揽工汉，但他凭借自己的努力，坚持充实自己的头脑，积累智慧，完全可以和条件好的大学生田晓霞进行精神上的交流，这不是小说刻意的安排，正是靠着不服输的人生态度，孙少平到达了人生的另一座山头，看到了不一样的风景。

我们在少平、少安等人物的身上，看到的那种奋发向上、勇往直前、自强不息的精神，自然会得出自己的结论，真正的男子汉应该是像少平、少安那样的，他们不愧是那一片黄土地上的好男儿！

如果你也去读一读《平凡的世界》，收获的一定不仅仅是我看到的"真"。最后，我用书里的这句话结尾："他还应该像往常一样，精神抖擞地跳上新生活的马车，坐在驾辕的位置上，绷紧全身的肌肉和神经，吆喝着，呐喊着，继续走向前去。"

（作者供职于邵武市昭阳中心小学）

感觉中谈独特　共鸣中谈联想

——读刘震云《一日三秋》后感

肖雪娇

阅读作家刘震云的小说《一日三秋》，我的感觉就是：非常独特的写作，这种独特恰恰带给读者一种不一样的共鸣。下面，我来谈谈自己的阅读感受。

一、感觉中谈独特

（一）书名很独特

本书的前言部分，作者刘震云给读者交代创作背景。他把他家乡盐津的六叔生前的一些画作里的人物和画面片段组合成一部小说，就是《一日三秋》。这里的一日三秋不是我们一般情况下理解的那个意思。刘震云在一个访谈节目中说，为何取名《一日三秋》，主要是从小说的整体结构来考虑的，我想只有认真读完整本书的读者对此才会有更多的体会。

（二）艺术表现形式新颖独特

作者了不起的地方在于他将六叔留下或是作者曾经看过的一些画面情节和画中人物，成功地植入一部小说中，这首先引起了我的阅读兴趣。他采用的艺术手法新颖，除了擅长幽默的语言，他大胆引入神仙鬼怪，借用魔幻现实主义的手法，塑造了神鬼虫之类的角色：喜欢闯入盐津人梦里讨笑话的神仙花二娘，能附在活人身上或者照片上的女鬼樱桃，能给人摸骨算命的仙师老董，能说人话的萤火虫，极通人性的京巴狗"孙二货"。这些角色看起来是胡诌，可是讲述的故事，却引人深思。故事是编造的，但读者的情感体验却是真实的。

(三)对话多，形式较有特点

这点在刘震云的其他作品里也有体现，因为想更多地了解作者，我又接着读了他的《一句顶一万句》，同时也粗略地翻看了他的小说集《一地鸡毛》，我发现，这几本书都有这个特点。

对话多的文本，读的时候翻页快，我会觉得阅读速度更快，有一种成就感，同时，透过人物对话，琢磨人物的性格和心理活动，颇有意思。对话虽多，我没感觉是废话。刘震云曾说过，写作者与读者就像是"灯下谈心"，我认为他真能"谈"到读者的心里去，因此，话多也不觉得烦，常有似曾相识的熟悉，有时还会从对话中引发联想，所以这些对话不是漫无边际的瞎聊。作者也曾说，其实通过设置对话来塑造人物性格特征，体现作者的认知和态度，告诉读者心里话，是很不容易做到的，我认可作者的说法。

(四)细节处理非常用心，构思巧妙独特

读着读着，你会发现前面章节里一笔带过的一句话与后面的篇章竟然呼应上了，相关逻辑的故事，衔接非常巧妙高明，我总是纳闷，他写到后面怎么还记得前面说的那一点点细节呢？

(五)语言简朴但意味深长，富有特点

阅读轻松，没有艰深难懂的字眼，记得一位书友开玩笑说，全书找不到一个不认识的字。字都认识，不代表能轻易读透全书的内容,它还是属于一本可以一读再读的好书。

二、共鸣中谈联想

(一)生活的真相是一地鸡毛,是荒唐,是笑话

人到中年,特别能与此书产生共鸣。阅读的过程中,我几次想到"一地鸡毛"这个词,后来知道作者有一篇小说名叫《一地鸡毛》,而且还改编过电影。刘震云在一个访谈节目中也开玩笑说,"一地鸡毛"这个词是他创造的。《一日三秋》里的李延生和陈长杰这两个人物都总结过自己活成了笑话,这里的笑话更多指的是荒唐、零乱、一地鸡毛。现实中,人们往往或多或少戴着面具生活,比如,家丑不可外扬,不可轻易与人倒苦水是成熟的标志,但内心里却感觉生活像是与人开玩笑,就像书里《白蛇传》的台词:"奈何奈何,咋办咋办?""有眼人解决不了的难题,只能找瞎子了。"又说:"正经解决不了的问题,只能找胡说。"

小说里的李延生不知道为什么总是很烦闷,就去找算命的老董,老董最后使出绝招:用"直播"帮李延生弄清烦闷的原因,原来是女鬼樱桃附在了他身上,其实是他身上的女鬼樱桃很烦闷。后来李延生不惜付息借债和蒙骗老婆跑到武汉去找陈长杰,把樱桃"带"到了武汉陈长杰的新家。这看起来很荒唐,但读者却能从荒唐中窥见人性,思考人生,从而更加理解生活。因而阅读有时起着安抚和治愈人心的作用。

(二)乐观向上的态度是生活的诀窍

人世间有各种各样的荒唐、各种各样的笑话,见多了"笑话",或许你会发现,你远不是那个不幸的人。再后来,你赞同罗曼·罗兰说:"世界上只有一种英雄主义,就是看清生

活的真相之后，依然热爱它。"小说中的盐津人为什么爱说笑？生活的扁担压痛你的肩头，甚至压弯了你的腰，你若不趁着透气的空隙，给自己松松绑，放松放松神经，来点笑话娱乐娱乐，那怎么对得起自己？不会说笑话，万一碰上花二娘来你梦里，就可能背着她去喝胡辣汤，然后被她压死，因为花二娘其实是一座山，先前叫"望郎山"，后又改名"忘郎山"。

生活的秘诀除了懂得用笑话放松神经，还要明白生活必须往前看，不要往后看。《一日三秋》虽魔幻又很现实，读真真假假的故事，既看见别人，也看见自己，还时不时联想到身边的现实。陈明亮娶了马小萌，后来知道马小萌曾经在北京当了五年的小姐，他痛苦万分；陈明亮的老乡制作假古董门匾，意图骗取陈明亮的赏金；因为觉得生活"没劲"，樱桃上吊；菜场经理孙二货逼迫马小萌重操旧业。这些情节一点也不魔幻。读者在阅读中自会辨别美丑，区别善恶，渐渐明白人不能在痛苦和丑恶的问题中纠缠不休，伤痕累累之下，千万要记得"生活要向前看，不要往后看"。

(三)爱和责任是生活的动力

或许这部有魔幻意味的小说就是一盘大杂烩，读者按各自需求从这个盘子中选取有益自己的营养。除了能说能笑，避开遇上花二娘的危险，面对"危机重重"或是平淡的人生，还有什么在支撑着你勇敢地往前走呢？我想，应该是令人依恋的亲情和友情。

在人生的道路上，朋友和亲人的关心和体贴，常常令人感动。因为有人陪你笑，陪你哭，人生之路便不觉得孤独；因为有情有义，这荒诞的世界还值得留恋。因为有人懂你，所以你更能宽容世界对你的"不公"。

你宽容,因为你心中有爱。书中,陈明亮在武汉的新家感受不到后妈秦家英的母爱,年少的他,天不怕,地不怕,克服各种困难走路回到老家盐津。因为盐津有美好的回忆,曾经有疼爱他的奶奶,舍得给他吃她售卖的枣糕,盐津有熟悉的街道和伙伴、曾经温暖的家。所以他宁愿被寄养在李延生家,也不肯跟他爸陈长杰回武汉的家。另外一方面,由于责任在身,你不会轻易放弃生活。陈明亮得知马小萌怀孕后,他放弃了报仇的打算,选择逃离恶性侮辱他们夫妻的孙二货,因为他要替马小萌肚子里的孩子着想,同时孩子也是新的希望吧。

亲爱的朋友,闲余时光读书,不仅消磨时间,找到乐子,写上一篇读后感,在思考中靠近智慧,摆脱心中种种困惑,何乐而不为呢?

一个关于选择的故事

——读《你当像鸟飞往你的山》有感

肖雪娇

第一眼看到《你当像鸟飞往你的山》这本书时，我猜想它大概是又一个讲述能人肯下笨劲，终获成功的故事。因为胡适说，这个世界聪明人太多，肯下笨功夫的人太少，所以成功者只是少数人。

认真读完这本自传小说，我才了解作者塔拉17岁之前从未上过学，大部分时间都是在父亲的垃圾场干活，17岁时通过自学考取大学，在28岁时获得剑桥大学历史学博士学位。

我惊叹于她的与众不同，却发现塔拉其实对她取得的成功并不太在意，只是轻描淡写，而让我留下更深刻印象的是她为了追求心灵自由、接受美好思想而经受的那一系列精神折磨。她曾经一度精神崩溃，严重抑郁，夜夜在大街上一边尖叫，一边狂奔，不知自己身处何处。出现这么严重的精神问题，只是因为接受了教育后的塔拉意识到她的家庭存在许多问题，比如偏执、暴力、无知、没有必要的卫生习惯等。

塔拉向父亲指出哥哥肖恩充满暴力，经常虐待她，希望父亲能出面教导干预，因为在这个摩门教家庭中，父亲控制力极强，母亲只有顺从，不敢发声。但是偏执狂父亲吉恩不能站在塔拉的角度看待问题，反而认为塔拉被恶魔附身，他想方设法要拯救塔拉，要求她接受赐福（摩门教里的一种宗教仪式），重新皈依。思想观念与信仰发生重大变化的塔拉无法假意顺从父亲的意愿，违背她已有的认知，她选择拥有自己思想的掌握权，选择了 17 岁以来重塑后的自我。父亲认为她一定是疯了，便到处散播她疯了的消息，并让其他家人包括亲戚远离危险的疯子塔拉。可是塔拉非常重视自己的家庭，并且非常爱她的家人，她无法真正抹去 17 岁之前的珍贵记忆。

与家庭成员的恶劣关系让她情感上没有了归属感，学业上的成功根本引不起她的兴趣和热情。为了接受继续教育，取得目标学位，她付出了与家庭决裂的代价。这种决裂让她十分痛苦，她在痛苦中挣扎，不断怀疑自己，对自己失去信心，以致精神崩溃。

塔拉后来能走出思想上的泥沼，坚持完成学业，一方面是得到哥哥泰勒、理查德（都是博士）以及其他几位家人的情感上的支持，加上身边的朋友无私的帮助。泰勒写给塔拉的其中一封信上说："我们的父母被一连串虐待、操纵和控制所束缚……他们视变化为危险，不管谁要求改变，都会遭到驱逐。这是一种扭曲的家庭忠诚观念……他们称其为信仰，但这不是福音所教导的。保重。我们爱你。"

塔拉获得救赎另一方面的原因是她凭借自己坚强的意志力，认可了自己思想上的重新建构，肯定了自己的世界观。她说，负罪感源于一个人对自己不幸的恐惧，与他人无关。"当我彻底接受了自己的决定，不再为旧冤耿耿于怀，不再将他（父亲吉恩）的罪过与我的罪过权衡比较时，我终于摆脱了负罪感。"

在本书最后一个章节里，塔拉写道："在那一刻之后，我做出的决定都不再是她（指曾经的自己）会做的决定。它们是由一个改头换面的人，一个全新的自我做出的选择。你可以用很多说法来称呼这个自我：转变、蜕变、虚伪、背叛。而我称之为教育。"

我想，是教育让塔拉选择了理性而非神性。教育可以改写一个人一生的道路，因为教育让我们看到更高远的世界，同时，教育也为我们插上了一双翅膀，使得我们得以飞往那个世界。作为一名教师，我经常告诉自己，不仅要给学生传授知识，更要教会他们要具有思考力和勇气。一个人的命运是可以改变的，关键是，你要有智慧。而智慧既来自教育，也来自我们所有的人生阅历。

在现实生活中，我们要学会选择和改变，只要你有足够的勇气，你就可以冲破一切的桎梏，飞往你向往的那一座山峰。

生活是什么

赵　芳

"我是谁？从哪里来？要到哪里去？"我们时常在生活中甚至在梦里找寻答案，却不得而知。

快节奏的生活，让我们简化了许多繁文缛节，也减少了许多生活的乐趣。时间如白驹过隙，转瞬即逝。我们忙着活在当下，常常会来不及去深入思考人生的框架与生活的细节，来不及思考和奔赴那些我们认为有意义的事。

哲人说，人生是一本巨著，翻得不经意会错过，读得太认真会流泪。过去的一页能不翻就不翻，翻落了灰尘，会蒙了你的眼。刘震云的《一日三秋》，着实让我沉浸在凄凄惨惨戚戚的心境之下，使我为故事人物跌宕起伏的命运悲伤了许久而不能平静。

渐黄昏，清角吹寒，都在空城。人生这场路过，注定承载着伤痛，忍受着压力，背负着重量。许多人的内心都有着一些不堪回首的过往和不可为外人道的秘密，甚至不得已而为之要去撒谎和圆谎，久而久之成了负担，像石头一样压在心里，无法释怀，那是岁月落下的病根。或许，天要塌下来，有高个子顶着；你以为的天要塌下来，对于他人来说，根本就不算事。杨绛先生说，不要去羡慕任何人的生活，谁家的锅底都有灰，不是别人风光无限，而是他们的一地鸡毛没有示于人前。

樱桃在《白蛇传》里唱道："奈何奈何？咋办咋办？"是啊，这闹心的日子可咋办呢？命运为啥总把我们当核桃盘？人生有那么多无可奈何，面对生活的煎熬、挤压、锻打，问世间有几人能如鲁迅先生所言"真的勇士，敢于直面惨淡的人生，敢于正视淋漓的鲜血"？而河南延津人有自己的方式，他们爱讲笑话也被迫讲笑话，白天讲，晚上讲，醒着讲，睡着了还要讲。梦里有个美丽的花二娘要来讨笑话，她款款而来，匆匆而去。面对鸡飞狗跳、一地鸡毛的生活，樱桃怎么也讲不出来一句笑话。河南人用本土的"喷空文化"、冷幽默化铁为水，百炼钢化作绕指柔。难思量的那一瞬间，一日胜过三秋。无非就是拿自己的伤心事当作笑料，无非就是笑笑别人再笑笑自己，有人笑着笑着，笑出了眼泪。喷空，远离一切烦恼的空之境界。有影的事或没影的事，无意的或有意的话题，有形的喷和无形的空组合在一起，虚实相生，空而不空，无上妙境。喷空，是伤心人的自我疗愈，是灵魂的伤口开出的一朵朵美丽的花抑或是长出的绿茵茵的嫩芽，在心灰意冷又单调乏味的生活中看见一道希望的曙光。谁能逃得过命运的安排呢？与生活和解啊，调整步伐还得继续前行。

人生这场戏，笑着笑着就泪目。樱桃和陈长杰戏里是白娘子和法海，戏外是夫妻。戏里法海将白娘子镇在雷峰塔下，戏外樱桃感觉"没劲"，因为一把韭菜上吊自尽。樱桃遇事总要唱道："奈何奈何？咋办咋办？"戏如人生，但人生岂同儿戏。生活不似《白蛇传》，淋漓尽致，有章可循。生活是一团油彩，把我们画成大花脸；生活是一团麻绳，剪不断理还乱；生活不是剧本，不会有人提醒你，前方高难，沟沟坎坎，不小心就得摔个大跟头。

心随境转。想起如烟的过往，那些人生的沧桑与世事的险恶，不由得感叹，我们看着这些人闹笑话，自己就不可笑了吗？物欲横流的世界喧嚣浮华，求而不得，得到又怕失去，在这患得患失中，渐渐地，也不知是谁入了谁布下的局，又是谁扰了谁的心神。人心不可测。这世上有两件东西不能直视，一个是太阳，容易灼伤眼睛；一个是人心，容易流泪。最尴尬的是，你把别人当作了朋友，可是别人并不把你当回事，交浅言深，遇到事儿就要自取其辱。佩服延津人，在人性与人情之间洞若观火，游刃有余，和谐和睦。

在五十知天命的年龄，我也渐渐学会认命，相信命运自有定数，然，定数皆有变数，万物不可推其始末。不论是劫是缘，但行好事，莫问前程，立德立言，无问西东。无论是向阳而生还是逆风翻盘，常怀敬畏之心，常怀感恩之心。

别怪我入戏太深，是故事太真。我深陷其中，悲愤笼罩着我，为两代人的奋斗与挣扎，欢喜着他们的欢喜，忧愁着他们的忧愁。直到除夕的鞭炮声隆隆，将我从伤情之中拽出来。

癸卯新年到了，阳光明媚，天气好得像童话。我收到诗人的微信祝福，心情亮了。"你要爱上自己的天马行空/点燃漫山遍野的春花 /阳光正暖 /我在给你写信——/带上胭脂、青春痘，和你小剂量的毒。祝新年吉祥！"

是的，除了苦难，我们更加能感受到人世间的温暖和甜蜜。世界如此精彩，在不可知的未来，过好每一天。相信癸卯新年锦绣前程，一切如你所愿！

（作者系自由职业者）

弱者的底线

赵　芳

奔赴一场湿地旖旎风光的视觉盛宴，诉说一个令人心碎的女孩成长的励志故事，解开一桩悬而未决的谋杀谜案，一部美到窒息又震撼心灵的小说。强烈推荐好书《蝲蛄吟唱的地方》。

湿地不等于沼泽，湿地是一片光的空间。在这里，草在水中生长，水流向天际。溪水缓缓流淌，带着太阳的影子，蜿蜒奔向大海。湿地是大海与陆地的连接处，是小镇居民废弃的荒野。"有些人可以远离荒野生活，而有些人则不能。"湿地女孩基雅·克拉克就是唯一的生在湿地、死于荒原的生物学家。原生家庭带来的伤害成为一辈子的烙印无法疗愈。家人一个接一个离开，留下十岁的她独自生活在湿地，艰苦的条件磨炼着她，在好朋友泰特的帮助下，学会阅读、写诗、画画、研究湿地生物。她野蛮生长，冲破重重阻碍，破土而出，开出娇艳的花朵。若干年后，她成了传奇人物。

孤独扎根在她的心里，压迫着她的胸腔。除此之外，还有小镇上的人们对她的歧视和对其身世的好奇，令她如芒在背。这种不被认同、灵魂无处安放的痛苦和心理纠葛成为她沉重的负担。倔强的她总能找出爬出泥塘的力量和勇气，继续前行，无论脚步有多么不稳。她在浅眠和清醒之间徘徊。心里的伤悲像水渗入沙子一般地消逝，无人知晓。但痛还在，埋藏在更深的地方，她只是擅长把情绪揉碎，折叠，储存。

女作家欧文斯擅长于人性的洞察和从容的叙述。字里行间，基雅渐渐地埋下仇恨的种子，小心翼翼。一切隐喻似乎合情合理，有迹可循，耐人寻味。潟湖散发着生与死的气息，是生机和腐烂的有机混合。一些种子甚至可以在干涸的土壤里休眠几十年，等待着，当潮水再度来临时，它们冲破土层，舒展脸庞，生根发芽开花结果，长成参天大树。大自然的规律尽管四处显现，似乎仍然如壳里的种子一般没有人会去在意。她一生都在见证这些奇迹，所以大自然的运作方式对她而言，很容易理解。

最不能忍受的是镇上的富二代蔡斯，他把爱情当作猎奇和炫耀，玩弄她的感情。她可以忍耐孤独寂寞冷清，在蹉跎岁月之中崛起化蛹成蝶，却难免被爱情的那一张蜘蛛网困住。弱者最在乎耻辱，底线被触碰了，是可忍孰不可忍。求生的本能，她要抗争，加之因爱生恨，自卑使然，她选择拔刀相向，奉陪到底。

荒凉的湿地养育了她，塑造了她。她关于爱情与生存听从了荒野的呼唤，而不是文明社会的教导。萤火虫不断变换着光亮，暗藏玄机，吸引爱慕者，同时以爱情之名，绞杀异类。她便是那萤火虫。她策划了不在场的情节，在月黑风高浪急的夜晚，将花花公子蔡斯推下了防火台。海水退潮之后了无痕迹……

文学彰显世界最深层的爱与美，但最紧要的还是同情与善良。作者对谋杀轻描淡写，波澜不惊，并且将立场指向了弱者。"这里不需要评判对错。这并不邪恶。只是生命的本能冲动，即使这是以牺牲某些参与者为代价。从生物学角度来看,对错不过是不同光线下的同一种颜色……"然而,小说只能是小说,现实生活有自己的社会秩序:交恶之下,没有赢家,杀人者必偿命。

平静的海面暗藏礁石,激流涌动;湿地的勃勃生机与美丽交织着腐烂与杀伐;荒原危机四伏,适者生存,弱肉强食,更有弱者伺机反噬。每个人的内心都是一个小宇宙,不要轻易亮出自己的底牌,不可僭越与挑战他人的底线。弱者的底线是尊严。弱者保护自己的方式不是逆来顺受,一忍再忍之下必是反抗,是还击。"凡是人,皆需爱",愿世人彼此关爱彼此尊重,多一些认同,多一些温暖。

64岁那一年,基雅·克拉克经历了她一生的春夏秋冬,悄无声息地走了。这一次,她是被迫逃离还是主动离开?也许是深深自责和强烈的负罪感,使她过早地结束了生命;也许患得患失,思虑成疾;也许厌倦了世间,也许,没有也许……不得而知。

诗意、野性、茂盛、神秘。湿地最终被保留了下来,星光依旧璀璨,蝲蛄也还在吟唱。而《蝲蛄吟唱的地方》,那是一片生生不息又没有杀戮的天堂,一个遥远而不可企及的理想之境,不再被打扰的世外桃源。如此,甚好!

逃离或坚守

——有感于《生命册》

赵 芳

《生命册》曾荣获第九届茅盾文学奖，是河南籍作家李佩甫《平原三部曲》之三。作家李佩甫从中原文化独特的内涵出发，以其独特的视角、独特的乡土叙事方式，直面中原乡村世界的博大与厚重。在跨越五十年的时代变迁中，那些"背负土地的人"，进入陌生的城市，寻求出路，寻找价值。而农耕时代的道德，正迎头遭遇商品世界的嘲弄和资本市场的摧残以及人心的拷问。

扉页有泰戈尔的两句诗吸引了我："旅客在每一个生人门口敲叩，才能敲到自己的家门。人要在外边到处漂流，最后才能走到最深的内殿。"也许是我想多了。很玄妙！很诡异！似乎就是"生命册"三个字的谜面！而"最深的内殿"，竟然是一个"人"字。

一个哲学家未必是文学家，但一个好的作家一定是个哲人。作为一个独一无二的存在，他们是上天派来传播真理的使者。他们金句连篇，用睿智、锋利的眼睛观察社会，以自己独有的文风、鲜活生动的语言感动社会。

听说过"水尽鹅飞"吗？这是元代关汉卿《望江亭》里的一句唱词，"恩断义绝，眉南眼北，水尽鹅飞"，说的是情感依附，停留在物质形态，有来有去。更有一句平平常常的民间俗语，叫"水尽鱼飞"。你要记住，生命来源于水。水尽鱼飞！它是四维向度的，它来自现实生活中的一种诡异，一种升华后的决绝。梁五方盖房，抽干了一个坑塘里的水，却不见了一塘的鱼，也就是说，一夜之间，鱼飞了！水尽了，鱼没有翅膀，它们怎么飞呢？飞到哪里去了呢？作者如是说："我用了将近一生的时间来思考这个问题，可我至今仍旧没有想明白。"我心戚戚焉。敬畏自然，敬畏生命。水尽鱼飞，人类与大自然的平衡、和谐、共生，这是大自然的隐喻；抑或是生存空间发生改变？暗指从乡村逃离的人们，或者回不去的故乡、回不去的人生？

是的，有时人一旦后退一步，就回不去了。上天欲使其灭亡，必先使其发狂。骆驼一味追求金钱，根本停不下来，最终被不断膨胀的欲望炸裂。抢时间，抢机会，投机敛财，不走寻常路，最后无路可走，从 18 层楼坠下，结束了自己的生命。一日三省吾身，我们的幸福感到底是什么？欲望的天花板在哪里？父辈们曾经在艰难困苦的蹉跎岁月中奋进，却拥有精神的富足。或许我们要将物欲降低，再降低，让幸福感回归。

平原上有一句话叫"春风裂石头"。这又是一种温和造就的惨烈。那不是风的力量，而是坚持的力量。是时间的堆积，是量变转向质变。在一马平川、任尔驰骋的平原，没有一片树叶是干净的，那是风的缘故。风是看不见的，它无处不在，只有结果，没有形态。疾风带着沙尘穿过崇山峻岭从西伯利亚驰骋而来，各种树木站成残缺和变形的阵列来对抗风的肆意入侵。纵是生长周期长的松柏，在平原风的长期吹拂下，树身也会皮开肉绽，皲裂成肉丝状。我不是来提倡环保的，而是理解了作者，用大量的篇幅隐喻乡土和民风、水土和民俗的关系。一方水土养一方人，一方人有一方的际遇。

虫嫂的偷：即便是最倒霉的日子，虫嫂也能活出自己的滋味来。她如那平原生长的野花"小虫窝蛋"，只在夜里长，夜里趴下细听，似有滋声。春天里满地星辰，昂扬地活；冬天到来时，寒风一冽，那花苞带着惊天动地的弹射功能的炸裂，将种子远远地送出去。她和丈夫，"一个不全活，一个小人国"，为了养活一家人，她昼伏夜出偷粮养家，甚至出卖灵魂出卖肉体，她将三个孩子培养成材，却被一家人嫌弃。"运动"来了，乡民们压抑了许久的嫉恨将她揉搓暴打！

春才的"自宫"：这个世界上没有一成不变的事情。树欲静而风不止。高大帅气又巧手的春才，成天被骚话连篇的姑姨婆娘包围着，脸上总是热辣辣的。面对和风细雨的性骚扰他无处可逃，生理反应让他不好意思站起来，只能"谷堆"在地上。忍不住偷看邻家小妹洗澡，东窗事发之后，强烈的羞耻感作祟，在一个月黑风高的夜里，他拿起篾刀走向苇荡，他做了一件后悔事，割掉了生殖器。

梁五方告状：平原上的风不烈，很少会刮倒树，但长年累月的侵袭，如果水分跟不上，树容易"聋"和"瓦损"。建筑奇人梁五方，一个"龙麒麟"，闻名江湖。因为"傲造"，容易遭到众人的反对，羡慕嫉妒长成恨。当"运动"像一阵西伯利亚狂风席卷而来，年少轻狂的他，被几近全村人"过萝"，伤得体无完肤，财产没收充公。他攥紧拳头咽不下这口气，风餐露宿，沿街乞讨，扒火车进京告状三十三年，最终无果。从此算命为生。

一个"各色"的人，要走出多么漫长的道路。书中对人生苦难的敏感和同情，是写作的情感基座。没有谁的理想更高贵。他们都是天赋异禀，却遭逢酷烈的草根畸人。他们的能力将所有人甩掉一条大街，他们的鹤立鸡群令人眼红，甚至悄悄滋生出乡民的仇恨来，继而尊严一次次被践踏。人生如此惨烈，命运如此多舛，正如雪崩时没有一片雪花是无辜的。即便如此，百转千回之中，他们在逃离和坚守之间徘徊。最后在逃离和坚守的艰难选择之下，成了自己。

村民是冷酷的，他们乘人之危，落井下石；村民又是温暖的，他们雪中送炭，又恩重如山。吴志鹏是孤儿，靠百家奶、百家饭养大，村民们推荐并供养他上了大学。多年以后，他希望找到一个让家乡富起来的方法，一条通往幸福的康庄大道："我要寻找'让筷子竖起来'的方法，不是'梁仙儿'那种，不是凭意念，也不是钱的问题……你知道的。乡人供我上了十九年学，我真心期望着，我能为我的家乡，我的亲人们找到一种'让筷子竖起来'的方法。如果我此生找不到，就让儿子、孙子去找。"

人同此心。魂牵梦萦的家乡！那熙熙攘攘的人群，也有我纷纷繁繁的记忆，对家乡的挚爱，交织其中，剪不断理还乱。我们都是远离家乡，又没有到达远方的人。无论走多远，总有一股看不见的力量，牵动着我们的心。家乡是我们的根，那曾经的一饭一食哺育着我们，那里的一草一木，一街一巷，对我们来说是多么熟悉，多么眷恋。

家乡正蓬勃发展，日新月异。儿时玩耍的那一条蜿蜒的青色石板路和周围的民居，已修葺一新，也尽量保留着原来的样貌。那些儿时的故事又在茶余饭后想起，曾经模糊的记忆又清晰起来。但我知道我们都回不到过去了！

《暂坐》里的得与失

赖爱珍

喜欢这样一句话:"读书之人并非为读书而读书,而是用生活所感去读书,用读书所得去生活。"我们读过的书或遇见的人,真的可以改变我们的性情,而性情的变化又会改变我们的生活。譬如手中这本名为《暂坐》的书,在它的字里行间中,我看到了两个字——"得"与"失"。

书中塑造了一群个性独特的女子,经济独立,自由时尚,潇洒率性,充满文艺范儿,但多处于未婚或离婚的单身状态。她们表面光鲜亮丽,却也各自无奈;表面悠闲自得,却难免深陷生活的困境;表面固然热闹洒脱,却摆脱不了内心的孤独。表面上,她们得到了很多的金钱、房子、车子、名牌服装与包包,在普通人眼里那都是可望而不可即的,然而她们也失去了很多,失去了普通人都享有的家庭天伦之乐。比如依靠市委秘书长成功当上暂坐茶庄老板的海若,通过贿赂新上任的局长而得到广告生意的陆以可,她们有着成功的事业与绚丽的人生,但一切仿佛空中楼阁,只需西京市一场小小的官场地震,便可轻而易举地被摧毁——市委秘书长、齐老板相继倒台,海若的茶庄发生爆炸,海若自己也被审查而迟迟没有回来。

书中,以海若为代表的姐妹们在物质追求上没有止境,在精神层面上也无法满足。海若以自己的人格魅力聚拢众姐妹，为每一位姐妹排忧解难，引导她们信佛、放生、做善事，使她们疲惫的身心能暂时得到休息。然而，海若的根基不稳，她的生意是依靠官场腐败得来的，这种脆弱的根基随时都会倒塌。人脉没了，生意没了，连自己也身陷囹圄，她追求的一切顿时化为乌有。

到茶庄里来买茶的人非富即贵。因为这里有全市最好的茶叶，还有各种贵重的烹茶器皿。有一位做煤矿生意的马老板是茶庄的常客，资产曾高达几十亿，每次来都指名要最好的茶叶，过不了一段时间就会换一台车，在资产达到顶峰时，他的举手投足间都透着狂妄与得意。后来，煤炭生意下滑，加上出了人命，煤矿遭到环保部门的查封，只能潦草关门，马老板一下子就变得萎靡不振，苍老了许多。他曾见过人生辉煌的盛景，最终却只能在谷底仰望茫茫无尽的夜空。

通过阅读这本书，我想起了自己生病这十年的得与失。

因为生病，我失去了健康，失去了工作能力，也失去了经济来源，人生跌入谷底，进入了至暗时刻。我的生活没有质量，日子过得很糟糕，医生嘱咐要绝对地忌口，不能随便吃东西，所以不得不放弃自己最爱吃的一切，而且还要终身服药，余生都要和疾病相伴。然而也正是因为生病，我仿佛又得到了很多。亲情，得到家人的最诚挚的关心和帮助。友情，同学朋友的慷慨解囊，在最困难的时候拉了我一把，才会有今天的我，这份深情厚谊余生都不会忘记。爱情，执子之手，与子偕老，丈夫在结婚时的誓言，在我生病期间十年如一日地践行着，不离不弃。因为生病，我的脾气变得不太好，心情不好时会冲丈夫发火，他不仅没有丝毫怨言，还用幽默风趣的话语化解我心中的不快。生病是不幸的，但我又是幸运的。

就像《暂坐》中所说："人生就是一场暂坐，短暂地来这个世界坐坐，品尝着世界的甜苦。"人生一世，会经历无数的风风雨雨，起起落落。人一旦有了得失心，就会患得患失，结果未必能如愿。放下得失心，人生才会更从容。如果能保持一颗平常心，反而会有意想不到的收获。

我们每个人都应该珍惜身边的人和事，珍惜每一天，把每一天过好，过精彩了，就足够了。

（作者系邵武棉纺厂退休职工）

逆流而上，和童年美好相遇

赖爱珍

《心中流淌的那条河》收录了姚俊忠老师的 44 篇散文，记录了 20 世纪七八十年代铁路人的情谊与生活。《心中流淌的那条河》描写了孩子对母亲河的依恋，《寻找土地的清香》表现了孩子对故土的深切迷恋，《老面馒头》抒发了孩子对勤劳母亲的挚爱……

《老面馒头》这篇文章给我留下了深刻的印象，朴实温暖的笔墨勾起了我深藏于心底的记忆，让我想起了我的父亲，还有那回不去的童年。

童年是美丽又难忘的，它就像一条小河，承载着我们无限美好的记忆。沿着《心中流淌的那条河》逆流而上，仿佛看见一个小女孩倚靠在家门口的门框上翘首张望，看着一辆辆从县城开来的班车呼啸而过，心里盼望着某一趟班车能缓缓停驻，父亲从班车上走下来。这个小女孩就是我。

20 世纪 60 年代末，父母下放到胡书大队王半街生产小队。我就出生在那里，童年的时光也是在那里度过的。父亲不会干农活，只能在队里面的砖瓦厂工作，挣不了几个工分。母亲因为要照顾五个子女，也无法到田里参与农活挣工分，只能在家养猪、养鸡，以此贴补家用。每年年终结算，我们家不仅分不到一分钱，还反倒欠队上的钱，每年都要超支，是大队有名的困难家庭和超支户。虽然生活清苦，但是似乎丝毫不减童年的快乐。我们兄弟姐妹几人，"少年不知愁滋味"，只要有的吃，有的玩就行。

每年农忙过后，父亲都要到县城去一趟。小时候不明白父亲为什么要去县城，长大后才知道，他是为了返城的事情去县委上访。每次父亲早晨坐班车去县城后，我便倚在门边，双眼望向县城返家的路，开始盼望父亲拎着一大包白面馒头出现在山坡顶——这些白面馒头是父亲用从家里带去的几斤米兑换来的。那时候，我最开心的日子就是父亲去县城上访回来的时候，而快乐多来自他每次带回的一大包白面馒头，馒头松松软软的，咬一口回味无穷。家里兄弟姐妹多，我每次都吃得不过瘾，心里总在想哪一天能够吃馒头吃到饱就好了。如今我依然喜欢吃馒头，怎么吃都不厌，大概就是从那时候开始养成的爱好吧。

时光如白驹过隙，几十年的岁月就这样悄无声息地流走了，我也从一个懵懂的小女孩逐渐成长，有了自己的家庭。时代飞速发展，国家愈发富强，人民的生活水平普遍提高了。如今不愁吃，不愁穿，雪白松软的馒头管吃饱，管吃过瘾，想想都美。我也学会自己做馒头，可是总觉得没有小时候吃过的那白面馒头味道好。馒头的用料大同小异，做馒头的手法也日渐娴熟，可总也做不出那样好吃的味道，也许是缺少了童年这份佐料吧。

童年是匆匆的河流，一去不复返。它就像一个万花筒，映着记忆的五彩缤纷；它也像一只小船，载着欢笑与泪水；它还像一首歌，唱出生活的点点滴滴；它更像一盘五味俱全的菜，汇集着酸甜苦辣咸，令人回味无穷。

感谢姚俊忠老师，沿着心中之河逆流而上，我和我的童年美好相遇。感谢我的童年，让我品尝过这世上最棒的白面馒头。

一腔尺调传邵武，且看越韵暖铁城

赖爱珍

"百年越剧，岂止相公小姐，儿女情长；百年越剧人，岂止桃李丰神容颜美，更有那湖海豪情令人敬。"

越剧是一门来自浙江嵊县（现嵊州市）的地方小戏，它发源于浙东，发祥于上海，繁荣于全国，流传于世界。越剧以唱为主，擅长抒情，声音优美动听，表演真切动人，唯美典雅，极具江南灵秀之气。

在苏沧桑的散文集《纸上》里的《跟着戏班去流浪》一文里，我们"见到"了那些民间越剧戏班不为人知的生存状态、那些民间越剧艺人的奔波与苦苦坚守。在舞台上，吴侬软语中上演着表面的自由浪漫与欢乐充实，"可短短几天，我便明了戏班生活的本质绝非原先想象的那么美好，而是极度的劳心劳力，甚至厌倦"。演戏人的奔波与辛苦，只有演员自己知道。

来自民间的越剧，根在民间，归宿自然也在民间。越剧人的坚守亦深深扎根于市井浓浓的烟火气中以及脚下这方心中热爱的土地上。

富有生命与灵气的越剧，与"铁城"邵武于20世纪便已缔结下动人的情分。

在邵武这座山城里，也有这么一群拥有"湖海豪情"的越剧人。

越剧的发展是从地上走到台上的过程，经历了沿门唱书的形成阶段后，越剧开始从浙江嵊州向外传播。通过有限的传播媒介，我们年轻时便在邵武的街头巷口听到了徐玉兰于《红楼梦》里灵动的演绎，"天上掉下个林妹妹，似一朵轻云刚出岫"，还有王文娟的《追鱼》、金美芳的《孟丽君》等，这些传播于大江南北的越剧唱段在国内外掀起了一阵又一阵的"越剧风潮"，邵武自然也被越剧风潮熏染。

1953年，邵武的第一个越剧团"新文越剧团"成立，《十里亭》《梁山伯与祝英台》等传统剧目开始在邵武的大小舞台上演。不仅如此，邵武的业余爱好者们醉心创作，将根植于心中的深深的乡土之情融入越剧，创演了以三角戏为主要表演形式的《接官记》等剧目，并巡演于多个县市，让各地人们感受到了"铁城"邵武的融融越韵。

如今，越剧早已传入邵武的千家万户，新时代的传播媒介让人们能够通过更多的方式走近越剧这门古老而又年轻的艺术。承继着新文越剧团的初心，由邵武业余越剧爱好者们组成的越韵融融越剧团于2015年成立，这是一个非营利性、公益性演出为主的群众业余社团组织。它以表演传统越剧和三角戏为主，通过排演《梁山伯与祝英台》《五女拜寿》《红楼梦》等优秀戏曲剧目，举办公益演出，送戏下乡，宣传慰问等活动，向社会各界传播着越剧中的邵武文化与铁城之魂。

"书房门前一枝梅，树上鸟儿对打对，喜鹊满树喳喳叫，向你梁兄报喜来。"越剧《梁祝》中祝英台的扮演者优美的唱腔和身段赢得了观众热烈的掌声。"好，真好！像专业演员的表演。"祝英台的扮演者就是越剧团团长刘美杉。她从十岁起就对越剧情有独钟，一腔热情延续至今。为了成全儿时的梦想，除了日常打理自己的美容店外，她将所有的时间和精力都投入心之所爱的越剧上。她不仅带领一群同样爱好越剧的朋友成立了越韵融融越剧团，还在邵武市老年大学开办了越剧唱腔班和越剧身段班。她成了这两个学习班的老师，备课，布置作业，她总是一丝不苟，她以实际行动感染着身边的每一位越剧爱好者，传播着铁城的越剧之音。

越韵融融越剧团自成立以来，吸纳了来自社会各行各业的成员，大家因为越剧而结缘，因为越剧而相聚，虽然没有分文报酬，但对于每场演出都付出百分的心血和努力。每一句唱词，每一个动作，每一步走位，成员们都力求做到完美，不为其他，只为心中那份对越剧的热爱，对舞台的尊重，对"越剧人"这个称号的崇敬。

我还记得越剧团展演大型伦理剧《五女拜寿》的那晚，灯光之下，舞台之上，"老爷""夫人""小姐""姑爷"齐聚一堂，用柔美的唱腔演绎着杨府的兴衰变迁，寿堂里呈现着一派乐享天伦的动人景象。而灯光之外，舞台之下，还未更衣扮相的"老爷""夫人"们都是刚下班便匆忙赶来候场的越剧团成员，他们身在不同的工作岗位，有的是老板、店长，有的是银行职员、公司员工，平日里有条不紊地处理着各自的工作，下班后又能立即投入演出的准备中。越剧团团长刘美杉亦是刚出差回来，家也没回，便直接奔赴演出现场。每一场演出，每一台戏都凝聚着越剧团成员的"团魂"与"戏魂"，也寄托着大家真挚的愿望——演好每一出戏，唱好每一段词，让观众欣赏到越剧中优美的唱词，感受到铁城邵武的融融越韵。

作为邵武的一名越剧爱好者，我为这广传于邵武的一腔尺调而倍感欣喜。

　　越剧是一种造梦的艺术, 舞台上的角色折射着现实世界的生活,水袖一抖一拂能掸去人们的焦虑和欲望,温暖着每一个正在努力生活的邵武人。越剧于山川秀美的邵武而言,是文化的碰撞,也是传统的结合,更是美美与共的理想大同。

云说保卫战
——谈作家潘淑云和《武阳保卫战》

杨素梅

初拿到《武阳保卫战》一书时，我有些不以为意，只当是寻常的历史题材小说。但鉴于此书是沧浪读书会第 59 期阅读书目，我决定静下心来读。

翻开书开始阅读："半个时辰前。有人将一颗人头钉在了县衙的大门上。什么人？蒙古人，他们下战书来了。据报：此次围攻武阳的是一支新组建的探马刺军，人数号称十万。"才翻开第一页，我就被吸引住了。"武阳威果营，为朝廷直接统辖的正规军。威果，是该驻防部队的番号。武阳威果营实有兵力八百七十六人。马兵八十……其时，威果营的指挥使、都头、将虞候、承局等职位先后空缺，连续几个月都无人填补。"读到这里，我瞬间为双方兵力的巨大悬殊深感不安。这是一场从开始就注定失败的战斗，不是吗？我恨不得一目十行看到这场战争的结局——会是意料之中的惨败吗？

书一页一页翻过去，"打恰里（胡说八道）""爷姥（父亲）""包糍""目珠仁儿（眼睛）"等乡言俚语，还有"县前街""富屯溪""樵溪门"等熟悉的地名不时地跳入眼帘。我在既紧张又亲切的阅读氛围中把书一页页翻过去，不知不觉已到深夜 1 点多。

接连两天，一吃完饭我就如饥似渴地坐在书桌前捧着《武阳保卫战》读。"红脸娃直接怂回：'是谁不怕，但怕有用吗？那蛮子掐住你的喉咙，刀架在你脖子上，活动得了吗？再说赵大人可以跪下求生，我等俺人脖子硬、膝盖硬，就是要跟蛮子硬碰硬。死便死呗。'"红脸娃的舍生取义让读者不由得热血沸腾。

"只听哎哟一声。卷毛一头栽倒在地，一支长剑贯穿了他的太阳穴，颧骨和头盖骨的上半部分被击碎了，变得面目全非。"尚未洞房花烛卷毛便牺牲了；深明大义的知县夫人观玉，为保卫战倾尽所有；朴实勤快的九妹；耿直骁勇善战的大眼……每个鲜活的人物牢牢地牵动着读者的心。从城墙战，到巷战、水战，再到山地战，一场接一场你死我活的殊死搏斗接踵而来，在扣人心弦的阅读节奏中，我读完了这本书。

合上书，我耳边依稀听见九妹哭着说："那蛮子一来，夫人就没了，我的卷毛也死了。陈大人也不知是死是活，天杀的蛮子，我恨死他们了！可是我们用尽全力也赶不走他们，这往后可怎么办啊？"

这场由蒙古族主导的统一大潮，南宋倾尽全力也无法阻止其进程。覆巢之下无完卵，武阳人赖以生存的家园，祖祖辈辈的心血在元军的铁蹄下都成了残垣断壁。武阳人明知，他们再怎么抗争都无法改变被奴役的命运，但是他们可以拍着胸膛对后人说：我们舍命抗争过！

虽败犹荣的武阳保卫战结束了，世间的战争何曾结束过？

观全书，故事跌宕起伏，扣人心弦。结局：一、先珍最终还是离开生养她三十二年的家乡，跟武阳父老乡亲的仇敌阿铈罕远走他乡异族；二、为了日后的王位江山，阿铈罕没有让任何人知道陈藩是他的姨父，未阻止手下也格迷失对陈藩执行死刑；三、赤手空拳的武阳人，终究败给了兵强马壮的元军，却不是以寡敌众的神剧式胜利大结局。这三个有别于常情的结局，注定了《武阳保卫战》成为一部成功之作。

作为一位女性作家，潘淑云老师从应战之策、作战武器、布战谋略、会战场景及战斗场面严丝合缝地铺展开来，又将政治背景、民族矛盾，淋漓尽致地展现在读者面前。她超越了普通纪传作品或索然寡味或晦涩难懂的文风，将公元1277年的这场历史之战从容道来，而书中的一首首山歌和诗篇既为其增添了许多文学艺术色彩，也充分彰显了潘老师非凡的文学功力。

众所皆知，历史小说创作是高难度的写作。要做到既忠于史实，又不受拘于史料，既以历史眼光来看待事件，又要遵循文学的规律，还要在历史真实中有作家的独创性。这对任何一个作家而言都是艰巨的挑战，而此书作者潘淑云老师都做到了。

好在有沧浪读书会的推荐，我没有与《武阳保卫战》这本优秀的历史小说失之交臂。之后，我又拜读了潘淑云老师的另一部作品《午后绿茶》。《午后绿茶》是一本都市情感短篇小说集，每篇小说都很耐人寻味，尤其结尾部分总是出人意料，可谓"欧亨利式结尾"的完美演绎。

《午后绿茶》和《武阳保卫战》皆是有温度有深度有高度的文学作品，陆续在省内外都获得了令人瞩目的褒奖。这些奖项不但是对潘老师作品的认可肯定，也是潘老师所有的读者心之所向。

作为潘淑云老师的忠实读者，我期待着《武阳保卫战》有朝一日能被拍摄成影视作品，进入千家万户的视野，同时，更期盼着潘老师写出更多更好的文学作品。

（作者系邵武木工机床厂退休职工）

致敬平凡的大多数

——《平凡的世界》读后感

杨素梅

其实我们每个人的生活都是一个世界，即使最平凡的人也要为他生活的那个世界而奋斗。

——路遥《平凡的世界》

《平凡的世界》这本书我在三四年前看过，至今仍记得当初是如何被深深地打动，于是极力推荐给女儿看。95后的女儿泪水涟涟地看完这本书，在我的意料之中又出乎我的意料。可见类似《平凡的世界》等经典之作，不论时代如何变迁，依然会感动到各年龄阶层的读者群。

可以说《平凡的世界》就是一部苦难史，我想但凡看过这本书的读者，一定会为主人公孙少安、孙少平兄弟俩直面苦难的勇敢态度心生敬畏。尤其是弟弟孙少平身上的那种顽强坚忍、不懈追求的精神，更是让人感动钦佩。

作为路遥老师呕心沥血之作，《平凡的世界》全景式地描写了一段平凡的农民在广袤无垠的黄土高原上贫困的生活，改革时期的激烈动荡和波澜壮阔的发展历程，社会各阶层普通人的自强与自信、理想与信念、奋斗与拼搏、挫折与追求、痛苦与欢乐，读来令人荡气回肠。

在物质、精神匮乏的那个年代，路遥的生活充满了艰难，"穷"一直是他的梦魇。他曾用一句话来评价自己的生活，他说：我是从地下水沟一步步爬出来的。通过《平凡的世界》，他给一切卑微的人带来了希望、勇气和光亮，足以驱散那些阴霾的日子。

这本书让我想起我二舅。我二舅可以说是生在红旗下、长在红旗下的新一代中国人。原本就一贫如洗的外婆家，因为外公遭遇车祸英年早逝，家里更是一穷二白。那时仅十四岁的二舅不得不辍学，去大山里的伐木场工作。在杨梅尚未成熟到成熟可食的那一个多月里，二舅每天的午饭就靠采摘山上的杨梅来果腹，腾出自己那份粮票拿回去帮助母亲供养年幼的弟妹们。因为长期营养不良，二舅十八岁时仅长到一米五三高，直到二十多岁才渐渐长到一米六七。

二舅和许许多多的"孙少平"们一样，都是平凡的人，可是他们身上却都有不平凡的信念。这种信念支撑着他们，通过自己的坚持和努力，从贫穷逐渐走向富裕，改变了他们和家人的生活。前些年，二舅家买了房买了车。退休之后，他常和兄妹们一起自驾出游，四处饱览祖国壮美河山，现在的生活很轻松自在。

正如书中所说，生活不能等待别人来安排，要自己去争取和奋斗，不论其结果是喜是悲，都足以让我们的心得到慰藉，总不枉在这世上活了一场。有了这样的认识，你就会珍重生活，而不会玩世不恭；同时，也给人自身注入一种强大的精神力量。

只要春天不死，就会有迎春的花朵年年岁岁开放；只要活着，就完全有机会重建生活；只要不灰心丧气，每一次挫折都只不过是通往新境界的一块垫脚石或者绊脚石。毕竟，我们只是一个平凡的人，必须通过自己的努力而变得不平庸。

文学来源于生活，生活创造了文学。《平凡的世界》是一本源于生活又如史诗般的文学巨作。之所以说是史诗，因为它是那么真实地再现了共和国改革开放初期人们的真实生活，有血有肉，有汗有泪。唐太宗李世民曾言："以史为鉴，可知兴替矣。"我由衷地希望有更多的读者读到这本书。

非常遗憾的是，路遥英年早逝，他没能看到改革开放 40 年来祖国大江南北翻天覆地的巨变。我也时常在想，如果路遥先生在世，他一定会有更多优秀的作品呈现给我们，贡献给当今中国这个盛世吧！

格局成就人生

——读《一日三秋》有感

陈表清

《一日三秋》是当代著名作家刘震云的魔幻现实主义新作，这本书不长，读起来比较轻松。

樱桃与陈长杰原来是人人艳羡的佳偶，陈长杰与李延生是肝胆相照的朋友。他们三人都曾是《白蛇传》里主要演员，可延津话剧团解散后，三人曾有的风光瞬间烟消云散。

陈明亮的亲生母亲樱桃，仅因为一把韭菜气不过，而寻短见上吊自杀。母亲樱桃去世后，明亮随他的父亲陈长杰去了武汉。后来，陈长杰又娶了秦家英做老婆，和秦家英带来一位小女孩，组成一个四口之家。

陈长杰因为第二任妻子的压力，将明亮寄养在李延生家，却因为偷偷给孩子邮寄生活费，被妻子责骂而选择和儿子断交。李延生的妻子胡小凤因为陈长杰没给钱而指桑骂槐，逼得正在读高二、被人称为"小牛顿"的明亮不得不放弃学业，去了"天蓬元帅"店学习拔猪蹄毛。明亮的辍学，使延津少了一个本可以通过高考实现人生逆袭的尖子生。家庭的不幸和中途辍学，对一个孩子的影响无疑是深远的。

香秀因为向马小萌借钱 10 万元遭拒绝而怀恨在心，把马小萌的隐私曝光，害得明亮夫妻在延津无法立足而远走西安。香秀多年后认识到当年自己的不对，想当面道歉，却因为道歉不成而选择了上吊自杀。六叔因为自己的画不受待见,长期抑郁而心肌梗死。孙二货和四海因为想贪一些便宜不成,不顾老乡情分,把陈明亮夫妻赶出菜场。

樱桃、胡小风、香秀、六叔他们的格局都太小,受不了委屈,吃不了亏。他们的最后结局都不好。民间有言:吃亏是福。还有言:大度能容。一个人只有格局大,度量大,最后才能做成大事。你看那些成就大事的人,哪一个不是格局大,度量大? 三顾茅庐的刘备如此, 能忍胯下之辱的韩信亦如此。所以,我们要能受得了委屈,吃得了苦,唯有如此,才能做成大事。

陈明亮娶了马小萌为妻,后来却发现她曾经在北京从事了五年的色情业,东窗事发后,妻子上吊自杀未遂。陈明亮也曾想到离婚。但是,他在算命先生的劝解下,才放弃离婚的念想。而他妻子感动于他的不舍不弃,说出了:"明亮,我知道你吃了亏,可你放心,从今往后,我一辈子好好跟你过,当牛做马报答你。"

明亮和马小萌这对患难夫妻,在延津被人整得没有办法待,只得背井离乡来到西安。刚在菜市场稳定下来,又被孙二货欺凌,只得躲开,另谋出路。还好天无绝人之路,明亮重操旧业,靠卖猪蹄站稳了脚跟。经过 10 年的努力积累,后来自己在西安开了五家猪蹄店,成了一个老板。

生活中总会遇到一些让我们糟心的事、一些让我们意难平的人。老天从不眷顾谁,每个人都在险象环生的世界里,如履薄冰,战战兢兢。只要没有走到真正的绝境,生活还大有出路可寻。所以,身处困境,我们一定要看得长远,看得长远,才能跳出困境,修成正果。

明亮能把事看开,把心放宽,把格局放大。他不执着于爱恨，最终成就自己。尽管生活对他不公，尽管他身边的亲人有愧于他，可是，他不计前嫌，真诚待人。他不仅出钱出力照顾年迈的陈长杰和李延生，还愿意帮助曾经欺辱过他的乡亲们。这副坦荡的胸襟，让明亮最终收获了最灿烂的人生。

如果我们把那些遭遇与磨难、痛苦与纠缠、不幸与恐惧，不断地放出来撕咬自己，那便是度日如年，度一日如度三秋。过去的不能重来，失去的不能复得，一个人倘若苦苦纠结过去，为难的只是自己。

反之，如果我们活在当下、笑谈人生、宽心自慰，那些曾经的风风雨雨，以及对未来的迷雾茫然，又待如何？三秋，也可为一日，幸福开心的一日又一日，拼凑出属于自己的无悔人生。

总之，不同的格局，成就不同的人生。大格局，成就宽广的人生；小格局，成就逼仄的人生。

（作者供职于邵武拿口朱坊小学）

学会倾听孩子的声音

——《看见》读后感

陈表清

《看见》是央视记者柴静所撰写的长篇自传文集，它记录了 2000 至 2009 年期间的重大公共事件，如非典、汶川地震、北京奥运、药家鑫事件等。柴静将十年央视经历、个人成长心路与中国大事件糅合在一起，传达了对人的"同情理解"和对"众口一词"的质疑。

读罢《看见》，我感觉到要了解事实的真相还挺难的。在《看见》的第三章《双城的创伤》中作者这样写道：一周之内，同一班级五个小学生连续用服毒的方式自杀（五月十九日苗苗和小蔡一起服毒，两天后中午小孙服毒，又过两天的早上小倪服毒，晚上小杨服毒）没有人知道为什么，获救的孩子（小蔡、小孙、小倪、小杨）都保持沉默。媒体认为可能是邪教造成的，而苗苗的父母则认为他们是集体约定自杀。我认为这两个原因都是肤浅的，而真正的深层次的原因，他们却没有去认真找或者说没找到。

面对孩子的服毒自杀行为，他们的父母很是困惑。苗苗的父亲说："给她吃好的，穿好的，还要啥？""我不相信我的女儿能影响别人去自杀，小孩子能有多深的感情？"（他完全忽略了孩子的内心感受）小蔡的母亲则认为自己的女儿"是被人带坏的"（就是这么简单判断）。在服毒事件过后，小杨父亲当着记者面骂儿子小杨："你为什么不干脆死了呢？给我惹这么多麻烦。"小杨的母亲蹲在地上哭："你把我的脸都丢完了。"（只顾自己大人的脸面，不顾孩子的感受）当时，"小杨的嘴抿得紧紧的，掉头走了"，他又有了离开世界的念头。

苗苗不仅人长得漂亮，学习成绩又好，还特别能理解人，在同伴中特别有影响力，她为什么选择服毒自杀？也许是因为她的胸部在一次聚会时被男生抚摸，受到了侮辱，又得不到同伴小杨等人的理解，觉得自己走投无路。其他几个同伴之所以选择自杀，尽管原因各有各的不同，但我从柴静同孩子的对话中感觉有两点是相同的：第一，他们认为朋友比生命重要。第二，他们得不到亲人的理解，情感不能被人接纳。正如作者说的那样："我们发现，最大的谜，其实是孩子的内心世界，能不能打开它，可能是每个人都需要面对的问题。"

现在的父母对孩子的精神世界并不了解，他们认为孩子吃好穿好，一切就好了。所以，在日常生活中，他们只管好孩子的衣食住行，至于孩子的精神世界，他们则很少过问。所以，孩子在成长的过程中遇到一些问题，也不会跟父母分享，只会跟同龄的玩伴分享，可是，他们同龄的玩伴并不能帮助他们很好地解决问题，相反，有些时候还会给出一些偏激或错误的建议。

孩子的内心世界是丰富的、细腻的、脆弱的，它和成人世界是有区别的。"冷静询问才能求解"。成年人只有站在儿童的角度，去理解，去倾听，才能更好地接纳孩子。所以，当问题发生的时候，作为父母，不要一味去责骂孩子，而是要冷静下来，倾听孩子内心的声音，只有这样，我们才能成为孩子成长道路上的指路明灯。

但愿我们每个人都能听到孩子的心声，愿每个孩子都能快乐地生活着。

一颗划过天际的流星

——《梵高传》读后感

王清莲

这本百余封家书的自传，是荷兰画家文森特·梵高最真实的内心独白，是他短暂一生的真实写照。书信里有梵高对大自然和艺术的强大信仰、对弟弟提奥的真诚倾诉和深情依恋、对绘画的百折不挠和狂热执着。这些文字还原了梵高敏感、勤奋、单纯、多情、深情、悲悯又孤独的一生。

梵高和弟弟提奥两人感情深厚。梵高给提奥所有的信中，几乎都提到钱："给我寄钱。""别忘了给我寄钱。""尽快给我寄钱，能给我寄些钱吗？"提奥给贫苦潦倒、捉襟见肘的梵高，予以倾尽全力的包容与付出，是梵高艺术之路上的物质和精神的坚实支持者、崇拜者，提奥间接地成就了梵高的艺术巅峰。

信里描述的每一幅画都似乎近在眼前：蓝天、麦田、向日葵、星空、树林、劳作的农民、花草等。梵高是画家的同时，也是诗人、思想家、哲学家。他的语言优美灵动，处处闪耀着智慧的火花。

比如："我们穿越大地，我们只是经历生活。"

比如："也许在我们的灵魂中有一团烈火，但没有一个人前来取暖。过路人只看见烟囱中冒出的一缕青烟，便接着走自己的路去了。"

梵高的这本书信体自传，给人特别无奈又真实的感受，同时，也给予我精神上一股特别的力量。

首先，梵高是个热爱书籍、热爱生活的敏感的人。

他说："一个人应该学会读书，正好像一个人应该学会用眼睛欣赏艺术品，学会怎样生活一样。""热爱书籍和艺术是给我们这样的人的。那些站在真实生活里的人会厌烦我，但是在外边的人，会理解我并且感觉很自然。"

他说："即使有时候我意志消沉，心里充满着忧愁，我们的心灵也还要欢乐起来，像云雀那样不得不在早晨歌唱。对我们曾经爱过的一切回忆，在我们生命的晚年保留下来，重新返回到我们的心里。它们并没有死去，但是它们睡着了。"

他说："凡是诚实地过日子，并且遭遇到许多麻烦与失败而不气馁的人，要比那种一帆风顺，只知道安逸的人来得有价值，一个人永远不要相信天下会有毫无困难的事。"

他说："我们所能够做的事，也许就是对我们莫大的痛苦一笑置之，就像人世间的一些伟大人物所做的那样。要像一个男子汉那样地处理这件事，向着你的目标勇往直前。"

其次，梵高是个热爱自然、至纯至洁的多情的人。

他远离巴黎，亲近自然，热爱原野。他在信中说："阳光明媚耀眼，一切事物都闪烁着使人心醉神迷的光芒。无论如何，这就是真爱啊，这是一件何其美妙的事情！""可以说在海牙的每一天，我看到的美景是大部分人视而不见的景象。我开始逐渐心存敬畏，终于明白返璞归真的意味。"

他告诉我们大道至简：走进自然，感受真爱，一花一草一木皆能自愈。

再次，梵高是个仁爱善良、悲悯深情的人。

他说："我总认为理解上帝的最好办法，是爱许多事物。

爱朋友、爱妻子，爱你所喜欢的一些事物，但是你必须怀着高尚的与十分亲切的同情心，要全心全意、以心换心地去爱，你必须经常试着进行更深、更好与更多的理解。它引导你接近上帝，它引导你树立坚定不移的信仰。"

他曾经想做牧师，想去帮助所需求助之人；他热爱穷苦农民，画下当时有违画风的《吃土豆的人》；他不畏矿区的阴惨，和辛苦劳作的矿工一起生活；他怜惜流落街头的妓女西恩，一同生活并养育那个不属于他的孩子，一直到西恩不能忍受他把所有的钱都拿去买颜料而离开了他；他经济拮据仍全力营造住舍，邀请高更共同生活、创作，磕磕碰碰一起生活 62 天后，高更绝尘远去，梵高仍坚持给他写信。

还有，梵高是个高度自知、高度坚守、高度勤奋的人。

他说："一类没有用处的人与另一类没有用处的人有很大的区别。一类没有用处的人是由于懒惰和缺乏个性，这是因为他天性卑劣。你可能会把我归于这一类人。然而还有另一类没有用处的人，这类没有用处的人，他在内心深处被一种强烈渴望所折磨，他什么也做不了，因为他的双手被捆绑，因为他被困于某个地方，因为他缺少让他具有创造力的东西，因为悲惨的境遇强制性地把他带到这一端。这样的一个人经常不知道自己该怎么做，但是，尽管如此，他本能地感知：我是一个有用的人！我的存在并不是没有理由的！我知道我可以成为一个与众不同的人！我如何才能成为有用的人，我如何去服务大众？我的内心深处有某种东西，但是我不知道那是什么。这就属于另一类没有用处的人。如果你愿意的话，你也可以把我归于这一类人。"

他说："人绝不可以让自己心灵里的火熄灭掉，而要让它始终不断地燃烧。"

梵高从 27 岁开始学画画，到 37 岁生命终结，在困苦、贫穷和疾病缠绕的短短十年间，他马不停歇地创作了上千幅画。

最后，最关键的一点——坚持！梵高始终如一地坚持着自己画画的喜好和信念！

梵高做着自己这辈子最喜欢的事情——画画，他丝毫没有因为外界的否认而跟着否认自己，他忠于自己的内心，坚持自己的风格，画自己喜欢画的大自然和穷苦人民。所以他的画当时不容易卖出去，不受那时有钱阶层人的青睐，但他不在乎。

即使他崇拜的高更毫不留情地评价梵高的画："他用画笔强暴了画布，也强暴了我的眼睛。"痛苦之余，他还一如既往坚持着自己的画风。他有着常人不可摧毁的意念，他一直知道自己是个伟大的画家，听凭自己内心的感知，执着地、不停歇地画下去。

下面，我想谈谈梵高画的艺术价值。

中国画家丰子恺评价他说："梵高的全生涯没入在艺术中。他的各时代的作品完全就是时代的生活的记录。在以艺术为生活的艺术家中，可说是一个极端的个例。"

梵高的作品质朴无华，充满天然的悲悯情怀和苦难意识，作品皆是和生活紧密相关的。

他对农民、对田野生活、对乡村田野风光有着很高的热情，他喜爱农民的一切，尤其是向日葵、麦田、鸢尾花、豌豆花等。他经常选取这些散发着泥土清香的物象作为自己的绘画题材，在短暂的艺术生涯中，他凭借着敏锐的艺术感知力深情地、细致地描绘着这些质朴、自然的风景、静物及人物，他也因此被称为"画家中最纯粹的画家"。与那些华丽璀璨的绘画相比，梵高的画更多的是朴实和隽永，他将自己无限的激情倾注于这些朴素的花朵和田野生活中，使画作产生了一种无法超越、无法模仿的艺术魔力。

他在给弟弟的信里说道："要为人类，为后世，留下一些伟大的作品，给人们带来幸福。"——事实如此，百年后，梵高的画，举世瞩目！他的画，收藏于荷兰的阿姆斯特丹的梵高美术馆。

读过这本自传后，我会时不时去百度并学着欣赏梵高的名画，感受艺术的美，感受生命的力量。当我深夜不眠、仰望星空的时候，我会想到他宁静和谐的《星月夜》；当我在病房感到压抑落寞时，看到向日葵花束会想象到他勃勃生机的《向日葵》；当我漫步阡陌田间时，会想到他明亮绚丽的黄色麦田、莺尾花、豌豆花；当我信步于夜幕初上的江边栈道时，会想到他安宁静谧的《罗纳河的星空》……

文森特·梵高的创作之路是贫寒的、憋屈的、苦闷的、挣扎的、煎熬的、孤独的，他食不果腹，颠沛流离，被精神抑郁症所折磨，被排挤、被驱逐，不为人理解，屡屡为金钱所困，至死也未曾获得荣誉。患抑郁症的他，在 37 岁的时候在田野是自杀还是他杀，至今是个谜。弟弟提奥在他死后伤心过度，也在半年后去世。梵高生前只卖出一幅《红色葡萄园》，四百美元，死后他的画作却成了世界上最贵的画，堪称奇迹。

梵高像他《星空》里的一颗流星，耀眼而明亮，却过早陨落了。但，他——永在。

（作者系自由职业者）

四类女性人物形象解读
——《生命册》读后感

王清莲

《生命册》一书刻画了众多的人物形象。每个游走在城市和乡村、物质和欲望之间的灵魂，都有其特点和典型的意义。下面，我着重分析四类女性人物形象。

一、坚韧不屈的农村母亲形象。

虫嫂，袖珍娇小而皮实，嫁给村里的瘸子，生有三个孩子。由于贫苦生活所迫，为了孩子不挨饿，她偷粮食、偷汉子，被村里女人群殴，丈夫毒打；为了孩子的尊严，她发誓并做到了改过自新，买进卖出鸡蛋赚钱给孩子上学；为了孩子的学业，她进城收破烂卖破烂，甚至不惜卖血，用无数份汇款单，铺就了三个孩子的成才之路；为了丈夫的口腹之欲，她继续卖血，每天跑 18 里外给骨癌晚期的他买肉煎包子。其母性和妻性，全村无人可及。

"在平原，有一些植物是飞来的，非人工种植的。那是一种毫无来由的纯天意的生存方式。来也无踪，去也无影儿，但它仍然是一岁一枯荣。"说的就是生存意志顽强而坚韧的农村虫嫂形象。仅一米三四个头轻巧的她，似乎是为了完成这种苦难轮回而来到世间承受这重大的苦难。

虫嫂生活在最底层，什么都没有的她，凭着拳拳母爱，凭一己之力，牺牲自我，受尽屈辱，坚忍勤劳，将三个孩子抚养成才。她迫不得已丢失做人的尊严，享受不到血浓于水的亲情。她袖珍如虫，生命也贱如虫子，可悲可敬！

她以一种违背尊严和人格的方式，用自我牺牲的精神来麻痹自己，用残缺的身体开辟了属于她自己的生存方式。作者通过对她人性的探究来唤起人们对底层社会的思考和转型时期人物悲惨命运的同情。

二、逐梦城市的农村问题女孩形象。

蔡莘香，在父母间的不和谐关系和对父亲的怨恨中成长的问题少女，逃离了农村。凭着对城市的向往和铆着劲也要留在城市的一股劲，从洗脚妹、派出所里的孕妇，最后跃升为公司的总经理。作者借助这个角色向读者揭露了这个农村问题女孩进入城市的过程中，其灵魂沉浮的状态，也是许多无知的年轻女孩融进城市所选择的最愚蠢方法。

从逃出农村到城市功成名就，再到回归家乡，心中怀揣对城市憧憬的乡村人，带着某种盲目性来到了城市独处于陌生环境的他们，由最初的焦虑变为不惜一切代价往上爬，使自己融入这个城市。在这一过程中，隐藏在繁华城市的背后的冷漠、自私、虚伪(如阴险的老万)，逐渐吞噬了他们身上那些乡村人美好的品质。这力量之大，让每个出来的人都失去了根，不断地在利益和欲望中挣扎，最终失去了方向，人性变得扭曲(如激进的骆驼)。

都市欲望与淳朴乡村带来的碰撞，使他们产生了异化感，这些人经不住巨大心理和精神压力开始将目光转向城市对立面的故乡，想要享受这一片净土带来的安宁和温馨(如"我"吴志鹏)。可是他们错了，尽管身体回去了，精神永远也回不去，城市带给他们的影响是一辈子的，无法磨灭的。

作者通过蔡苇香、吴志鹏向来自乡土的知识分子,力求对转型下其精神的异化、心灵轨迹的改变,进行全面的思考和探索。

三、为情所困的都市白领形象。

夏小雨、卫丽丽、小乔,被情感所俘虏的漂亮都市知性白领。这三个女人是都市女性的典型代表,长得漂亮,拥有高学历,可谓成功女性。但她们也都有浮华城市背后人性的弱点和缺失。

夏小雨,漂亮、能干、家境优越,电视台主持人。因缺失关爱,被骆驼发展为拉拢副省长范家福的棋子,最后身陷囹圄。卫丽丽、小乔,皆被虽是残疾但野心勃勃、魄力非凡的骆驼迷惑,都心甘情愿地对其生活照顾得无微不至,在事业上用自己的才能和人际关系,无条件地尽心尽力地帮助他实现梦想。这个过程不论是否碰触碰自己的底线,是否违背道德,她们都心甘情愿地为骆驼奉献一切。但骆驼在金钱利益面前失去了做人的基本底线,精神扭曲,一味地"必要拿下",在追梦的道路上失去了自我,也失去了作为乡下人纯洁的灵魂,最终跳楼自杀,无法给她们幸福。

她们是爱情的俘虏,一陷入感情,便失去了理性,失去了判断是非的标准,被感情牵引摆布,彻底沦为感情的俘虏。

四、遇人不淑、命运多舛的女神形象。

梅村,"让我暖暖你",这样一个美丽善良的女神,却是如此红颜薄命、命运多舛。

童年的时候,她被继父纠缠;大学后迟迟等不来心疼自己的"我",为躲避苦苦追求她的干部子弟徐延军纠缠,也为高贵的精神追求,她毅然与穷酸的丑诗人同居了,可两人竟拿不出赔偿出租房火灾的 2000 块钱。更因发现了诗人的虚伪,她只好向世俗低头,求助于徐延军并嫁给了他。而婚后的徐延军,竟神经质地夜夜热衷提审她与伪诗人的性细节。后来,她出于无奈,委身于向她下跪求爱的画家雁九天,却发现,雁九天是个下作的人,是半夜掐她熟睡孩子的道貌岸然的伪君子。

待到多年后,"我"带上阿比西尼亚玫瑰的承诺寻到她,一切早已物是人非……

女人活好不易,美丽女人要活好尤其不易,必得守住初心,用一双火眼金睛看清"庐山真面目"。

无论是根系乡村的城市人,还是根系城市的城市人,在人生奋斗打拼的大路上,都要不断审视和凝望自己的内心,以免偏离内心的本意。若走向自己预设的反面人生,将呈现完全不同的结局。

《生命册》所描写的女性形象,不论是城市人还是乡村人,她们的人性上都存在着缺陷。通过阅读作者对她们描述的相关内容,我们可以找到隐藏在背后的原因,这也是这部小说刻画人物的成功之处。作者将她们放在一个转型的背景之下,通过对这些人物人性的书写,来完成对人生和民族一些重大问题的思考。

好书不用喇叭吹
——读戴健《诗话翘楚·严羽传》有感

邓佑衔

近读戴健先生的《诗话翘楚·严羽传》,颇有感慨。

严羽是邵武的骄傲,他是诗人、诗评论家,他的《沧浪诗话》不仅影响着宋、元、明、清许多诗人的创作,成为后世诗歌理论经典,而且名贯中外,已被翻译成日、美、英、法等国文字,其学术价值在全球得到广泛研究。

从《严羽传》得知严羽出身名门,虽经朝代更迭,家况败落,先祖为避乱,从陕西华阳千里迢迢颠簸跋涉,经泰宁新桥来到樵川界竹严坊村定居,地理环境变了,家况变了,但尊孔崇儒、以耕读为本的家风、族风未改,吟诗、写诗、评诗成为常规,经久不衰,这个家族诗潮汹涌,诗风大发,诗兴大作,竟然涌现出九位才华横溢的诗人,严羽、严仁、严参、严岳、严肃、严奇、严必根、严必太、严若凤,加上严粲为十人。"严羽父亲严粲不但能诗,且对《诗经》有专门研究,他的专著《诗缉》广征博引各家之说,辨别异同,在汉、宋诸家学说中另辟蹊径,自成一家。"龙生龙,凤生凤,书香门第出秀才,武坛堂馆出战将,严羽成为诗歌佼佼者,与其家族的良好教育,族风、家风是分不开的。

严羽少年崭露头角,十三岁以"日日昌明长乐年"应对老师的上联"山山出秀永嘉地",获得满堂喝彩,严羽青少年时国家动荡不安，金兵入侵，匪盗横行，他忧国忧民，为报效祖国，他苦练十八般兵器，夏练三伏，冬练三九，坚持不懈。

严羽性格豪放、好酒、品茗，待人热情，喜吟诗评诗，所以能以诗会友，物以类聚，人以群分，诗人与诗人走在一起自会情投意合，无论他三次客游江湖，还是隐居故里，都以诗歌广交朋友，包恢、吴会卿、戴复古、李贾、王埜、上官伟长等一大批诗人都是他的挚友、座上宾，吟诗辩诗层出不穷，对他的诗歌创作及研究起到了一定作用。

严羽虽有抱负，但一生未曾出仕，一介草民，报国无门，大概与南宋战乱，无缘科举有关，没有考上举人、进士，纵有才华也难登堂为官。我国自隋文帝杨坚创建科举考试选贤以来，历代都沿袭科考选贤制度，严羽没有文凭，自然无法入仕。壮志未酬，矢志写诗，以坚韧不拔的意志、孜孜不倦的努力，写出了惊世经典《沧浪诗话》，此书一压群雄，成为继钟嵘《诗品》、司空图《二十四诗品》之后的重要诗歌理论经典，一千余年下来，被诗人视为丰碑，严羽还写了《沧浪先生吟卷》《沧浪集》等诗一百四十六首，这仅仅是他的诗作十分之一，他的大部分作品已失散，无档可查。

众所周知，要写出一部传世经典著作，并非易事，传记不同于小说，小说可以真真假假，天马行空，随心所欲，传记必须真实，不可有丝毫疏忽，要写好传记，没有广览群博，满腹经纶和坚韧不拔的意志是写不出的。司马迁写《史记》用了十五个春秋，班固《汉书》花了二十年心血，王充《论衡》写了三十多年，许慎写《说文解字》历时二十二年。曹雪芹说："字字看来皆是血，十年辛苦不寻常。"可见《红楼梦》也写了十年。作者写时呕心沥血，一旦成功却是心花怒放，无比欢畅。贾岛《题诗后》云："二句三年得，一吟双泪流。"这显示作品写就后作者绽放的欢乐心情是何等激动。

严羽以坚忍不拔的精神写出惊世名著《沧浪诗话》，一千余年之后，严羽故里的戴健先生，在严羽生平资料极为稀少的情况下，以严羽的韧劲写严羽，不畏艰辛，广览群博，收集资料，经十年的努力，写出了《诗话翘楚·严羽传》是真正的"十年磨一剑"。

为写好《严羽传》，他除了购买了几百本与南宋及写作有关书籍之外，还利用暑假自费寻访严羽曾经去过的地方，出闽入赣，走黎川、浙江、四川等省，足迹涉及十个县市，所到之处均受到贤能志士的热情接待，鼎力相助，使《严羽传》得以顺利完成。

在当今只为赚钱、忽略读书的年代，能有如此恒心、毅力写历史人物，实在是难能可贵，可圈可点。《严羽传》一经出版就得到学者和读者的好评。福建师范大学文学院教授、博士生导师孙绍振赞扬《严羽传》写作"讲究考据、义理、辞章并重"，指出"本书中没有大篇铺陈《沧浪诗话》的内容，作者把重点放在展示《沧浪诗话》的形成过程上，这一点是许多学者所忽略的，恰恰正是这本书的学术价值所在，可以说弥补了《沧浪诗话》研究的空缺。本书的特点还在于不仅仅把严羽当作一个诗学批评家，而且把他当作一个诗人来分析他的诗作，展现他身居坊间，却不忘忧国，作者全面评析严羽的诗歌创作，可谓尽心尽力，这是许多严羽研究者忽略了的。"

从名家评论来看，《严羽传》写出了新意，写出了许多研究《沧浪诗话》所没有写出的内容，其价值非同一般。正因为《严羽传》价值高，才能很快入选首届福建省文学好书榜，荣获 28 届华东六省优秀文艺图书奖，被福建省作协推荐参加第七届鲁迅文学奖。

好书不用吹喇叭抬轿子，学者读者自有慧眼识别，《严羽传》是汗水凝聚的结晶，它像升起的一颗小行星，正在发出灿烂的光芒。

（作者系邵武市民政局退休干部）

人生难得再少年

——品读《回望故乡》

翁慕慧

"乡愁是一种病，光炎先生'病'了，而且是'病'得不轻，他也患上了这种乡愁之疾。"张建光先生在为《回望故乡》一文作序时如是说。"自然、古朴、传神"则是我阅读此文的真实感受，作者充满激情、翔实地记录了有着千年历史的古老横坑村的风情民俗。那里的一人一事、一草一木无不令他牵肠挂肚、魂牵梦萦，那就是他生于斯长于斯的故乡。

光炎先生写孩提时的故事，趣味横生，仿佛少年时光就在眼前，触手可及。其写作手法高明而不落俗套，他将乡村民俗通过自己少年时的亲身经历逐一呈现在读者面前，富有现场感，使人读后仿佛身临其境。这样的写作极具说服力，让读者在不知不觉中随着少年光炎领略和体验了一回古村落村民淳朴、热情的生活，收获满满。

光炎先生如闰土般的少年生活，是那样率真而有趣，是那样童心无邪，丝毫没有"为赋新词强说愁"的做作，其情其景，水到渠成，宛如一首古典之歌，更像一碗原汁原味的心灵鸡汤，滋润着你我的心田。

你看，《门前的小溪》一文描写少年光炎与弟弟在门前小溪中摸鱼捞虾，却意外发现大鲤鱼的兴奋，他冲着弟弟喊"快去叫爸来，我看住它，别让它跑了。"当捕获了大鲤鱼，得胜回家，全家人晚上像过年一样高兴，这是多么美妙的一幅乡村团圆美景图啊。

还有那《拜年》一文，写爸爸带着小光炎到亲戚家逐个拜年，先长辈后平辈，而亲戚们总是当着爸爸的面掏出一个小小的红包往他的口袋里塞……为了父亲的寿庆，兄弟先斩后奏，拿出各自的私房钱，在城里购买好必备的物品。这样真实的描写，细腻的观察，独到的思虑，没有故弄玄虚的粉饰说教，可处处体现了少年光炎的灵气和为人之子应尽的本分，极富人情味，深得处世之良方。"人情练达即文章"在此得到充分的印证。

光炎先生的少年有着别样的快乐和美好，听村里剃头匠"添年公"讲笑话，就十分有趣:说从前有个小兄弟学徒理发，师傅就用西瓜给他练手，遇上有人叫他，徒弟顺手故将剃刀往西瓜上一插走人。一次到了给真人剃头时，正巧有人喊他做个什么事，他随手就将手中剃头刀用力一扎，结果将人的脑壳都砍破了，直说得满堂的人笑翻天。还有那"傻妈妈"为孩子抓虱子的故事……读后让人笑完之余，有了更多的深思和警醒。

其次是作者的人物描写真实生动。《金斗》是光炎先生的堂叔，此文写得最为传神。在文中，母亲既感念他的勤劳，也嫌弃他饭量太大。在那食品极度短缺的时期，流露出这种想法也是非常自然的事，一点也不影响母亲的贤惠形象。金斗与弟媳打架，是两种观念冲突的必然结果;老实巴交的金斗最看不惯脚不着地只知道搞突击干农活的乡村干部，其态度耐人寻味。金斗名字取得好，却不带财。大年三十，当哥哥将年终分红的 120 元交给他，可钱在口袋里还没有捂热，没等过完除夕，金斗就将一年的辛苦所得给抖丢了……倒是侄儿们感念他的亲情和贡献，在他过生日时给了他一个大大的红包，金斗这才实实在在做了回金斗，总算实至名归。

这些故事顺手拈来，娓娓道来，像这样"人人心中有，个个笔下无"的故事还有很多。

最后，民风民俗淳朴有趣。如写《耕牛的生日》写的是有关耕牛的传说，甚是有趣:传说耕牛本是天上的牛麻星官，由于接受任务酒后失职，误将草种"三步一撒"改成"一步三撒"，结果人间杂草为患，受到玉帝的惩处，被贬凡间，从此以吃草为食，将功补过……《我和灶爷同生日》描写了祭灶神的来历，"官三民四邓家五"，农历十二月底是祭祀的时间顺序，"上天多言好，下界降吉祥"则是百姓对灶神的期盼。为考证传说的出处，作者在阅读了大量的古典书籍如《淮南子·记论训》《礼记·祭法》等之后予以佐证。可见作者知识之渊博、行文之严谨，让读者知其然更知其所以然。

母亲则是一本活的百科全书，出口成谚，如"茄子一百，天天有采""人要玲珑，火要心空"，看后让人过目难忘，既朗朗上口，又能产生共鸣。母亲劝架的艺术确实高明，她对打骂小孩的家长说"你蠢去死啊，龙生九子，各有不同"，说着就夺走对方手中的扫帚……

像这样的故事还有许多许多。读着《回望故乡》，我们随着光炎先生穿越了四十余年，回到那古韵悠悠的横坑村，感受着横坑村特有的民风民俗。白天大伙一道下田上山劳作，夜晚则与左邻右舍村民共商农事，共叙桑麻，此时此刻，大家正煨了壶热热的酒，说着暖暖的话……

乡愁是人生的回望，人生难得再少年。有人说写乡愁就是让自己从头再活一次，有了乡愁，便有了情怀。乡愁让人内心丰满,教人精神充盈,使人生命顽强。正如建光先生所说:"乡愁在心便有了自己的伊甸园，家乡的月光能把心中的梦想照亮。"有了乡愁,便记得来时的路,那是根,是魂。"根者,情也",光炎先生情之深,意之切,以致乡思成疾始为愁。少年光炎处在困难时期,物资极度匮乏,生活无疑是艰苦的,但困难的生活练就了他的顽强和执着。

忆往昔,最是难忘苦中甜,看今朝,美丽乡村来之不易。时光如流,真是感慨良多,唤醒着当下的人们更加珍惜今天的富足与美好。

写到这里，我忽然想问一下:"光炎先生的乡愁病好些了吗？"

（作者供职于邵武市委文明办）

你好，苏东坡

—— 我读林语堂《苏东坡传》

张　威

我读书多是跟着兴趣走，喜欢什么就读什么。人到中年后，多了些散淡与冲淡，读书兴趣也转移到一些随性而发的文字。比如散文和传记类的作品，既能让自己从文中领略其隐藏的意蕴，也能借古鉴今，提高自己的审美和鉴赏能力。一部好作品能使心灵得到净化和滋润，潜移默化地受到熏陶和教化，并拓展历史人文的疆域，促使精神境界得以升华。

在古今中外文化大家中，我特别喜欢苏东坡，不仅因他是文学家、画家、书法家、诗人、美食家，更重要的是他乐观洒脱的真性情。林语堂笔下的苏东坡虽然与我们远隔千年，但在文人气质上，林语堂与东坡可谓同声相求。他曾说："杰作之能使历代人人爱读，而不为短暂的文学风尚所淹没，甚至历久而弥新，必然具有一种我们称之为发乎肺腑的真纯。"我想，打动了我们的也正是因为这一份"真纯"。

《苏东坡传》载：在春寒料峭的一天，苏东坡和朋友去沙湖看田，回来的途中遇雨，没带雨具，随行的人都显得狼狈不堪，纷纷去找避雨的地方。只有他不理会，穿着草鞋，拄着竹杖，一边吟诗长啸，一边悠然前行。"莫听穿林打叶声，何妨吟啸且徐行。竹杖芒鞋轻胜马，谁怕？一蓑烟雨任平生。"

人生所遭遇的过往会有相同之处，但对待的方式和境界却截然不同。若我辈遇雨，定是两脚泥，落汤鸡，抱怨不已。东坡遇雨却不抱怨，而是以豁达乐观积极的态度去对待。既然这人间的风雨挡不住，躲不了，那就让它来吧。天，总会有晴的时候。欧文·亚隆曾经说过："人生的困扰大抵来自四个方面：不可避免的死亡，内心深处的孤独感，我们追求的自由以及生活并无显而易见的意义可言。"人生需要用一种豁达的心态去看这个世界，东坡一生遭遇了那么多的挫折却从不抱怨，而是以积极的心态，去对待世界对他的不公平。比如他被贬黄州，在寒食节那天，家里空空如也，他既没有怨天尤人，也没有把情绪传给家人，而是拿起饱蘸浓墨的大笔，写了两首寒食诗，将心中的孤独、怅惘和忧愁通过文字一股脑地倾泻出来。

余光中曾经说过："如果去旅游，不和李白去，他不负责任，没有现实感；也不和杜甫去，他太苦哈哈了，太严肃；和苏轼去，一定很有趣。"

比如在黄州，有一天苏轼和友人泛舟夜游赤壁，一叶小舟在茫茫水面上飘荡，他任一叶小舟随波逐流。兴致来了，把酒吟诗，击船而歌。在他看来，生活太美好，人生又太短暂，天地万物，各有各的主宰，不是你的，你一分一毫都得不到。既然如此，又何必在意一时一事之宠辱得失？今天我有山间的清风，有天上的明月，有身边的好友，还有闲情悠游，人生还有什么不能满足呢？

我以为，热爱美食之人，必是热爱生活之人。而创造美食的人，必是充满趣味之人。东坡在困境中不仅发现生活之美，还创造出生活中的美。比如他发明的东坡肉、东坡豆腐、东坡羹、东坡饼、东坡蜜酒等，至今还是饕餮之徒舌尖上的享受。还有一次，苏东坡同一帮侍女打趣，指着自己的肚子说："你们有谁知道我这里面有些什么呀？"一个侍女说："您腹中都是锦绣文章。"他不以为意。又一个侍女说："都是满腹见识。"他仍然摇头。这时候，朝云笑着说："大学士一肚子的不合时宜。"苏东坡捧腹大笑道："知我者，唯朝云也。"读到此处，一想到他的那一肚子的"不合时宜"，便会让我捧腹。这种不合时宜，正是他真性情的体现。而知道，承认，就更为难得。

一个人想要成功，应具三个方面的条件：天赋、环境和个人的努力。纵观东坡一生，起伏跌宕，几经沉浮。曾经少年得志，鲜衣怒马，文章遍行天下，上至九五之尊宋仁宗、朝堂领袖欧阳修，下至庶民，对他无不欣赏推崇，爱护有加；为政一方，造福一地，千年之后杭州的苏堤，仍在见证和诉说着对苏东坡的留恋。他位高时，奔走于四方，纾解新政给百姓带来的疾苦。在乌台诗案发生后，他在政治漩涡中挣扎，在放逐和流放中，同样演绎出最为精彩和充盈的人生。这貌似悲惨的命运安排，他却用潇洒和豁达化解，让自己活成了一个传奇。

一本《苏东坡传》让我们了解"人间不可无一，难能有二"的东坡，也同时展现了一个人文积累深厚，文、史、哲、宗教、文化、经济各个领域均有涉猎的林语堂。当然，对于造成苏东坡命运多舛的王安石，林语堂在书中的评价也有失公允。如何更公平地评价王安石，评价王安石变法，就必须了解在变法之前的北宋社会，他是在什么样的情形下选择变法的，苏东坡为什么因为反对变法而遭到打压与排挤，这些都需要我们从史迹里去探索和发现。

古人云："尽信书，则不如无书。"我们读书，不仅要从书中汲取营养，更要从中发现疑问并学会思考，并提出自己的见解和判断，这样才不会人云亦云，失去自己独立的思想。而好的思想并非都是一种复杂的状态，相反，由薄变浓是一种耐看的景致。所以我在读《苏东坡传》时，能够察觉字里行间纷至沓来的清醒和一个人经年之后无以名状的波澜壮阔的人生。阅读此书，不仅能在他的气质里，读到其所拥有儒家的"知其不可为而为之"的勇者无惧，也可以读到他拥有的道家任真自然、骋目游怀的顺从天道以及佛家"和光同尘，与俗俯仰"的自得。

每个人心中都有一个不同的苏东坡。因为，在苏东坡心里，天下无一不是好人；因为，宽容和温暖是他人生的底色，他把理想主义转化为温暖的人间情怀并身体力行。其人生传奇，在千年之后依然传扬，其不灭的人格魅力，依然照亮千千万读者的心灵。

你好，苏东坡。从你身上，学到很多！

你好，苏东坡。很高兴，能结识像你这样睿智的性情之人。

（作者供职于邵武市卫生健康局）

唯心自渡　活好当下

——浅读莫言《生死疲劳》

吴咏虹

　　要不是偶然到书友阿梅家中做客，也难以邂逅莫言先生这本新作《生死疲劳》。初见，十分欣喜。阿梅知道我向来喜欢莫言的文字，自己还没看完，便先借给了我。再读，有些沉重。莫言先生的书向来背景是有些沉厚的，特别是手中这本新作，他运用荒诞的笔法，叙述历史、社会与人生，演绎着半个世纪的事实沧桑，让人读之唏嘘，思之感叹。

　　说白了，《生死疲劳》其实就是一部"生死轮回"。在书中，莫言以"西门闹"这个冤死的地主为主角，以他灵魂转世投胎为驴、牛、猪等五世的生死轮回，围绕他的家人、家乡，用不同视角看待变革沧桑、人生落魄，世间荣辱、生活百态。小说透过各种动物的眼睛，观照并体味了五十多年来中国乡村社会的庞杂喧哗，充满苦难的蜕变历史，可谓"满纸荒唐言，一书庄严事"。荒唐者何？在于莫言魔幻现实主义的架构和基调下，天马行空般的叙述，字里行间充满了吊诡与奇幻。庄严者何？则是全书以佛家轮回之说，解构复杂的人性，解读特殊的时代，解说一段轰轰烈烈的历史。

　　好比那句话"书非借不能读也"，我读《生死疲劳》读得很快，也很痛快。读莫言的作品如同风中奔跑，仿佛唯有一鼓作气才感觉激情四射，酣畅淋漓。众所周知，莫言是中国第一个诺贝尔文学奖的获得者，听说，作者当初写这本篇幅55万字的《生死疲劳》，仅仅用了40多天。虽然书中的那个时代已经远去，但合上书页，你会感到，莫言写下的不仅仅是那一段特殊的岁月，更是人间百态、芸芸众生。其实你我何尝不是先生笔下的一个缩影呢，就像书名，人生，终究是生也疲劳，死也疲劳，一代代的人就在这生死疲劳中轮回着，体验着。人生本是一场修行，生与死的命题，谁能逃脱？谁又能幸免？

记得上次读书会上谈到抑郁症，有人说，除了生死，其他都是皮外伤，不用太计较。也有人说，成年人的愤怒基本都来源于对自身现状的无能为力，而这些无能为力归根究底还是因为你不够强大，情商不够高，连情绪都控制不了，所以活得累。这一点我不认同，也无法强烈反对。毕竟心灵鸡汤还是要喝的。但其实我想说，在外国人看来，中国人是很含蓄、很会隐忍地控制情绪的种族。古语就有不以物喜，不以己悲。可是谁能那么心平气和地笑看百态？又有谁，能那么心甘情愿地拧巴自己呢？如果有，那一定是还在量的累积，达不到质的突变；如果有，那一定是还没有戳到你最痛的那个点。

之前在中学教书时，我曾遇到过一个问题少年，他是学霸级别的，可是因为性格内向不善言辞，他每每被班上同学排斥，却碍于面子不说，也无处可说。久而久之，心理便失衡扭曲了。他偷同学的钱，大冬天往舍友床上倒洗发水，扔掉同学的校服……这些不合常理的行为只是为了报复那些冷落他的人。被发现的时候，他哭得十分悲切："我一直对自己说不要气，不要计较，可是越这样我越难受……越控制不了自己……"

天底下有一直快乐的人吗？如果有，那一定是硬撑的。就像有的人，在寒冬里走着走着就哭了，还说，是风眯了眼睛。我们总是标语式地说，要做自己，找回自己。可真正做到了的人却寥寥无几。就像之前张雨绮的离婚又复婚事件，为什么能得到很多网友（特别是女网友）叫好连连，大家都流露出一波大写的服气？为什么她不但没掉粉，还引来一波圈粉？我想就是因为张雨绮不将就、不隐忍，一派天然真性情，活出了很多人想要又不敢要的样子，就是因为这个女人如此真实、如此飒爽，对待生活有一种无惧无畏勇猛的态度。

有个 50 多岁的阿姨评价说："年轻的时候我曾经有一百次想离婚，都因为面子和孩子忍下来了，可我发现我不快乐，我很痛苦，我几乎想出家。去年，我终于离婚了，就像放下了一块大石头，内心很平和！"

可见，即使无关生死，生活里日复一日的折痕也让一味隐忍的我们受尽折磨。人是情绪动物，正常人很少能在红尘百态中活到宠辱不惊的境界，打落牙齿和血吞，表面看没事了，其实早已刻满内伤。把情绪都调到静音模式有用吗？遇到问题解决问题，有了情绪及时正确地宣泄，这才是高情商。

我见过一些所谓的商业精英和成功人士，他们永远衣着光鲜，仪态端庄，脸上挂着八百年不变的标准微笑，无论你态度如何，他们的喜怒永远不形于色，仿佛就算家里着火了也能波澜不惊地稳稳摁下 110 三个按键，再来一句甜甜的"你好"。这很像被包装得精致万分的提线木偶，也像被事先输入程序的机器人。看多了我会怀疑，他们也许戴着一个能屏蔽一切负能量的面具，如果这样，那么总有一天会无法呼吸。

人到中年，脸上有了皱纹，心中有了沉淀，对于生命中这些生死疲劳的事情，反而是看多了，也看开了。人生的疲惫都是由心而起的，生活已然如此复杂，人心更应该简单，不是吗？

即使生命有轮回，真正能在这种轮回中获得心灵宁静和超脱的人，一定是一个简单真实、随遇而安的人，一个无欲无贪、超然物外的人。就像莫言先生《生死疲劳》里有一句话："人在生与死之间徘徊，不知道是生还是死。最后选择了生，因为人生的真谛就是过好自己每一天。"

人生苦短，你真的没有必要委屈自己去讨好生活，去讨好别人，对待这个世界最好的态度应该是，有你很好，没你也行。如果你疲于觥筹交错的应酬交际，那就早点回家，陪陪孩子，喝一碗稀饭更能让你心安；如果不想把自己绑得那么紧，那就放下身段，接接地气，别把自己塑造得那么完美。后半生，别在乎那些虚名，把时间精力多花在让自己快乐的事情上，你就不会惴惴不安、患得患失，你的生活观会慢慢变得通透。

佛语：众生皆苦，唯心自渡。告别这本 55 万字的著作，反而心中有些轻松。也许我不会再次读《生死疲劳》，就像他之前的《蛙》，莫言的文字太真实又太魔幻，张力十足，看久了，眼里会看出泪，看出血。活好当下，过好自己的每一天，浅读也许才是对这人生苦难适宜的慰藉。

（作者供职于邵武市人民检察院）

诗性的哲思是一个人的自渡与自愈
——读刘亮程《一个人的村庄》

陈秀蓉

刘亮程，1962年生于新疆伊犁沙漠边缘的一个小村庄，一个以土地为命脉，农人世代农耕的村庄，生于斯长于斯，直至考学方离开，后越漂越远，1993年前往乌鲁木齐打工，其间开始频频回眸生养他的土地、他的村庄、曾经的家园——黄沙梁，并提笔写下他的散文集，同时也是代表作——《一个人的村庄》。

他笔下的村庄充满了温情与诗意，是热热闹闹人畜共居的地方，是被唤作家园的地方。

他几乎写尽了关于它的一切，它的白天与黑夜、春天与冬天，它的土地、麦子、风、炊烟、落雪、铁锹、柴火、院落、虫、鸟、蚂蚁、牲畜——还有童年、少年时的自己。

他的文字极具诗性，充满哲思。

在他的描述里，草听见一个笑话就全笑开了花，云从天上掉下来会堵住路，鸟会伤心流泪，老鼠会像人一样紧张忙碌地抢收，因丰收而喜悦。这样灵动而诗意的描述，读来令人耳目一新。

他写家畜，如写一个同一屋檐下生活的熟悉的家庭成员，写的是畜，读来却像是写人，你读的是它们的命运与一生，想的却是人的命运与一生，他悲悯狗，"稍一马虎便会被人剥了皮炖了肉"；他叹息驴，说"我们是一根缰绳两头的动物，说不上谁牵着谁"；他诙谐地写猪，"一群大腹便便的暴发户……不住地放着屁，哼哼唧唧，嚷嚷着致富的事"，读来生动有趣，令人忍俊不禁。

他写那些与人共同组成生命家园的事物，房屋、院落、墙……他赋予它们同自己一样是会呼吸的生命体，他用自己丰富的内心，细致的观察、细腻的生命体验重构了与它们的关系，在他重构的关系里，尘土都是有生命的。

他的文字朴素自然，带着浓浓的泥土气息，像一锨一锨从土地中掘出的，又像是野地里自然而率性地长出的。他的文字独具一格，是独属于生养他的家园黄沙梁的，也是独属于他自己的。

他的村庄是温情快乐的，他的村庄也是贫瘠困苦的，生命在这里有着循环往复的重复与挣扎。

他写黄沙梁："除了荒凉这唯一的读物，我的目光无处可栖。"

他写童年住的地窝子："我们家是这块地下最大的虫子。"他描述的童年生活，让我们看见了贫困与悲伤。

一篇《寒风吹彻》，更让我们看见了生存环境的恶劣，个体生命的孤独与困苦。

在拾柴过冬的遥远路途上，他冻坏了一条腿，他目睹了寒冷带走了人鲜活的生命，在一个又一个的冬天里，他的一些亲人再也没能越过冬天。这么刻骨沉重的记忆却被他转化成这么轻盈轻柔的文字，他写："落在一个人一生中的雪，我们不能全部看见。每个人都在自己的生命中，孤独地过冬。"

当粮食在风中都跑光，人们最终会远走他乡，村庄注定会在时间的流逝里渐渐荒芜。多年以后，身在城市的刘亮程回望家乡，他在《家园荒芜》里写道："我们一大家人成了没有城市户口的城里人，没有地和家园的农民"，从此他们开始做着一个又一个相同的梦，梦见重回土地，重回家园。

泊在月光下的村庄，终于成了被他隐藏在身后的故乡。

"我敞开心，松开每一节骨缝，让穿过村庄的一场风，呼啸着穿过我"，在《留下这个村庄》一文里，刘亮程这样写道。

这本散文集还有个最大的特点，是写风，你记不清他写了多少场风，只能记住他写了一场又一场的风，这些风像从他的灵魂深处刮起，似乎掠过了他的一生，呼啸不止，永不停息。

风是他的呼喊。

在风中，村庄渐成废墟与影子，风是村庄最后剩下的声音。

风把人刮歪，把人刮离故土，世代不离土地的人开始无根的漂泊，土地和家园成了夜夜萦绕的回不去的梦。

像理解他的风，我开始理解他的村庄，也像风永不止息地刮在一个人的生命里一样，村庄的一切，快乐的、悲伤的、温情的、困苦的都落在了一个人的生命里，并一点一点地长成了他的每寸肌肤、头发、骨骼与思想，成了他深入骨髓的精神故土与精神家园。

我们每一个人其实也一样，内心里，都有这样一个只属于我们个人的村庄，我们自己的独特的精神家园。我也有这样一个村庄，虽然它早已隐没在了工厂和地产的高楼里，回不去成了内心永远的隐痛。

村庄的失落是人的失落，田园的失落是人精神的失落。我们的祖先一路从土地而来，《诗经》里有我们祖先对田园最美的描绘:"十亩之间兮,桑者闲闲兮。行与子还兮。十亩之外兮,桑者泄泄兮。行与子逝兮。"祖先把遗传密码留了下来,所以我们骨髓里有着天然对土地的亲近,哪怕现代文明的进程轰轰烈烈,城市围堵,工厂高楼愈耸愈高,人们越来越忙,灵魂却越来越空,我们回望田园,却发现村庄已逝,那养育我们的土地是我们天然的眺望与依恋, 那是我们的根之所在,爱之所在,无论贫瘠,无论困苦,它都是母亲一样的存在,是我们心中的无可替代。

这就是我对刘亮程《一个人的村庄》的理解。

刘亮程是在以文字对抗时间的流逝,以文字重建与重寻精神家园,诗性的哲思是他对一切困苦的化解与升华,它不是虚饰与矫饰,而是一种态度,一条路径,是一个人借此达到的自渡与自愈。

愿我们每个人也能借由他的文字找到我们的归家之路,也愿我们每一个人也能拥有一种诗性,在自己的人生里自渡与自愈。

这本散文集值得一读再读。

(作者系自由职业者)

阅读，成长的摇篮
——读《林肯传》有感

吴丽媛

　　《林肯传》忠实地记载了林肯悲壮而璀璨的一生，读后发人深省。作者戴尔·卡耐基大师满怀着对林肯总统深深的敬佩，用精美、生动的语言，描绘了林肯总统坎坷、精彩、传奇的一生。林肯和其他伟人一样，都有着非凡的品质，如同天空闪烁的繁星一般，在夜空中映衬出其精神的伟大。

　　林肯的成长道路是坎坷的，但贫困的家庭和恶劣的生存环境并没有扼杀林肯对学习的追求，强烈的学习欲望让他常常"在平滑的墙面上做算术运算，只要发现木板上写满了图形与文字，就用绘图刮刀将墙面削干净，并重新开始书写"。就是凭借着这种对知识的热爱和对学习的渴望，林肯积累了包括诗歌、法律、传记等大量的文化知识，甚至还自学了几何知识，并从事过测量员职业。

　　事实上，林肯全部上学的时间合计不超过12个月，他长到15岁才能阅读少量的词汇，但还是相当困难。善良慈爱的继母为这个家带来了由五本书组成的小小的图书室。这五本书是《圣经》《伊索寓言》《鲁宾逊漂流记》《天路历程》和《辛巴德航海记》。林肯将《圣经》和《伊索寓言》放在随手可得的地方，这两本书他读了多次，以至于他的处世之道，言谈举止，以及提出问题的方法，都深受它们的影响。

阅读在林肯的生活中占据了主导地位。阅读能力也为林肯打开了一个崭新和奇妙的世界，一个他之前甚至做梦也不敢想象的世界。这种能力改变了他，拓宽了他的事业，赋予了他更多的憧憬。林肯渴望有更多的作品来阅读，但是他自己却没有钱，因此，林肯开始借书籍，借报纸，借一切印刷的物品。他经常以苦力劳动换来一本书的阅读。他从一位律师处借到了《印第安纳州法律修正案》的抄本，就这样，他生平第一次读到了《独立宣言》和《美利坚合众国宪法》。

林肯曾经从一个农场主手里借来了一本《华盛顿生平》。这本书让林肯深深地着迷，晚上只要看得见的时候，他都会阅读，而且当准备入睡时，他会将书夹在木板之间的一处缝隙。如此一来，只要阳光穿过木屋照射进来，他就会重新开始阅读。

在林肯所有的借书冒险之旅中，有一本叫作《斯科特教程》的书，让他受益最多，这本书对他如何进行公开的演讲起到了一定的指导作用，并引导他认识了西塞罗和德摩斯梯尼这样的知名的演说家，以及莎士比亚戏剧中的诸多角色。林肯外出在田间劳动时，也要把书本带在身边，当马儿在玉米地尽头休息时，他就坐在一处篱笆的顶部开始学习。在中午，他不坐下来与其他的家庭成员一起就餐，而是一手拿着玉米烤饼，另一手拿着书本，将双脚抬得高过脑袋，让自己沉醉于字里行间。

阅读丰富了林肯的精神境界，唤醒了他的雄心，也培养了他的勇气和自信心。

正如毛姆所言，阅读是一座随身携带的避难所。当我们在生活与学习中遇到了困境，阅读是带领我们超越的最好的方式。好书读多了，便自然而然地内化为我们的视野与胸怀，又从内而外净化和提升了我们的谈吐与举止。

90后作家魏小河说：我读的第一本书是《哈利·波特》。我上初中时，记忆力不佳，领悟力也不够，仅是凭着一股盲目的热爱，一本一本地读，读得杂而不精，读得乱而无序，但我读得高兴。大学毕业的那个夏天，我住在省图书馆附近的一处出租屋里，每日去馆里看书，无目的地扫射，那是一段沉浸的岁月，渐渐地，读书便成了一种习惯。床头放一本书，睡前看；背包里放一本书，地铁里看；办公室放一堆书，休息时看。我什么都读。可想而知，正是这种执着的阅读成就了小河。

全国人大代表王馨，从普通打工妹到新野鼎泰高科精工科技有限公司总经理，她的成长与成功，与阅读有着紧密联系。她在接受《中国新闻出版广电报》记者采访时说："在过去日子很苦的时候，我一直没有放弃阅读。如今当选全国人大代表后，工作更忙碌了，但我仍然会抓紧一切碎片时间来阅读。我在外出考察路上，无论在高铁上还是在飞机上，都会利用一切碎片时间来阅读。我不爱应酬，在本职工作和人大代表工作以外的时间，都会用来学习。"比尔·盖茨从幼年起就有阅读的习惯，事务繁忙的时候，他每周能读一到两本书，如果与家人度假，则每周要读四五本。他认为突破人生局限最好办法是读书。马云多年来反复看，不断地看《论语》《道德经》和《佛经》，这三样使他受益最深，他认为它们是真正的人类的智慧。

其实，人与人的区别，不在于家庭身份，不在于长相，不在于上什么大学，而是在于你的思想，你的思维，你的认知。想要完善思维、不断提升认知，俞敏洪认为最主要应该是：

多读书,尤其是要读有思想性或者表达了新思想意识的书。

是的, 我们读过的每本书都将显露于我们的日常所言所行之间。纵观林肯的一生经历,在他从肯塔基农民的儿子到美国总统的蜕变中,阅读起了非常重要的作用。可以肯定地说,阅读,是林肯成长的摇篮。

(作者供职于邵武市第六中学)

最贤的妻　最才的女

——读《杨绛著译七种》有感

朱　敏

2016 年 5 月 25 日，跨越一个世纪几经坎坷与辗转的杨先生，结束了一生的修行，终于到梦中的驿站实现"我们仨"的团聚，再续"我们仨"的勤奋、乐观与温暖。

杨先生的离世，令整个世界沸腾了。大家思念如潮，有关世纪才女的柔情、才学的纪念性文字与她留下来的文字席卷了网络。

我和女儿也加入了这波追忆的潮流中。女儿翻阅着语文老师送来的杨先生所写的《杂忆与杂写》，好奇地对我说："妈妈，杨先生的文字如此朴实平静，您觉得哪些地方，能看出代表一个时代的世纪才女的才情与人格魅力呢？"

对杨先生知之甚少的我，无法全面给孩子做提点，只能抓住《杂忆与杂写》中的文章开导她："你看这本书中的'方五妹'和'劳神父'写得多鲜活呀！再看《记比邻双鹊》，语言虽然平实，却字字句句打动人，我眼泪都不知道流了多少。大家都认可的才女，肯定是最入人心的。我们只读她的一本书是不能全面了解，你多读一些就会真心佩服她的才情斐然，心若幽兰了。"

为了给女儿做一个好榜样，我开始静心阅读《杨绛著译七种》。一方面补全自己的知识空缺，另一方面，也为了给女儿找寻一个最完美的答案。

当我阅读完《我们仨》中那些简洁宁静的文字后，我惊叹 92 岁高龄的杨先生没有沉浸在痛失亲人的伤痛中，而是坚强地挑起肩上的重担的坚韧之精神。她一边帮丈夫整理各类书稿笔记，一边用经历大喜大悲后的冷静，用哀而不伤的抒情笔调与情景交融的古典手法将三个人的故事画上圆满句号。先生用没有任何华丽辞藻的文字，记录着一家人充满欢乐与爱的生活。现实中的家与医院两地间的路途，在虚构的客栈、小船和古栈道如梦境般，再现 85 岁高龄的老人照顾病重的丈夫与女儿那段不堪回首、撕心裂肺的岁月。深重的死别悲情在杂树丛生、野草滋蔓，在秃柳与寒柳的诉说声静静流淌着无尽的孤单与忧伤。

那片即将脱落飘零的黄叶怎不让人心疼、怜惜？

当阅读完《干校六记》后，杨先生的坚忍与温情颤动了我的心灵。八年的改造中，她戴高帽挂木牌受批斗，被剃成阴阳头，扫厕所，被驱到大院游行……柔弱的血肉之躯比木箱、铁箱都能经受得住折磨。58 岁的她在河南罗山下放经历两年艰苦岁月，虽然她的女婿刚自杀不久，女儿形单影孤，她无法给予女儿安慰与陪伴。但，她的心是敞亮的。她用平和的心态坦然面对生活的磨难，与任何艰难都能融合。她的眼里处处是温情，哪怕清晨三点空腹起来劳作，种的白薯、蔬菜、树苗被偷，收割下来的黄豆被抢，她眼中也没有泪水，而是装满积肥凿井与看菜园子的快乐。

多么坚强的一个女子！她的脚下留住的是与泥土亲近时的滑腻，哪怕与钱先生只能隔河对望，她不怨不恨，不自怜不自悯，也不申冤诉苦，心中留住的是对"小趋"的相伴相守相念。

随后我一边继续阅读杨先生的《将饮茶》《斐多》《"隐身"的串门儿》《走到人生边上》《洗澡》，一边阅读着各种版本的《杨绛传》。读完这些作品后，宁静而温润、利万物而不争的杨先生别样的人生越来越清晰、完整地浮现出来。

她高贵优雅的灵魂，卓尔不俗的思绪与智慧；她淡泊名利，不问世事；她身居陋室，笔耕不辍，心怀天下；她落花无言自成文人风骨，求知达道。我羡慕她有一位刚正不阿、深明大义、不畏强权、通才博识的父亲和含蓄委婉、腹有诗书的母亲。钦佩嗜书如命的她，学生时代成绩就名列前茅，六年的振华女校五年读完，在东吴大学的她，如一朵圣洁的雪莲花。人长得好、学习好、家境好，宠辱不惊的气度和涵养学识冠压群芳。与钱先生携手66年的光阴中，他们相濡以沫，以真诚相待演绎着一场旷世绝恋。

先生的才情卓然于世，爱情珠联璧合，文学成就举世公认。在文学方面，她一直坚守着良知和道德。她身上传递着女性与生俱来的温柔与慈爱，她的文字里弘扬着传统文化的淡泊名利的美德。在生命的长河里，她如一座不朽的丰碑，屹立于尘世；她熠熠生辉的精神力量，指引无数迷茫的人。

在生命的最后，虽然她平静地告别这个世界，但她将自己的稿酬捐赠给清华大学，设立"好读书"奖学金，将温暖继续延续下去。她用自己的一生书写着："人生最曼妙的风景是内心的淡定与从容。"她用她的行动告诉后人："人虽然渺小，人生虽然短促，但是人能学，人能修身，人能自我完善。人的可贵在人自身。"

《杨绛著译七种》，每一本都能给喧嚣躁动时代的我们一个湿润的慰藉。我想，这七本书是我送给我女儿人生中最好的一份礼物，也是回答她心中疑惑的最完美答案。相信杨先生文字中的真境、真情定能触动我的女儿。"生有涯而知无涯"！杨先生的勤奋好学、与世不争的温暖力量，从容、独立的人格魅力，定能通过她的文字代代传递下去。

（作者供职于邵武市昭阳中心小学）

"虫嫂"残缺生命的自我救赎
——读《生命册》有感

黄美凤

《生命册》这本书不仅追溯了城市和乡村时代变迁的轨迹，还写出了当代中国大地上那些破败的人生和残存的信念。在各种无奈和悲凉中堕落和觉醒,在各种异化的人生轨迹中蕴藏着一个个生命的真谛。这是一部用生命和心灵书写的生命册页。

这是一部描写一群唱着生命哀歌的普通民众的生存百态的书,在短暂的生命长河里,平凡普通的民众在生存和生活面前不得不有自己的应对,活下去才是道理,活出自己却很难!

作者李佩甫在书中描写的每个人物几乎都不完美,都是有残缺性的;或身体残缺或精神的残缺或是生理的残缺。骆驼手臂有残疾;春才自宫;虫嫂是身体上的侏儒,还嫁了个残疾人"瘸子";梅村是理想主义的代表;吴志鹏是个孤儿;歧路上成长的蔡苇香;梁五方比牛还要倔强上访成瘾……正是这些残缺给了他们生命中带来许多必然性和偶然性和人生际遇,组成一个个鲜活生命的流逝和自我救赎的人生。

而所有人物中,我认为在《生命册》里塑造最成功,最发人深省的人物形象就是为了生存苦苦挣扎、为了全家吃饱、为了把三孩子们都培养成大学生、受尽屈辱的"虫嫂"这个最后灵魂复活的小人物！作者用平原上最不起眼的一种植物"小虫儿窝蛋"来形容她。她身材瘦小，其貌不扬；行为不良，偷盗，偷汉；灵魂肮脏、龌龊。可是就是这样一个"侏儒人"却有着无私的母爱，勤劳俭朴、吃苦耐劳、坚忍顽强。仿佛苦难永远是自己的，无论道路多么崎岖、浑浊不堪，把苦难活成自我救赎的境界是虫嫂悲情世界的独有写照！

生命之所以卑微，在于时间短暂；生命之所以伟大，在于生命的不可估量以及个人信念的无比坚韧。

虫嫂结婚的时候，新娘新郎两个一矮一瘸，在婚礼上就成了无梁村人的笑料。结婚的当天晚上虫嫂发现自己被骗了，老拐的衣服，家里的缝纫机、自行车都是借来的，老拐还欠了 300 多元的债，家里的口粮只有少量的红薯和红薯干，然而这个人小心胸宽厚的女人并没有生气，反而立志通过自己的努力过好光景。新婚夜刚刚天亮，她就拿了镰刀，草绳给队里割草。草割得齐齐刷刷，动作利利索索。"她会爬树，身小灵活，猴子一样。春天里青黄不接的时候，就捋些槐花、榆钱，掺和着吃。她还会做'鲤鱼穿沙'，就是玉米糁加榆叶儿煮着吃。"虫嫂很能干，在没有菜品、粮食还不够吃的时候，发明各种吃食，尽量填饱几口人的肚子。她并不是生就爱偷窃、力气大，贫苦的生活逼迫着虫嫂。为了一把口粮，为了活下去，辛勤的虫嫂在温饱路上苦苦地挣扎。

一家人的生存都落在这一个矮小的女人身上，一个"侏儒"式的女人承担养活五口人的责任。身边那个瘸了腿的男人什么都指望不上，仿佛心都是瘸的。她把家里的红薯面都在鏊子上拍成饼，挂在一个篮子里，饿了就拿一张。那饼子是坏红薯又加了豆面、红薯干面在鏊子上炕出来的，热着吃还凑合。放干了的时候，吃着又硬又苦，难以下咽。三个孩子都说苦，不吃。老拐也不吃。这些黑饼子大多都是虫嫂自己吃的，黑面饼子蘸辣椒水，只有她吃得。看到这里的时候，内心是说不出的滋味，心中涌上一种莫名的悲凉，这注定是一个伟大的母亲，一个舍弃自己也要为家为孩子奉献一生的女人。

虫嫂的堕落只为生活所迫，一个拐子无任何劳动力，五张嗷嗷待哺的嘴全凭一个弱小女子拼尽全力也无法喂饱，一屋嘴，怎么办呢，也只有偷了。那仿佛就是一种绝境下自然的选择。虽然她偷东西只偷生产队的，而生产队又代表了全村集体的口粮，等于动了大家的奶酪，由此被全村视为眼中钉。而且因为偷盗被各种各样有权势的男人玩弄，以至于为了点东西跟全村的男人鬼混。她俨然是一个过街老鼠的形象，谁见了谁唾弃。

她常常被游街，批斗，还差点被村里的女人折磨死。她的行为的确可恶，村里人蔑视她，侮辱她。但作为一个母亲她并不是为了自己才忍受那样的屈辱。她的恶劣行为背后却隐藏着慈祥的母爱，对生活的渴望和生命的敬畏。因为儿女们被村里孩子们欺负，她像母狼一样去村长面前撒泼。虽然孩子们嫌弃她，可她还是忍受着屈辱在桥头给孩子送钱送粮。她卖血给丈夫看病，卖血贴补孩子上学，最后终于把三个孩子都培养成大学生。虫嫂却并未过上幸福的生活！她的三个孩子在不情愿地享用着母亲用不光彩手段带来的物资，忍受屈辱长大成人，最终用最嫌弃与憎恶的方式对待自己这可怜的母亲。以至于她至死都没有得到大儿子的原谅，没进过她大儿子的家门……

虫嫂复活了，改革开放，给了她灵魂复活的机会，悲凉身世并没有阻碍虫嫂这样一个小女人的自我救赎。她独自一个人去了孩子工作的地方,为了孩子们的面子,走近但不靠近。她靠捡破烂为生,偷偷给孩子们送温暖,她勤劳、坚韧、顽强地活着。当她老了,劳累了一生,最后她独自一人回到让她蒙羞了一生的无梁村,孤独而黯然地死去。还留有三万元钱遗产。此时村里人原谅并接纳了她,给她办了隆重的丧礼,并厚葬了这位曾经伤害过村里人的不幸女人。当她的儿女们得知她有三万元存款的时候,都回来了,可是村里人没有让他们进村。此时村里人终于理解了她,原谅了她。相比她被儿子、女婿和媳妇晾在了门外,村里的人的原谅与接纳是善良质朴的、值得尊敬和赞誉的。我想此刻虫嫂灵魂复活了,她凭借卑微的生命,以卑微的自我救赎形式获得精神的崇高。

一株"小虫儿窝蛋"向阳而生,清澈明朗、执着坚韧……

(作者系自由职业者)

笑对人生

——《山河袈裟》读后感

吴　薇

《山河袈裟》是作家李修文创作的散文集，2017年首次出版，讲述的是一群执拗却保有生命温度的小人物的各种故事。

通读此书，我印象最深的是《阿哥们是孽障的人》这一篇文章。

这篇文章大概内容是，大年三十，作者被困边城，在大街上游荡，听歌寻人。他看到一群男人，可能就是站在积雪里唱歌给他听的人，穷途末路之际，他心里就认了那些男人作远亲。原来这伙老乡为救一兄弟性命，大家把压鞋底的钱拿出来救济，没有了回家的盘缠。作者想起自己之前受恩于陌生人一碗热酒及其他的无偿帮助，就决定请这帮远亲们吃一顿团年饭。他拿起手机让众兄弟向千里之外的家人报平安。一杯杯白酒下肚之后，这伙老乡唱了河州令，再唱东乡令……落难之时见真情，兄弟情就此建立。而后这帮远亲带儿子来磕头，商量用小船带作者离开被困之地，再后来他们帮助作者抵挡追上来的看守，让其顺利离开被困之地。船头和岸上对歌别离，一遍又一遍地呐喊"阿哥们是孽障的人"。

从这个故事，我们可以看出作者和这帮远亲都是有情有义的性情中人。他们之间那种"昨日才相识，今日便过命"的兄弟情谊让我震惊，让我深深地理解了男人们之间那种同甘苦共患难的真情。

生活中，我们看见的可能是男人们傻乎乎地一杯杯白酒下肚，拒绝都不拒绝一下的"一口闷，感情深"。殊不知，那是含在酒里的千言万语，是不能挂在嘴上的种种无奈。这些无奈有：被夹在不可调和的婆媳矛盾中的无奈、赚不够钱的无奈、亲骨肉分离的无奈、见不到爱人的无奈、天涯海角无知音的无奈……

相同境遇，一首民歌、一碗热酒、一个眼神、一个磕头，便是你懂了我，我认了你。

我还喜欢《长安陌上无穷路》中的这段文字："生为弃儿，对，人人都是弃儿，在被开除工作时是生计的弃儿，在离婚登记处是婚姻的弃儿，在终年蛰居的病房是身体的弃儿，同为弃儿，迟早相见，再迟早分离，但是，就在你我的聚散之间，背了单词，再背诗词，采了花朵，又编教材，这丝丝缕缕，它们不光是点滴的生趣，更是真真切切的反抗。"

的确，生活中人人是弃儿，因为人无完人，人人都有不如意之事。如何在不如意不顺心的时候寻找生活的点滴生趣，才是大智慧。上期读书会我们读的《苏东坡传》里的苏东坡就是有大智慧的人。经过政治上大小风雨的洗礼，苏东坡可谓愈战愈勇，其"一蓑烟雨任平生"的人生态度令人钦佩。他在得意与失利时都不忘自娱自乐，时刻寻找生活的点滴生趣。这种淡定与从容是对对手真真切切的反抗，因了这份不见锋芒的反抗，苏东坡在历史的长河上永闪光辉。

我的生活平平淡淡，无风无浪，生在富裕安定的国家，有一份稳定的收入，父母健康，儿女听话，有一群志趣相投的朋友们，我算是一个幸运之人。有时遇事不开心，我就想一想书中描写的那些不幸的人，他们经历着那样的困难和折磨，我暂时的一点情绪波动算什么。那些艰难困苦如果发生在我的身上，我真不一定能承受得住。阅读让我确信，生活百般滋味，人生需要笑对，美好的生活需要珍惜。

《长安陌上无穷路》中的岳老师要为小病号写一本教材："她要编一本教材，使它充当线绳，一头放在小病号的手中，一头往外伸展，伸展到哪里算哪里，最终，总会有人握住它，到了那时候，躲在暗处的人定会现形，隐藏的情感定会显露，再如河水，涌向手握线头的人；果真到了那个时候，疾病、别离、背叛、死亡，不过都是自取其辱。"我们的读书会就是我生活中最大的生趣，它就是线绳，一头在我们这里，一头伸向社会。读书的力量如今伸展到哪里算哪里，但是总有一天，我们所做的福报会像河水涌向我们，疾病、别离、背叛、死亡，不过都是过眼云烟！

当我们心中有一束光照亮前路的时候，我们就可以做到笑对人生。

（作者供职于南平市闽北高级技工学校）

余生，活出精彩

肖秀华

炎炎夏日，闲暇时刻，我独自一人宅家细读咏樱老师的新书《无冬无夏》。

整本书细腻绵长，前三篇记载了作者的前半生经历。咏樱用朴实无华的文字道出她从幼年至今成长的点点滴滴。本书写她的父亲、母亲相亲相爱，相互包容、扶持、理解，相伴到老的温情厚谊；写她与孩子的相依相伴，对孩子的坚持守护，在送走孩子最后一程时，脆弱的她是那么无助，那么不舍。那份伤痛，那份深情厚爱，诉诸笔端，细腻而真诚，深深地撞击了我的心灵，击破了我的泪腺。那种失子之痛痛彻心扉，令我泪流满面。

一部好书，文字不需要华美，真情足以动人。她那娓娓动人的叙述，令我不由自主地跌入其间，和她一起悲，与她一起痛。我感受到那个年代，我们父母辈们的艰辛，更心疼她所经历的沉重生活、承受的所有伤痛。她那份无助与坚守，那份执着与隐忍，让我由衷地敬佩。她对父亲、母亲的深情厚爱，以及对孩子的坚持守护，都深深触动了我，我实在难以用语言来表达自己内心深处的阅读感受。那种无言的痛，那种绝望和悲凉让我找不到何种语言来表述。

唉！生活不易。我只想给作者一个深情拥抱，愿好人一生平安。

当看到她写幼年时撬树皮、推板车的经历时，我不由联想起自己小时候的经历。幼小的我跟随在哥哥姐姐的身后，一起去撬树皮，采春茶、夏茶，拣茶梗，这些情景如放电影般一遍遍浮现在我的眼前。这些充满童真童趣的经历，我想也只有 60 后、70 后才能理解，才有感触吧！那 80 后、90 后、00 后可能就无法感受并理解这不一样的生活感受了。

当我读到文章中的这一篇《天凉好个秋》时，恰巧我已人到中年，对文字有了不一样的理解。我特别认同作者的观点，是的，"年轻时候的故事，总是色彩斑斓，宛如春天的花园，而中年以后，梦想和激情都已少了，心也变得越来越荒芜起来，有些时候你会感到十分迷茫，仿佛进入到一个找不到出口的森林，你在里面转啊转，就是看不到一条可以通向外部的小径"。这些细腻的文字也写出了我现在的心境。匆匆岁月，我也时常问自己，我们究竟在成长中丢失了什么？年少时不知山路险恶，敢四处闯荡，有失败的无助感，也有成功后的喜悦。而今畏畏缩缩，什么也不敢做，也懒于去做，

没有了失败的经历，自然也丢失了那一份得到的喜悦。

曾经，我最受不了身边的朋友及家人安于现状、循规蹈矩的生活方式，想不通他们总爱打着爱我的旗帜来阻挠我的奇思妙想，妨碍我突发奇想的前进步伐，时常因为他们沉重的爱而郁闷、生气。回想过往，我也庆幸命运是眷顾我的，尽管我这么作，它也没有把我放弃，而是纵容我的为所欲为，让我这十几年来顺风顺水，拥有现在安逸、幸福的生活。

只是，现在人到中年了，却发现自己变了，胆子变小了，人变得懦弱了，特别是变得懒散了，迷茫了，不知道自己还能做些什么？可以做些什么？应该说是不想做什么了吧。这时，我突然理解身边的朋友与家人对生活的态度，接受他们

的那种安于现状的理念。或许是我也老了，与兄长们、父辈们思维同步了，我竟然也开始懒惰了，我开始不想管事了，我突然感觉那些房子、工作、金钱都是浮云，我只要爸妈身体健康，先生工作顺利，女儿健康成长、总是甜甜地对我微笑，我就很知足了。

我突然害怕去面对生活中突然出现的难题，感觉自己已经没有精力去承受外世给予的一些琐事压力。于是，我开始同某些人一样选择逃避，选择将自己藏在无人关注的角落里舔着伤口。我甚至开始无病呻吟强说愁。这也许就是人到中年及人到老年后的一种颓废思想吧。无力承受生活的打击，害怕接受新事物，对生活现状不满又无力改变的无助吧。或许这也是当今社会越来越多抑郁症患者存在的因素吧？

在此，我特别佩服作者积极向上的心态。面对那么多的挫折，面对孩子的离去和婚姻关系的解散，她没有被生活打败，随着年龄的增长，她的生活反而是越过越精彩。无论是关爱残疾人的"同心助残"公益组织，还是引领书友阅读经典文学作品的"沧浪读书会"，她都创办得那么成功，那么多姿多样。这些活动消耗了她大量的休息时间，尽管是那么累，那么辛苦，她都没有一丝一毫的怨言。

付出总会有收获，在帮助别人的同时，她也在成就自己。岁月匆匆，无论是在教育界还是在民间公益组织，她都有了不同凡响的成绩。这些年，她不仅仅是引导孩子们走入书的世界，走向丰富和成长，也引领我们这一群中年书友走入一个不一样的世界。在这个世界里，我们看到了许多人的沉浮故事，从而对待生命中的坎坷和挫折有了更从容的态度。

　　十分荣幸能在后半生结识这么一位良师益友。在她的引领下，我开启了另一扇阅读的门，迈入了一个全新的世界。特别是每回参加沧浪读书会的活动，不仅能阅读到她推荐的好书，在每一期读后感的阅读中，还收获到更多的感悟。身处沧浪读书会这温暖的大家庭中，我真的受益匪浅。如今，在大家的帮助下，我的生活充实了，还时常在《今日邵武》报刊上发表一些"豆腐块"。每每捧着报刊看着那些小蝌蚪在眼前晃动，闻着那淡淡的油墨香，我的心情都是舒畅的，甚至还有一丝丝的小得意。

　　感恩生命中美好的遇见。我很欣慰自己在心情低落时遇上了他们，是他们这一群精神明亮的人将我从颓废、迷茫的生活中牵引出来。畅游在书的海洋中，我重新燃起了激情。尽管青春已经流失，但年过半百的我，应该向咏樱老师学习，在人生的后半场创造不一样的精彩，期望我的后半生能像她一样过得精彩。

（作者系福建省邵武闽运交通运输有限公司退休人员）

寂夜流星

——读《大宋名相李纲传》有感

何　宇

　　说起李纲，邵武人大抵都有所耳闻。尚幼时，便仰止熙春公园的巨塑——一袭长衫，背手矫视，目光灼灼。然但闻其人，不知其事。于是新奇感过去，这塑像也便随岁月流转，渐如树如山，无人问津，自傲然立于这浮华三千之中。

　　幸遇阅读此书得以接近李纲。《李纲传》虽不如《苏东坡传》等名家大作，但也佳于稗官野史，叙事脉络清晰，尊重客观历史事实之下以朴实之语娓娓而谈这一朝之栋梁、抗金之名臣。

　　同是邵武人，于是颇有共鸣，如出生地李家坊、寻幽天成、沙县小吃、和平游浆豆腐等。细节的刻画让这画上的人物有了血肉，仿佛就在身边畅叙诗文，大展雄心。

　　同朱熹的"喜火"诞世一样，李纲出生有极具传奇色彩的一个传说：天成金刚玉麒麟，其父李夔庇护使之报恩投胎，而仙人亦预示李纲在朝政必有作为。之后李纲少年英才，以榜首考进国子监，随父从军练得一身武艺，深受时人认可。

　　光辉的宋朝自宋徽宗始渐入穷途，所谓"北宋无将，南宋无相"。金并辽——这大宋天然屏障时，宋竟天真地想联金抗辽，收回失地。但李纲真知灼见，不仅在朝堂破口大骂童贯一众肉食者的鄙陋，目光短浅，更是忠心义胆，言辞恳切地劝谏宋徽宗不可引狼入室。然即使风雨上奏章，也未能阻止一意孤行的宋徽宗。以致后来流放至五国城的宋徽宗悔意十足于未能听取逆耳忠言。

无论处江湖之远，还是庙堂之高，李纲自始至终未忘社稷，心忧百姓。然朝廷却是早已腐败，奸臣当道，卖国求荣，人人自危。有识之士起用即遭贬，甚者血溅天水朝。忠言遭塞，民情遭瞒，花天酒地、声色犬马的朝廷只一味议和换得苟且，家国大义皆抛之九霄云外。大军压境之时，宋钦宗两股战战，宋高宗竟还在行巫山云雨之事！李纲历经三朝，屡遭贬谪，进言言不听，荐贤贤遭贬，终是一人难扛一朝。李纲饱受风雨，权来权走，人人恭祝，最后沦落到孤身苦旅于无人问津的海南岛。

凄风苦雨的夜，不知李纲是否会"铁马冰河入梦来"，忆起东京军民大杀金军威风，四方勤王之兵浩浩，誓卫汴京之时？

茅屋破歌的秋，不知李纲是否会觉"人生几度秋凉"，为大半生一心卫国抗金，却难敌奸相，难辅昏君，难擢英才，难中兴大宋而披发长啸，悲泣无声？也许心中无数次想过三缄其口，明哲保身，辞官归隐，一己难挽狂澜，就此罢手——但，他是李纲，天上下凡的金刚神。所以他劝勉儿子："生而为人，无益于世，则不如无生。仕而为官，无益于民，则不如不仕。"所以他星夜疾驰向建州救万民于刀下，所以他精心治理潭州府，所以他辞官挂印洪州府，不图名利，不苟且偷安，殚思极虑为百姓，忠心耿耿为社稷。

李纲，这是一个注定载入史册的名字。

在宋朝内忧外患的当头挺身而出，血书劝禅让，舌战主和派，刚正不阿，两袖清风。杨真有劝过他的迁，莫针锋于世俗，应圆滑处事，得者亦复失，失者亦复得，人行于世不过几度春秋，何必纠缠不清，惹得一身腥膻，致难善终？李纲又怎不知天下之事，分久必合合久必分？又怎不知朝廷腐败如流，卷入便难以自清？但他同死前仍喊三声过河的种师道、精忠报国的岳飞一样，放不下的是身后千万大宋的子民。匹夫之责不可放，家国大义不可忘。这是刻进骨子里的气节，淌在血液里的爱国之情。

途经乡野的归途，他与老牛相顾无言，写下了这脍炙人口的万古诗篇"耕犁千亩实千箱，力尽精疲谁复伤？但得众生皆得饱，不辞羸病卧残阳"。这是李纲一生的真实写照，濒死时他脑中仍是沙场与金兵厮杀的军民、大宋猎猎作响的旌旗。

都说人生如铅笔，用久即圆滑，但李纲尖而折，以一刹的光辉照亮了宋朝末年黑暗的夜空，给历史留下了不可磨灭的一笔星辉。

（作者系大三学生）

兄弟情深

——读《亲爱的提奥——梵高传》有感

周辉明

用了一个月时间拜读完《亲爱的提奥——梵高传》，我深深地被书中描述的文森特·提奥对哥哥文森特·梵高生活的帮助与精神的支持而感动。5 月 13 日晚上，我如期来到城市书吧，在沧浪读书会举办的读书活动上聆听黄勇英老师的介绍，并和书友们分享了自己的读书感受。

文森特·梵高(1853—1890)是 19 世纪末、20 世纪初欧洲后期印象派绘画的一个主要画家。他是荷兰人，早期做过店员、教师与传教士，对穷人十分同情。27 岁开始作画，其人物画也多描绘劳动人民。他一生饱受贫困和疾病的折磨，最后发疯，开枪自杀，死时才 37 岁。这样一个辉煌又饱受苦难的生命的消逝，令人深感遗憾。

在十年的艺术生涯中，梵高画了大量的油画、素描和版画，这些画和他的性格一样，充满了对生活的热情。他以强烈而鲜亮的色彩、刚劲而跃动的笔触，来表现他的追求、希望和对生活的无比热爱。可以这样说，梵高是西方美术史上最同情穷人的一个画家，是在艺术上最不墨守成规而勇于探索的一个画家。然而，他的宝贵遗产并不止于绘画，他的几千封书信，尤其是他写给弟弟文森特·提奥的信，更为后人提供了研究梵高、了解梵高的宝贵资料，其文学价值和思想启迪，更令后人受益匪浅。

　　《亲爱的提奥——梵高传》正是根据梵高写给其胞弟提奥的数百封书信，由美国美术史论家欧文·斯东夫妇编纂而成。梵高生前，他的画不为社会所重视，几乎一幅画也卖不出去。他写给提奥的信，不仅真实地记述了他贫困孤独的生活，突出反映了他在艺术上艰苦卓绝的探索，以及他独到的艺术见解，还充分反映出他和提奥之间深厚真挚的手足之情，读来深切感人，甚至催人泪下。

　　欧文·斯东是这样评价梵高的文学成就的："梵高不仅是一位伟大的画家，也是一个出色的作家与哲学家，他具有极其丰富的理解事物和表达事物的才能，这两种才能往往不是一个人能同时兼得的。"

　　读《亲爱的提奥——梵高传》，读者自始至终都感受到梵高对贫困生活的抗争和不屈，无论生活多么艰难，他从未放弃过对艺术的追求。他在生活上保持最低要求，每天只吃半块面包，将自己有限的一点钱都用来买绘画的工具和雇请模特。他将自己毕生的热情和心血都投注到绘画这一事业当中去，并从中汲取精神营养和财富。他说"伟大的艺术就是这样，那些用自己的心灵与智慧来进行创作的人，他们的言行充满着活力与生命。"

　　梵高在绘画上能取得受后人敬仰的成就，离不开弟弟提奥对他的经济支持和精神鼓励。《亲爱的提奥——梵高传》中的书信，字里行间充溢着手足情深和对困苦生活的抗争，对艺术的艰难求索。提奥省吃俭用定期提供给梵高生活费用，梵高就利用这可怜的一点费用，买画笔，买颜料，买画纸，雇模特，还不忘将一片黑面包分给比他更加饥饿的穷人吃。同时提奥也是当时少数几个能欣赏到梵高作品生命力、看到其价值的人，这在精神上极大地鼓舞了梵高，使他能在艺术道路上坚持下去。

他看到梵高的画中"波浪长了，小子将船牢牢抓住"，这样的评论令梵高觉着"可怕"。"可怕"这个词，表达出了梵高的兴奋和激动的心情，能有人看到自己作品中的活力，是一件多么激励人心的事情啊！正是因为有弟弟提奥在事业上的支持、生活上的帮扶，梵高才能在生活困窘、疾病折磨的艰难状况下，坚持了十年的艺术探索之路。

悲哀的是，天才最终没有战胜疾病和困窘，来自肉体和心灵的磨难让梵高选择了过早结束自己的生命。临终之前，文森特·梵高对提奥说："痛苦将永存。"他的离世让提奥悲痛欲绝，半年之后，提奥也不幸因病去世。

"痛苦将永存"，梵高的一生一直备受后人争议，然而不争的我深深地被书中描述的文森特·提奥对哥哥文森特·梵高生活的帮助与精神的支持而感动。

事实是，他留给我们的非物质财富是永远的。正如梵高的一位崇拜者加歇医生所言："他的爱，他的天才，他所创造的伟大的美，永远存在，丰富着我们的世界。"从这本书中可以了解到，真正的天才如果没有物质基础的保证，是无法生存的，更谈不上发展。而天才如果没有生活在所描绘的人中间，没有对人民的真诚的爱心，也是不可能创作出感人的不朽的作品的。梵高无疑是一个天才。天才的创造，是艰苦探索的结果，是内心感情的自然流露，而不是故意的标新立异，耍弄手法，把画画当作儿戏。

如果没有文森特·提奥在金钱上给予他大力支持，梵高也许早就饿死街头；如果没有文森特·提奥在精神上给予他极大的鼓舞，梵高在艺术道路上将无法坚持下去。他们的兄弟感情比海深，比金坚，令人动容。

　　反观现实生活中的一些兄弟关系，能友好相处的实属难得，有些兄弟为争父母遗产甚至大打出手或老死不相往来。梵高兄弟的情深义重令人心向往之，愿更多人向他们学习，学习这种互相支持、互相成就的兄弟相处模式。

　　真正好的亲情和友情，就是在时间的洗礼下，不需要山盟海誓，只需要有理解、有共同的梦想。在对方最困难的时候，做他身后坚实的后盾，让他不至于倒下！

　　文森特兄弟情深义重，令人动容，也令人敬佩！

　　（作者供职于邵武市吴家塘学校）